D1622538

FRÈRES ET SŒURS, UNE MALADIE D'AMOUR

Marcel Rufo est pédiatre et pédopsychiatre, chef du service médico-psychologique de la famille et de l'enfant au CHU de Marseille. Il a déjà publié avec Christine Schilte *Elever bébé* et *Comprendre l'ado*, et, seul, *Œdipe toi-même !* qui fut un grand succès de librairie.

Paru dans Le Livre de Poche :

ŒDIPE TOI-MÊME !

PROFESSEUR MARCEL RUFO

avec la collaboration de Christine Schilte

Frères et sœurs,
une maladie d'amour

FAYARD

© Librairie Arthème Fayard, 2002.

*Pour Celli, Fanou, Daniel, Mario
et Aldo qui sont mes frères.
Pour Lisa et Ezia qui sont mes
grandes sœurs.*

INTRODUCTION

Je suis un enfant unique avec sept frères et sœurs

Alain Marcelli, dit Celli, est mon frère, un frère de cœur. Je le connais depuis l'âge de 4 ans et nous comptons, dans quelques années, quand nous serons à la retraite, faire ensemble le tour du monde à la voile.

Fanou et Daniel sont mes frères de faculté de médecine et de rugby.

Aldo et Mario, Italiens sicilien et piémontais, sont des frères en raison de nos origines communes.

Quant à Lisa et Ezia, ce sont mes grandes sœurs parce qu'elles ont joué ce rôle auprès de moi pendant toute mon enfance. Ma mère me confiait régulièrement à ces deux merveilleuses cousines, adolescentes de 15 et 16 ans, devenues à la fois des sœurs et de véritables petites mamans. Ezia était baroque et inconséquente ; elle me laissait sans protection au soleil et m'a jeté à l'eau à l'âge de 4 ans pour m'apprendre à nager. Elle mangeait quantité d'escargots de mer que nous allions récolter sur les rochers les jours de tempête de vent d'est. Lisa était mon « surmoi », m'apportant l'affection, la sérénité et m'enseignant le respect de la famille. Bien sûr, j'étais profondément amoureux d'elle, je voulais l'épouser « quand je serais grand ».

Mais, avec le temps, je me dis qu'Ezia avait elle aussi beaucoup de qualités...

Peu après le décès de ma mère, Lisa est tombée très malade et j'ai craint de perdre une de mes grandes sœurs. Quand une personne vous a offert un tel « surmoi », vous souhaitez la garder le plus longtemps possible. Aujourd'hui, Lisa va mieux, mais je redoute le moment où je serai de nouveau orphelin. Lisa et Ezia, en tant qu'aînées de ma fratrie, appartiennent à mon arbre de vie.

La famille de mes deux sœurs adoptives est depuis longtemps une famille de navigateurs. Pendant plus de cent ans, ses marins ont porté à l'église des ex-voto pour les préserver des coups de vent et des tempêtes. Il y a quelques dizaines d'années, leurs fils, navigateurs au long cours, ont donc décidé d'acheter une vierge de Savone, une vierge émaillée, immaculée, à qui ils offraient des bijoux chaque fois qu'ils échappaient à une fortune de mer. Aujourd'hui, cette vierge est couverte de bracelets d'or, de colliers de perles et de broches de diamants. Quand mes cousines disparaîtront, ce sera à leur famille d'en hériter. Mais qui, parmi tous mes cousins, recevra en charge cet ex-voto païen intime et familial ? Affection, tradition, filiation... Tout se jouera alors.

C'était un matin, en Balagne, dans un village corse sublime dominant tout le golfe de Calvi. La journée d'été s'annonçait splendide. J'étais en visite chez mon maître en médecine, un grand anatomiste.

Je fus réveillé vers cinq heures du matin par des coups frappés à la porte de ma chambre. Mon maître m'invitait à venir le retrouver car il avait, disait-il, besoin de moi. Bien que le réveil fût difficile après une soirée passée avec des amis russes dans un piano-bar de la Citadelle, l'autorité absolue de ce grand patron me tira du lit. Je crus qu'il réclamait mon aide dans une situation clinique délicate et j'allai le rejoindre comme si je m'apprêtais à suivre sa visite ou à assister, émerveillé, à l'une de ses opérations compliquées.

Il n'en fut rien. Il m'invita à m'asseoir à ses côtés sur un coin de la terrasse dominant le paysage. « Regarde et écoute », me dit-il. J'étais d'humeur bougonne et répondis, à demi endormi : « Monsieur, je n'entends rien, je vois simplement le lever du jour avec, au loin, Tienou le pêcheur dans sa barque et Félix déjà au café du Port ! » Il sourit et me dit : « C'est déjà pas mal, de voir le lever du jour. Mais écoute encore. » Je ne résistai pas longtemps et tendis mieux l'oreille, puisqu'il me l'avait demandé. « Oui, c'est vrai, j'entends au loin des clochettes ; c'est sans doute un troupeau de moutons qui remonte la colline pour aller chercher la fraîcheur avant le grand soleil de l'après-midi. » Cette observation ne lui suffit pas : « Écoute bien et regarde mieux », insista-t-il. Je m'exécutai. Je distinguai alors dans la brume de l'été une mer d'oliviers. Immédiatement, cette image m'évoqua *Le Baron perché*, d'Italo Calvino, un livre qu'un de ses frères m'avait fait découvrir. Il raconte l'histoire d'un enfant qui, jugeant le monde des grands peu intéressant, décide de vivre dans les branches d'un olivier et de devenir un « baron perché ».

J'étais donc là, chez ce prince de Balagne, perdu dans mes pensées. Sa voix m'enveloppa : « Tu entends les moutons, tu vois la mer d'oliviers et tu regardes le lever du soleil sur la Citadelle, avec la pointe de Reveletta. Tu peux donc imaginer que tu as entendu et vu ce qu'entendaient et voyaient les Romains. Maintenant, tu peux aller te recoucher. » C'est ce que j'ai fait, définitivement persuadé que son fils, Fanou, était mon frère.

Car c'est le partage de moments vécus, la construction de souvenirs communs qui créent la fratrie. J'étais le frère de Fanou et de tous ses frères et sœurs, et j'en étais d'autant plus convaincu que je vouais à leur père une admiration sans bornes. Tout au long de ma vie, j'ai entretenu des relations très fraternelles avec cette famille, et elles se sont manifestées clairement lors de l'enterrement de « notre père ». Dans l'église, j'avais naturellement intégré la foule des élèves présents pour rendre un dernier hommage à ce maître en médecine, mais l'un de ses fils, m'apercevant, est venu me chercher pour que je me joigne à sa famille. Ce jour-là, j'ai compris que ma stratégie avait porté ses fruits : avec la mort de ce grand patron, j'avais trouvé une famille d'accueil suffisamment nombreuse pour satisfaire un enfant unique.

Je me comportais en fait comme tous les enfants uniques : ils choisissent des amis qui ont beaucoup de frères et sœurs, comme si, se sentant isolés, ils aspiraient à entrer dans une famille nombreuse.

Dans mon enfance, j'étais très jaloux de mon oncle, le frère jumeau de ma mère, qui entretenait avec elle une proximité encombrante. Lorsque je suis devenu pédopsychiatre, j'ai pu étudier *in vivo* la particularité des relations fraternelles qui unissent les jumeaux, notamment à l'occasion d'un épisode singulier.

« Allô, Louise, j'ai fait un mauvais rêve !

– Allô, Louis, moi aussi ! »

En ce matin d'automne, mon oncle Louis téléphone, de Paris, à sa sœur jumelle Louise, ma mère. Cela n'a rien d'inhabituel tant ils partagent une même sensibilité, une même sérénité et la compétence de comprendre ensemble les mêmes choses. Ainsi, tous deux ont fait un mauvais rêve la même nuit. Qu'à cela ne tienne, Louis décide de rejoindre ma mère à Toulon et de lui donner rendez-vous devant Castelchabre, une vieille pharmacie proche de la cathédrale. Ils doivent absolument en parler ensemble.

Quand ma mère m'annonce que son frère et elle ont fait un mauvais rêve en même temps et qu'ils ont rendez-vous quelques heures plus tard pour en parler, je me montre, comme d'habitude, furieux, estimant que ces jumeaux auraient dû bénéficier depuis longtemps d'un suivi psychothérapique afin d'éviter qu'à près de 60 ans ils cèdent toujours à ces comportements infantiles et immatures. Toute mon enfance a été bercée par le mystère de la gémellité, qui n'a cessé de m'irriter davantage avec le temps, comme si, en tant qu'adolescent, je devais m'opposer, outre à mes parents, à la fraternité gémellaire de mon oncle et de ma mère.

Celle-ci part donc à la rencontre de son frère. Louis, comme d'habitude, est descendu par la nationale 7 afin d'éviter, dit-il, « les dangers de l'autoroute ». Mais le péril est ailleurs : à Toulon, en descendant de sa voiture, il bute contre le trottoir et se retrouve par terre. Le diagnostic est sans appel : fracture du fémur. À la même heure, Louise, ma mère, passe rue Alezard. Ma fille Alice, âgée de quelques mois, est de la promenade. Tout à coup, ma mère glisse et s'étale de tout son long au milieu des seaux renversés d'une marchande de fleurs. Elle vient de se faire une entorse au genou. La fleuriste récupère le bébé au milieu des primevères.

Je retrouve Louis et Louise dans la même chambre d'hôpital, dans des lits jumeaux, l'un plâtré, l'autre en extension. Ils m'accueillent avec ces mots : « Alors, tu ne crois pas à nos mauvais rêves ! »

L'épisode m'a laissé une fois de plus sidéré par

l'incroyable perception des jumeaux, qui dépasse toutes les compétences psychologiques, psychiatriques et scientifiques possibles. Louis et Louise avaient décidé – de concert, en bons jumeaux qu'ils étaient –, pour cause de mauvais rêve, de se blesser à la même heure et de se fracasser un membre inférieur ! Cette situation les renvoyait à leur petite enfance où, lorsque Louis s'ouvrait l'arcade sourcilière gauche, Louise s'ouvrait la droite, lorsque Louis avait mal au ventre, Louise avait une pneumopathie, et lorsque Louis faisait une angine, Louise faisait une otite. Aujourd'hui, je me montre plus que prudent avec les jumeaux, surtout lorsqu'ils parlent de mauvais rêve...

Partager sa vie avec un parent qui a un jumeau est une expérience très singulière. Lorsqu'on est enfant, et surtout enfant unique, on a le sentiment d'être le seul à entretenir une relation intime avec ses parents. Or le jumeau du père ou de la mère partage son amour, sa proximité, sa complicité, suscitant chez l'enfant une forme particulière de jalousie. Il se demande si ce parent n'éprouve pas des sentiments beaucoup plus forts pour ce double que pour lui.

Aujourd'hui, je reçois un grand nombre d'enfants qui supportent mal de vivre en compagnie de frères et sœurs. Certains s'expriment par la régression, d'autres par l'agressivité ou la turbulence, beaucoup choisissent de s'isoler dans le mutisme, refusant toute relation sociale et mettant gravement en péril leur devenir.

Félix est entré dans mon bureau son bulletin scolaire à la main. Il me le tend pour que j'apprécie les progrès que nous avons accomplis ensemble : « résultats excellents », « bon travail », « excellent travail », « résultats satisfaisants ». Seul le professeur de musi-

que est plus modéré : « Notre discipline n'est pas faite que d'écrit ! » « C'est excellent, Félix, tableau d'honneur. Ta participation orale serait bénéfique à la classe », *conclut le professeur principal.*

À son bulletin, Félix a agrafé son dernier devoir de français :

« Le prince au pays du dragon poilu.

« Il était une fois un prince nommé Jean. Il vivait dans une tour, tout en haut d'une colline, derrière une épaisse forêt, car il adorait être seul et ne voulait parler à personne. Un jour, alors qu'il venait de se réveiller, un oiseau aux ailes dorées se posa sur le rebord de sa fenêtre. Le prince se demanda d'où venait ce bel oiseau qui semblait exténué par un long voyage. Il tenait dans son bec une feuille de papier. C'était une lettre anonyme qui lui disait que, s'il restait un jour de plus seul, il ne serait plus jamais heureux. S'il voulait en finir avec cette maladie, il devait aller à la rivière en bas de la colline.

« Le prince décida d'aller au rendez-vous donné bien qu'il n'aime pas rencontrer des personnes inconnues. Une fois arrivé au bord de la rivière, il aperçut un dragon. Il avait le corps couvert de poils. C'était lui qui avait ordonné au bel oiseau de lui donner le message.

« Soudain, le dragon prononça des mots incompréhensibles et le prince Jean se retrouva dans un autre monde. Là, il n'y avait que des dragons, des petits et des gros. Le dragon poilu s'approcha de lui et lui dit : "N'aie pas peur, je suis là pour te libérer de ta malédiction." Le prince apprit des choses grâce à lui, après avoir vécu plusieurs années dans ce monde qui montrait aux gens que les dragons n'étaient pas tous méchants.

« Le premier ami du prince était un dragon poilu.

Félix, élève de sixième. »

Les résultats de Félix me surprennent car cet enfant souffre depuis quelques années d'une phobie de langage. Il ne parle pratiquement qu'à ses parents, à son frère aîné et à un petit groupe de camarades, il n'ouvre pas la bouche en classe et n'adresse la parole ni à ses professeurs ni aux personnes qu'il ne connaît pas bien.

J'ai rencontré Félix il y a un peu plus d'un an. Il est venu me voir en consultation avec ses parents alors qu'il était en CM 2. J'ai eu alors un pronostic réservé, espérant seulement que son intégration au collège avec un groupe d'amis et les remaniements psychiques l'aideraient à sortir de son mutisme. Il était alors impossible pour Félix de parler de son symptôme, sa simple évocation le faisant éclater en sanglots. Et voilà qu'aujourd'hui Félix parle de sa maladie et de son isolement dans une rédaction !

Félix a un frère aîné, Guillaume, qui depuis longtemps ne le supporte pas. La lecture de son devoir de français éclaire sous un autre jour leurs relations amour/haine. Le prince Jean, c'est bien sûr Félix, et je suis persuadé que le « dragon poilu » ne peut être que son frère ! Félix attend donc son aide pour vaincre son mutisme. Il souhaite que, comme le dragon poilu, il devienne son premier et son meilleur ami.

Guillaume comprendra-t-il le message de Félix ? Aura-t-il envie de lui donner la parole ? Les années à venir le diront. Pour l'heure, Félix reste un enfant fragile, émotif et triste. Mais les relations avec son frère s'améliorent depuis que tous deux sont au collège. Il semble que leur rivalité fraternelle se soit estompée, l'aîné acceptant un peu mieux son cadet qui a grandi.

Le cas de Félix me rappelle une autre rencontre.

Il y a quelques années déjà, j'ai reçu une petite fille, Sophie, qui ne parlait pas et que je ne suis jamais parvenu à faire parler. Je l'ai perdue de vue par la suite, et j'ai simplement appris qu'elle avait été scolarisée dans une institution pour enfants particulièrement intelligents.

Un beau matin, on me passe une communication téléphonique. Lorsque j'entends : « Bonjour, comment allez-vous ? Je suis Sophie X », je suis sidéré. Je ne peux m'empêcher de lui exprimer ma surprise, de manière, j'en conviens, maladroite : « Mais, vous parlez ! » Au bout du fil, c'est d'abord un éclat de rire qui me répond, puis une question : « Saviez-vous que mon frère ne parlait pas non plus ? » Je réponds par l'affirmative, et Sophie m'explique alors : « On jouait à la maison à celui qui parlerait le moins avec notre père, avec lequel nous vivions seuls. »

En raccrochant, j'ai compris que les psychiatres sont parfois loin d'imaginer tout ce qui peut se passer in vivo *dans les familles.*

Je souhaite que ce livre permette aux parents de mieux comprendre ce qui se joue entre frères et sœurs. Lorsqu'ils prennent le risque d'avoir plusieurs enfants, les parents pensent qu'ils pourront les aimer tous de la même manière et que ceux-ci, parce qu'ils ont le même patrimoine génétique, seront identiques. Ils sont encore intimement convaincus que leurs enfants, nés dans l'amour, s'entendront parfaitement. Je suis désolé de leur dire que c'est une erreur.

La fratrie se construit sur une relation affective imposée. Celle-ci, comme dans la plupart des formes d'attachement, s'établit sur la quotidienneté, les choses partagées : les lieux de vie, les repas, le fait que chacun puisse reconnaître le parfum d'un parent croisé dans le couloir ou dans la salle de bains. Les attachements naissent donc de l'expérimentation prolongée et des expériences répétées.

Le partage est aussi un élément important de la constitution de la fratrie. Nous verrons que celui de l'amour des parents est pratiquement impossible, mais celui des objets est tout aussi difficile. Ainsi, il est terrible pour un enfant de devoir donner l'un de ses anciens pulls à son frère ; même s'il est trop petit, même s'il est oublié dans un placard depuis des années, comment concevoir qu'il ne lui appartient plus ? Les parents ont la manie de confondre partage et don, deux notions très différentes. Le don est un choix personnel, il fait appel au surmoi et ne peut être imposé de l'extérieur. La fratrie ne favorise pas le don mais le partage, qui est une acceptation sociale. Les parents disent toujours : « Tu dois donner à ton frère puisque c'est ton frère. » Si seulement ils pouvaient assister à l'ouverture de leur testament, ils comprendraient bien que ce n'est pas aussi simple que cela...

Ce livre est illustré de nombreux cas cliniques, qui sont les histoires des enfants et des adolescents que je reçois en consultation. Bien que presque toutes soient celles de relations fraternelles à caractère pathologique, elles permettent de comprendre ce que sont les relations naturelles entre frères et sœurs.

Tout comme moi-même, mes confrères pédopsychiatres, les psychologues, les pédiatres et les médecins généralistes rencontrent souvent des pathologies dues à des conflits fraternels. Les parents, en consultation, évoquent toujours les mêmes symptômes : « Il est jaloux de sa sœur », « Ils passent leur temps à se chamailler », « Les mauvaises relations qu'entretiennent nos enfants font de notre vie de famille un enfer »...

On ne choisit pas ses frères et sœurs, ils nous sont imposés par les parents. Il est évident qu'avoir un frère ou une sœur, c'est d'abord se trouver face à un(e) rival(e). La vie en commun devient insupportable lorsque les rivalités et les rancœurs se fixent et n'évoluent plus. Les sentiments négatifs que nourrit l'un des enfants envers un petit frère ou une petite sœur, un grand frère ou une grande sœur, peuvent devenir toxiques et perturber gravement non seulement la vie de toute la famille, mais le développement psychologique, intellectuel et social du jaloux. Heureusement, cela n'est pas toujours le cas : tout dépend de la personnalité et de la fragilité de chacun des membres de la fratrie, qui se mesurent dans les rivalités quotidiennes et ordinaires. Les parents ne doivent pas oublier, même dans les moments difficiles, que la rivalité, c'est aussi la compétition qui aide les enfants d'une même fratrie à grandir.

Je vous invite à m'accompagner dans la clinique des relations fraternelles difficiles. Je fais le pari que ces histoires évoqueront en vous des souvenirs intimes. Justement, à propos d'intimité, laissez-moi vous confier une réflexion de ma fille Alice : « Je veux un frère ou une sœur, mais je voudrais toujours rester la plus petite. »

1

Le début de l'histoire,
ou l'arrivée du second

*Marseille, quartier nord, un institut médico-pédago-
gique. Je reçois en consultation les parents d'un enfant
handicapé, un couple sympathique. Ils parlent de leur
fils qui traverse une période de grandes difficultés de
développement en raison d'une maladie chromosomique. Au détour de la conversation, j'apprends que ce
garçon a une sœur cadette de 21 mois. Elle va pour le
mieux et ses progrès sont « fulgurants » comparés à
ceux de son aîné. Tous deux s'entendent bien et jouent
très souvent ensemble. Il l'a simplement bousculée
deux fois, mais involontairement.*

*Les parents devront admettre que leur petite fille,
en grandissant, dépassera assez rapidement son frère
en termes de capacités de langage et de représentations psychiques. Son aîné sera intelligent mais à
jamais blessé. Aussi, afin de préserver l'équilibre de
chacun des enfants et de sauvegarder leur entente, il
est important que les parents soient attentifs à leur
ménager des temps affectifs séparés : ils s'occuperont
à tour de rôle de leur fille puis de leur garçon. Pour
l'instant, la petite fille ne peut ni comprendre ni se
représenter le handicap de son frère aîné, mais cela ne
durera pas. Ses parents doivent l'aider, petit à petit, à
intégrer le diagnostic terrible de la maladie de son
frère et les troubles du développement qu'elle implique.*

Elle devra accepter, en fait, d'être la plus grande alors qu'elle est la plus jeune.

Rien n'est plus banal pour un couple que d'avoir des enfants. Le premier rassure les mères. Elles prouvent ainsi leur fécondité et affirment leur capacité à devenir mère, même si parfois le malheur frappe à la porte de la maternité. L'homme, pour sa part, reçoit sans doute le plus fort des témoignages d'amour de sa compagne ; il devient père parce qu'elle l'a choisi, lui, pour réaliser son désir d'enfant. C'est l'acceptation de ce rôle passif qui lui permet de devenir un père psychologiquement actif, tant au moment de la grossesse que par la suite. Ses attentions de tous les instants, la solidité de ses projets donnent à la future mère la sérénité et la certitude de bien vivre sa maternité. Un rôle que le père conserve lorsque l'enfant est là, construisant pour le bien de tous une relation à trois.

Cette première naissance autorise toutes les suivantes. C'est ainsi que se constituent les fratries. Le nombre d'enfants qui les compose n'a pas vraiment d'importance. Je crois que ce qui compte, c'est le pouvoir que détient chaque enfant de faire de ses parents de « bons parents », de leur donner, grâce notamment aux circonstances de sa naissance et à son caractère, l'occasion de rejouer leur rôle. Il sera rarement le même d'un enfant à l'autre. Je suis persuadé que tout parent a le secret espoir de s'améliorer avec l'expérience.

La décision d'avoir un deuxième enfant est beaucoup plus réfléchie et préméditée que celle d'avoir le premier, souvent conçu dans l'élan amoureux, parfois même chargé de réparer un couple en passe de se défaire. Ce nouvel enfant ne peut donc qu'être bon et parfait. Ainsi, tout à fait naturellement et sans s'en apercevoir, les parents posent les premières pierres d'une rivalité fraternelle, lesquelles peuvent construire, selon les cas, un muret, un mur ou un rempart de jalousie.

Le deuxième enfant est plus « vrai » que le premier. Les parents se sentent plus libres avec lui puisqu'ils se sont déjà entraînés à vivre avec un bébé ; ils ont beaucoup appris au contact de l'aîné, qui porte le poids de l'héritage familial. Grâce à lui, la filiation du couple est assurée et le nom – surtout si c'est un garçon – est pérennisé. Le désir d'un second enfant traduit parfois une préoccupation morbide des parents : si un accident fatal frappait le premier, il leur resterait un être à aimer et à chérir. Certains parents cherchent aussi, par ce deuxième enfant, à se consoler d'une déception : il faut, par exemple, avoir le courage de programmer un second lorsque le premier est atteint d'une maladie chromosomique, avec ou sans le diagnostic prénatal. Les parents veulent également souvent réussir avec le deuxième enfant là où ils considèrent qu'ils ont échoué avec le premier. J'entends encore cet adolescent traiter son frère aîné de « brouillon »… Enfin, grâce au second, ils remontent le temps et retrouvent les souvenirs merveilleux des premiers babils, de la tendresse des sourires et des soins à un enfant qui attend tout d'eux. Ils sont plus attentifs à des manifestations auxquelles ils n'avaient pas prêté attention ou qu'ils n'avaient pas comprises chez le premier. Maintenant elles deviennent sublimes.

Avant même de naître, le petit deuxième commence à perturber la belle tranquillité de la vie de famille à trois. Pratiquement, dès sa conception, se pose la question de savoir comment annoncer la nouvelle au futur aîné. Preuve que, aux yeux de beaucoup de parents, cette intrusion dans la famille n'est pas forcément une bonne nouvelle pour tout le monde. Les parents qui ont vécu cette histoire lorsqu'ils étaient enfants n'en gardent pas toujours un merveilleux souvenir. Ils ont peut-être même, pour certains, fait le choix de la vie de couple pour échapper à une cohabitation fraternelle pesante.

De plus en plus sensibilisés au bon développement psychologique de l'enfant – je le constate tous les jours –, tous les parents s'interrogent sur les conséquences de l'arrivée d'un nouveau-né. Le psychisme de leur aîné n'en sera-t-il pas trop perturbé ? Leurs premières questions portent sur le degré d'affection qui va les unir à ce « grand frère » ou à cette « grande sœur ». Ils s'interrogent sur le fait que l'aîné puisse leur en vouloir d'un tel « cadeau ». Les aimera-t-il un peu moins qu'avant ? D'expérience, ils savent que l'amour est un sentiment difficile à partager. D'ailleurs, eux-mêmes se demandent s'ils aimeront ce nouveau bébé autant que le premier et s'ils seront capables de ne pas éprouver des préférences. Ces craintes légitimes s'appuient, là encore, sur leur vécu d'enfants au sein d'une fratrie. La naissance d'un enfant dans une famille, quel que soit son rang, ravive toujours les bons et les mauvais souvenirs. Chaque parent a les siens, souvent secrets, ignorés du conjoint.

Le passé familial est une terre fertile où naissent bien des fantasmes. Ainsi, dès qu'une future maman sait qu'elle attend une fille, elle souhaite – ou craint – qu'elle ressemble à sa sœur. Le futur père, s'il est enfant unique, imagine, dès l'annonce de sa paternité, les délices d'avoir un frère ou une sœur, lui qui n'en a jamais fait l'expérience. Il projette sur l'enfant à naître toutes les histoires qu'il a attribuées au frère ou à la sœur imaginaires qui ont peuplé son enfance. Il se sent à la fois père et frère de son futur enfant.

Certains souvenirs sont perturbateurs, tels la mort d'un frère, le handicap d'une sœur ou la séparation des parents, vécue de façon différente par les membres de la fratrie. D'autres circonstances pèsent très lourd sur la décision de programmer un second enfant. Est-il chargé de remplacer un bébé qui n'a pas survécu ? Doit-il effacer le souvenir d'une interruption volontaire de grossesse ? Vient-il réparer la blessure de la naissance d'un enfant porteur d'un handicap ? N'est-il pas, enfin, conçu dans l'espoir de ressouder un couple qui se disloque ? Et, au moment de la séparation, ne risque-t-il pas de devenir le motif et l'enjeu de la rupture ?

Si le premier enfant, dès sa naissance, est chargé d'un bagage familial, le second porte aussi le sien, au contenu tout différent.

ILS M'ONT FAIT ÇA !

Aujourd'hui, les « ennuis » de l'aîné commencent de plus en plus tôt. Lorsque l'échographie et l'éducation sexuelle n'existaient pas, seuls quelques signes infimes lui laissaient supposer qu'il se passait quelque chose au sein de la famille. Il remarquait par exemple que sa mère avait mal au cœur le matin, que son père était plus présent et plus prévenant envers elle ; tous deux voulaient changer la disposition des meubles dans la maison… Maintenant, c'est assis dans le canapé du salon, entre papa et maman, qu'il découvre, ou plutôt devine, sur une photo, l'ombre de celui ou celle qui va bouleverser leur vie à trois. C'est au petit déjeuner que la mère se lance dans des histoires rocambolesques de petites graines… Bref, tout est déjà décidé : c'est une fille, c'est un garçon, et il (elle) sera là dans quelques mois ! L'enfant devient un aîné sans que ses parents lui aient laissé le temps d'en rêver…

À mes yeux, l'échographie est le premier instrument du malheur dans une vie d'aîné. Si, jusqu'alors, il pouvait toujours espérer que sa mère ne soit pas enceinte, maintenant qu'il en a la preuve, il est en proie à l'inquiétude, voire au désarroi ! À cet égard, les enfants qui vivent les situations les plus perturbantes sont ceux qui sont conviés à assister à l'examen échographique de leur mère. Cette initiative touche à l'impudeur car la grossesse appartient à la mère et, pour moi, la participation physique de l'enfant à cet acte médical peut être interprétée comme incestueuse. Elle peut aussi placer les parents dans une position délicate si l'échographie révèle une anomalie : que dire à l'enfant qui assiste à l'examen ? Que faire ? L'écarter précipitamment ? Quelle que soit la décision, son anxiété sera considérable.

Les enfants présents lors de l'examen échographique expriment souvent leur trouble : ils sont grimaçants, leurs propos traduisent l'impression de laideur qu'ils éprouvent face à ce spectacle. Ils ressentent presque tous une certaine horreur à voir l'intérieur du ventre de leur mère, là d'où ils viennent. Heureusement, la nécessité de cette présence est loin de faire l'unanimité chez les praticiens et les parents. Il me semble que la preuve photographique est une source de désarroi bien suffisante pour l'aîné.

Néanmoins, la préparation de celui-ci à la naissance de son cadet est indispensable car l'effet de surprise est toujours traumatisant. L'aîné doit être rassuré sur l'amour de ses parents : moins il doutera de leur capacité à aimer deux enfants à la fois, moins il se sentira anxieux. Pourtant, il aura beaucoup de mal à admettre qu'il sera aimé comme avant. Les enfants sont les spécialistes des comparaisons, pour la simple raison que l'enfance est la période par excellence où chacun repère les différences qui lui permettent de mieux se définir. Afin de l'aider à comprendre qu'il est aimé et qu'il le restera, les parents peuvent lui faire revivre les souvenirs du temps où il était bébé. Ces récits représentent l'une des meilleures prises en charge psychologiques. Enfin, pourquoi ne pas poser à côté de l'image échographique du bébé les photos des dernières vacances, celles où l'aîné était enfant unique ? La conquête et l'affirmation du passé lui permettront de supporter l'arrivée de cet intrus, si intime et dont il est naturellement jaloux.

Penser que l'on va avoir un cadet est pour l'aîné une découverte singulière. Seuls en sont préservés les enfants de moins de 18 mois. Leur âge ne leur donnant pas accès à des souvenirs conscients – c'est ce que l'on appelle en psychologie l'« amnésie infantile » –, ils ont le sentiment d'avoir toujours vécu avec un frère ou une sœur. Leurs relations fraternelles sont souvent proches de celles qui se tissent entre les jumeaux mais s'en distinguent, tout simplement parce que les parents ne les élèvent pas comme des jumeaux. Et cela change tout !

DEVENIR UN GRAND

L'arrivée d'un frère ou d'une sœur oblige l'enfant à se penser « grand » puisque ses parents lui annoncent un « petit » : petit frère, petite sœur ou bébé. Certains enfants refusent si violemment ce statut imposé qu'ils manifestent leur souffrance en interrompant leur croissance.

Julien est un petit garçon de 3 ans, doux et sensible. Très naturellement, il s'est assis sur les genoux de sa maman, face à moi.

Julien souffre d'un mal étrange : depuis presque un an, il n'a pas grandi d'un centimètre alors qu'il mange correctement et dort plutôt bien. Aucune investigation médicale n'a permis d'établir un véritable diagnostic. Sa maman est inquiète. Elle trouve que le sort s'acharne un peu trop sur sa famille. Il y a un an, elle a accouché prématurément d'un second enfant qui a fait un séjour de plusieurs mois à l'hôpital. Tous les jours, en sortant de son travail, elle s'y rendait en bus car il était situé en lointaine banlieue. Le week-end, son mari prenait le relais, sa profession l'obligeant toute la semaine à de nombreux déplacements. Cet emploi du temps serré ne lui permettant pas de récupérer Julien à la crèche, elle a demandé à sa mère de s'occuper de lui. L'enfant a donc séjourné presque six mois chez sa mamie à la campagne. Ses relations avec sa mère ont alors pris la forme de conversations téléphoniques quotidiennes agrémentées de visites tous les quinze jours. Julien n'a manifesté ni désaccord ni approbation, il a subi la situation calmement.

Il est rentré chez lui deux semaines après son petit frère. Depuis, son comportement est normal ; il se montre même assez affectueux avec le bébé. Il a quitté la crèche pour l'école en septembre dernier. Son institutrice le dit « rêveur et parfois un peu triste ». Il n'a pas beaucoup d'amis.

En fait, Julien a vécu cet éloignement comme un abandon, et l'affection de ses grands-parents n'a pu remplacer celle de ses parents. Il en a conclu qu'il fallait être petit et malade pour rester près d'eux. C'est pourquoi il a choisi d'arrêter de grandir.

Les enfants âgés de 2 ans et demi ou 3 ans ont déjà fait un parcours psychique important. Ainsi, dans leur première année de vie, ils ont appris à se différencier de leur mère et ont connu l'anxiété face à un visage étranger. Au cours de leur deuxième année, ils ont traversé la période dite « d'opposition » avec un certain talent. J'explique souvent à leurs parents qu'ils disent « non » à tout pour mieux apprendre à dire « oui ». À l'âge de 3 ans, ils sont presque tous propres. Ils disent « je », possèdent un vocabulaire de 1 500 mots et dessinent des bonshommes « têtards » que leurs parents punaisent aux murs de la maison. Je remarque toujours que ces enfants font la joie et le bonheur de leurs parents, et à quel point ceux-ci en sont fiers. En retour, les enfants de cet âge pensent qu'ils ont « la plus jolie des mamans du monde » et « le plus fort, le plus gentil de tous les papas ». C'est l'âge de l'entrée dans la période œdipienne, le moment où se mêlent des sentiments d'amour et de haine qu'aucun enfant ne vit dans le calme. Il lui est alors insupportable de penser qu'il va devoir partager cet amour avec un autre, qui, sans être encore là, occupe tant ses parents. Car le futur bébé prend déjà beaucoup de temps et d'espace : on lui cherche un prénom, on lui installe une chambre, voire un lit dans la chambre de l'aîné – que maman, en promenade, ne veut plus porter. Sans oublier mamie, qui n'arrête pas de faire des projets pour son arrivée...

Enfin, c'est à ce moment que beaucoup de parents décident qu'il est temps pour leur « grand bébé » de 3 ans d'aller à l'école, et, si l'idée ne lui déplaît pas, il est inquiet de devoir quitter sa maman. Je pense qu'à cet âge bon nombre d'aînés n'ont pas encore franchi l'étape psychique dite de l'« individuation-séparation ». Cette évolution est indispensable pour leur permettre de supporter l'absence de leur mère grâce à la pensée. La représentation mentale de l'être absent s'acquiert petit à petit, de mois en mois, plus ou moins rapidement selon les enfants. Pour être capable de surmonter l'angoisse de l'abandon, l'enfant doit pouvoir imaginer que sa mère est ailleurs, vaquant à ses propres activités. Mais il doit surtout être totalement persuadé qu'elle sera là à l'« heure des mamans ». Or cette certitude est souvent troublée par l'idée que c'est parce qu'elle s'occupe d'un autre enfant qu'elle est absente. N'est-ce pas là la preuve flagrante que son amour est moins fort qu'auparavant ? D'ailleurs, n'a-t-elle pas cessé de travailler pour mieux câliner ce bébé ? Comment l'enfant, à cet âge, peut-il savoir que les mamans ont des congés de maternité, et que la sienne en a bénéficié aussi au moment de sa naissance ? Je crois qu'il ne faut pas hésiter à le lui dire !

À la maison, dans la vie quotidienne, la crainte d'être moins aimé se confirme. L'aîné doit supporter que chacun s'extasie sur les cris, les sourires et même les selles du bébé. Comment peut-il comprendre une telle attitude alors qu'il fait tant d'efforts pour être propre ? Pourquoi encore ce bébé est-il autorisé à pleurer au milieu de la nuit alors que lui, qui a si peur du noir, doit rappeler tous les soirs qu'il a besoin d'une veilleuse pour s'endormir ? D'ailleurs, il lui semble que les câlins et les histoires au coucher sont plus courts et prodigués avec moins de conviction depuis que « l'autre » est là. Devenir aîné à 3 ans, c'est dur, très très dur !

Je voudrais insister sur le fait que les papas sont appelés à jouer à cette période le « rôle de leur vie ». D'autant plus s'ils ont eu du mal à se faire une place de père auprès de leur premier enfant, ils tiennent là leur seconde chance. Qu'ils laissent le nouveau bébé à sa mère pour jouer seul à seul avec leur aîné. Bien sûr, bons princes, ils accepteront d'intervertir les rôles avec leur épouse de temps en temps ! Les parents doivent se persuader qu'aînés et cadets profitent mieux de leur affection séparément.

ELLE VOULAIT UN FRÈRE, IL RÉCLAMAIT
UNE PETITE SŒUR

Je ne le dirai jamais assez aux parents : penser que le désir d'un second enfant se fonde sur la demande de l'aîné est une erreur. Tout parent doit éliminer cette idée ; elle est dévastatrice pour le couple et établit une relation de nature incestueuse entre parent et enfant. En effet, une mère ne doit pas dire qu'elle a fait un autre enfant à la demande de son petit garçon de 3 ou 4 ans. Celui-ci, en pleine période œdipienne, étape importante dans la construction de son identité sexuelle, ne manquera pas de la regarder amoureusement, satisfait d'avoir ainsi éliminé son père de la sphère familiale. Lui qui rêve tant de devenir le mari de sa maman et ne parvient pas à le dire avec des mots ne saurait imaginer meilleur alibi. Pourtant, le tabou de l'inceste doit rester, en toute circonstance, le fondement de notre société.

Malgré tout, il est fréquent que les enfants uniques disent à leurs parents : « Je veux un frère » ou : « Quand aurai-je une sœur ? » Ces propos sont à interpréter comme des paroles conjuratoires. Il suffit d'étudier les réactions des aînés, face à l'échographie ou lors de la première rencontre avec le nouveau-né, pour s'en persuader. Elles révèlent un discours plaqué sur les réactions parentales. Par amour, les enfants disent ce que les parents souhaitent entendre et se montrent très cohérents : ils veulent un frère ou une sœur puisque leur maman et leur papa ont dit vouloir un autre enfant. Un enfant de 3 ou 4 ans ne peut imaginer décevoir sciemment ses parents.

Pourtant, les enfants de cet âge affichent une grande prudence, car leur amour filial n'est pas aveugle. Je me suis amusé à analyser les souhaits qu'ils formulent quant au sexe du futur bébé. La préférence pour un frère ou une sœur explique souvent le fondement des relations de l'enfant avec ses parents. Lorsqu'un garçon souhaite avoir une petite sœur, c'est peut-être parce qu'il a ainsi l'assurance de rester le petit garçon préféré de sa maman. En revanche, s'il veut un petit frère, c'est sans doute parce qu'il a trop entendu dire que sa mère adorerait avoir une petite fille. À l'extrême, il est certain que, par ce moyen, son papa ne sera pas amoureux de sa petite sœur et qu'elle ne sera donc pas sa favorite ! De la même façon, une aînée préférera imaginer que sa mère mettra au monde un garçon pour être sûre de garder l'amour de son papa pour elle toute seule. Ainsi, l'enfant choisit toujours le sexe de son cadet en fonction de ce qu'il estime être le moins dangereux pour lui, le moins susceptible de bouleverser ses relations affectives avec ses parents. Que ceux-ci se remémorent ce qu'ils ont pu dire sur le futur enfant avant même sa conception pour prendre toute la mesure des propos de l'aîné. Le petit garçon qui veut une sœur dit qu'il n'est pas le petit garçon parfait que ses parents espéraient. La construction de l'estime de soi, du narcissisme de chacun, dépend du regard des parents, de l'estime, vraie ou supposée, qu'ils ont pour leur enfant. Une question tracasse toujours les aînés : si mes parents veulent un autre enfant, n'est-ce pas parce que je ne suis pas celui dont ils rêvaient ? Ainsi, pour éviter que ses parents ne recommencent une histoire d'amour avec un autre petit garçon qu'ils pourraient lui préférer, l'aîné serait plus tranquille si l'enfant attendu était une sœur. La petite fille qui « rêve » d'un petit frère raconte la même histoire. En réalité, l'aîné souhaite rarement un cadet du même sexe que lui : il craint une rivalité directe, il veut quelqu'un de différent. Des sexes identiques exacerbent toujours les rivalités dans la fratrie.

Je pense que les petites filles supportent mieux la maternité de leur mère que les petits garçons. Elles savent en effet très tôt que porter et mettre au monde des bébés sera leur « métier ». La maternité de leur mère les relie à leur future maternité. Ainsi, elles accordent moins d'importance au sexe de l'enfant attendu : garçon ou fille, c'est d'abord un bébé. D'ailleurs, lorsqu'elles jouent à la poupée, l'« enfant » n'a pas de sexe déterminé ; l'objet, sauf présence de caractéristiques explicites, est tantôt fille, tantôt garçon.

Les jeux de poupée ont un rôle important dans la construction de l'identité féminine des petites filles. Le sexe féminin se définit par la possession d'un utérus dont la fonction est d'accueillir un enfant ; il donne à la femme le pouvoir de fonder une famille. Les petites filles savent que les femmes sont des « fabricantes » de familles. Quelques-unes, précoces, peuvent dès l'âge de 2 ou 3 ans avoir une certaine notion de la signification du mot « famille ». Les garçons l'apprennent très tard, souvent après l'adolescence. Grâce à l'identification à la mère, les petites filles jouent très facilement à la « petite maman ». Certains frères cadets ayant subi l'autorité abusive de leur sœur durant toute leur enfance en témoignent d'ailleurs avec douleur.

Contrairement à ce que l'on pourrait penser, ce n'est pas en observant ses cousins et ses amis évoluer dans leur famille que l'enfant peut appréhender la notion de famille. Pour l'enfant unique, ce qui compte avant tout, c'est son propre père et sa propre mère. Le sentiment de fraternité ne se développe pas à l'extérieur de la famille, par le fait de voir d'autres enfants vivre avec leurs frères et sœurs. En réalité, le petit observateur a des repères plutôt négatifs, surtout si ce qu'il voit et entend met en évidence la difficulté de cohabiter avec des cadets particulièrement insupportables. Une conclusion s'impose alors à lui : avoir un frère ou une sœur, ce n'est pas de tout repos. Aucun enfant ne pense qu'il a beaucoup de chance qu'un frère ou une sœur partage sa chambre ou ses jouets ; seuls les parents le croient. Il s'agit d'une vision idyllique née dans la tête des adultes, voire d'une pensée conjuratoire, visant à s'assurer qu'ils ne seront pas tenus pour responsables d'une rivalité fraternelle qu'ils auraient favorisée en ayant un second enfant.

CHASSER L'INTRUS

José est un bel enfant, sympathique et bon élève. Il est même question de le faire passer directement du CP au CE 2. Seulement voilà, à table, son comportement est tout à fait extravagant : sans être anorexique, il mange peu, et surtout n'accepte d'avaler que certains aliments.

En fait, José, en adoptant un comportement alimentaire compliqué, manifeste la rivalité qui l'oppose à son jeune frère. Il cherche par ce moyen à capter l'attention de sa mère dont il estime qu'elle s'occupe beaucoup trop de son cadet, ne cessant de le câliner et de l'embrasser. À ses yeux, son père est bien plus équitable sur le plan affectif. La précocité scolaire de José risque d'écarter encore plus les deux enfants, le

petit frère restant alors le « bébé chéri » de sa maman.
D'autant plus que celle-ci raconte à qui veut bien
l'entendre que ce nouvel enfant est sa dernière chance
d'être maman puisqu'elle a dépassé la quarantaine.

Le cadet est toujours un intrus, au sens étymologique du terme : il pénètre dans la vie de l'autre, il arrive « en plus ». Les remaniements que sa présence, effective ou future, implique dans le fonctionnement quotidien de la famille en sont la preuve.

La jalousie est un sentiment réactionnel naturel. Partager l'affection de ses parents est impensable, voire irréalisable. L'enfant aîné, âgé de 3 ou 4 ans, met alors au point une stratégie grâce à sa pensée déjà bien élaborée. La solution : redevenir aussi petit que le petit afin que la lutte pour le cœur de ses parents soit plus égale. Dans le but d'acquérir les mêmes armes de séduction, il exprime sa jalousie par des comportements régressifs et agressifs. L'aîné devient un petit être instable, nerveux, irritable et hyperactif. Il souffre souvent de troubles somatiques, les perturbations du sommeil étant les plus classiques. Mais d'autres manifestations de régression plus spectaculaires inquiètent davantage les parents : il réclame de boire avec un biberon, veut téter le sein maternel, souffre d'une énurésie secondaire – c'est-à-dire qu'il se remet à faire pipi au lit alors qu'il était devenu propre – et demande parfois avec insistance qu'on lui remette des couches.

Bruno, 6 ans, vient en consultation parce que,
depuis la naissance de son petit frère, il se remet à
faire pipi au lit. Il m'affirme qu'il veut continuer afin
qu'on lui mette des couches et que sa grand-mère le
talque pour éviter que sa peau ne s'irrite. Il me précise
aussi que son petit frère, qui est trop jeune pour être

propre, ne bénéficie pas de ces attentions de la part de sa grand-mère !

Dans le cas de Bruno, on voit bien que la régression est volontaire, qu'elle vise uniquement à rester le préféré de sa grand-mère.

Ces comportements restent essentiellement domestiques, en majorité réservés à la mère. À l'extérieur, notamment à l'école, l'aîné s'impose de rester un grand, trahissant son malaise par des gestes agressifs envers ses camarades.

L'agressivité s'exprime aussi parfois à l'encontre de son cadet : l'aîné se défoule en proférant des injures et des paroles de mépris. Il prononce, avec un naturel étonnant, des phrases assassines appelant à la mort du gêneur ou tout au moins à son éloignement définitif. Parfois, il joint le geste à la parole : pincements, tapes, tirage de cheveux pour les plus évidents, bousculades et chutes pour les plus sournois.

Les parents s'irritent, parfois même s'inquiètent de cette attitude, craignant que l'aîné ne mette ses menaces à exécution. Mais, dans la grande majorité des cas, les gestes agressifs restent relativement mesurés. En revanche, les mots sont presque toujours violents car ils sont l'expression directe des fantasmes, tout comme les dessins qui, la plupart du temps, montrent un cadet isolé de la représentation familiale ou volontairement gribouillé parce que « raté ». Ainsi, l'imaginaire du jaloux est généralement d'une grande violence, et rares sont les aînés qui peuvent affirmer n'avoir jamais pincé ou griffé leur(s) cadet(s).

Les premières expressions de jalousie, si elles sont mal comprises ou trop sévèrement réprimandées, peuvent conduire l'aîné à dissimuler ses affects afin de n'être pas exclu de l'affection de ses parents et de la douceur de la vie familiale. Pour ma part, je conseille toujours aux parents de le laisser dire ce qu'il a sur le cœur. La jalousie est un sentiment si naturel qu'il faudrait plus s'inquiéter des aînés qui ne manifestent aucune agressivité vis-à-vis de leurs rivaux que de ceux qui l'expriment ouvertement. Les faux passifs, les muets refoulés explosent toujours un jour avec brutalité. En fait, agressivité et régression traduisent une véritable idéalisation du bébé. Ces comportements gênants se soignent tout simplement par la tendresse, l'enfant ayant besoin d'être rassuré quant à l'amour que lui portent ses parents.

La jalousie s'exprime de la façon la plus manifeste lorsque les deux enfants sont séparés de deux, trois ou quatre ans, mais elle peut apparaître encore plus précocement. Pour le célèbre psychiatre Henri Wallon, elle existe dès l'âge de 9 mois, lorsque l'enfant atteint le statut psychique de « sujet ». De son côté, Jean-Pierre Almodovar, psychologue spécialiste ayant particulièrement étudié les relations dans la fratrie, avance que, si l'aîné est âgé de moins de 2 ans, la jalousie a sur lui un effet organisateur puisqu'elle l'aide dans sa différenciation de l'autre : il y a moi et il y a toi, et nous sommes deux personnes différentes. Cette étape marque le début des relations sociales. La jalousie préserve ainsi l'enfant de la confusion « moi »/« autrui ». Almodovar estime encore que, si les comportements agressifs de jalousie culminent plus tard dans le cas d'une différence d'âge de deux, trois ou quatre ans, c'est parce que le plus grand perçoit de manière négative le fait d'être imité par un plus petit. Il est perturbé par la confusion entre « moi » et « autrui », des notions qu'il n'a pas encore parfaitement intégrées.

L'enfant qui manifeste des comportements régressifs est capable d'adopter deux attitudes opposées qui lui offrent l'occasion de mieux différencier les rôles de chacun : « grand » comme ses camarades de classe et « petit » comme un bébé sont deux supports d'identification qui témoignent de sa capacité à intégrer les notions d'espace et de temps.

Jacques Lacan a lui aussi étudié la jalousie chez l'enfant par le biais de sa théorie du « stade du miroir » : « La jalousie implique une capture imaginaire, explique-t-il, une capture par l'image de l'autre où se joue la structure du moi, le sujet s'identifiant, dans son sentiment de soi, à l'image d'un autre qui le constitue. » Selon lui, « les réactions de l'aîné, à la naissance d'un second, se différencient en fonction du degré de maturation du conflit œdipien ».

Il est aussi permis de se demander si les parents qui choisissent d'avoir des enfants rapprochés ne le font pas en raison d'une survivance de leur propre rivalité fraternelle. Inconsciemment, ne mettent-ils pas leur enfant aîné, qui traverse une période particulièrement sensible, en difficulté par un jeu d'identifications rétroactives ?

Il est toujours éclairant de prendre en compte l'histoire des parents lorsque l'on cherche à expliquer les difficultés relationnelles d'une fratrie. Grâce à leur enfant, les parents peuvent revenir en arrière, réfléchir et ressentir à quel point ils n'ont pas soldé leurs conflits avec leurs propres frères et sœurs. Il est souvent étonnant de constater que leur enfant connaît les mêmes difficultés, au même stade d'évolution et dans des circonstances similaires. Lorsque je demande aux parents qui viennent me voir avec leurs enfants en pleine rivalité fraternelle si cette situation leur rappelle celle qui les opposait à leur frère ou à leur sœur, tous me répondent « non » mais la plupart pensent « oui ». D'ailleurs, en règle générale, un peu plus tard au cours de la consultation, ils finissent par raconter une histoire qui les met en scène dans une situation de rivalité fraternelle. C'est un grand classique des consultations de pédopsychiatrie.

Avoir 3 ans et être en devenir de fraternité représente un véritable cataclysme intérieur, une incitation à la rivalité fraternelle qui conduit beaucoup d'enfants chez le psychologue ou le pédopsychiatre. Heureusement, les dernières statistiques sur la natalité en France sont réjouissantes : elles montrent que l'écart entre les naissances a tendance à s'agrandir pour se situer entre quatre et cinq ans. Les parents n'ont pas le choix : il leur faut bien vivre avec leurs petits jaloux d'enfants et se persuader, au milieu des cris et des pleurs, que la jalousie fait partie de leur développement normal. Elle offre une extraordinaire opportunité pour se dépasser, progresser et se construire. La nier est le plus sûr moyen de la renforcer, au point parfois de la transformer en une pathologie entraînant des troubles du sommeil ou des troubles du caractère. Les jalousies réprimées ou refoulées remplissent les cabinets des psychiatres et des psychologues. Car l'enfant jaloux est convaincu que, si les parents ne supportent pas sa jalousie, c'est parce qu'ils préfèrent « l'autre ».

Tom a 6 ans. Il est le frère aîné d'une petite sœur de 3 ans. Leurs caractères sont diamétralement opposés. Tom est un enfant plutôt timide. Il baisse les yeux dès qu'il croise mon regard, s'assoit sagement en face de moi et répond gentiment à mes questions, le plus souvent par oui ou par non. Sa sœur Noémie, au contraire, est à l'aise avec tout le monde ; curieuse, elle regarde autour d'elle et ne reste pas en place. Elle occupe tout l'espace de ses mouvements gracieux et monopolise la parole par ses propos interrogateurs. C'est une « chipie » qui n'hésite pas à me dire, lorsque je lui fais remarquer son exceptionnelle capacité à capter toute l'attention, que je suis un « grand menteur ». En quelques secondes, la petite séductrice a volé la vedette à son grand frère, qui vient pourtant me consulter.

Voyant Tom littéralement bâillonné, je suis contraint, pour lui permettre de s'exprimer, de faire sortir la petite fille de la pièce, et c'est pratiquement de force qu'elle rejoint sa grand-mère dans la salle d'attente. Il ne m'aura pas fallu longtemps pour comprendre que Tom vit l'enfer sur terre ! L'enfant montre en outre une certaine disposition à se faire « manger » tout cru par sa dévoreuse de sœur. Il a besoin d'aide, d'autant plus qu'il est malheureusement à craindre que son cauchemar ne se prolonge avec les années. Dès que sa sœur aura l'âge d'avoir des copines, elle prendra un malin plaisir à les associer à ses moqueries. La timidité maladive de Tom se transformera alors en une inhibition handicapante qui pourra mettre en péril son avenir.

Ses difficultés ont commencé dès son entrée à l'école. N'étant pas prêt à devenir autonome, il n'a pas supporté la séparation que lui imposait la scolarisation. Il en a éprouvé d'autant plus de douleur que sa sœur, restée à la maison, avait acquis avant lui une bonne capacité d'« individuation-séparation » : alors que pour elle la présence de sa mère toute la journée n'était pas indispensable, Tom, lui, en rêvait.

L'origine du trouble qui perturbe ce petit garçon se trouve dans son immaturité psychique et sa sœur en est le facteur déclenchant. La personnalité de Noémie n'est pas en cause, c'est celle de Tom, timide et *réservé. L'histoire de Tom conduit tout naturellement à se demander ce qui a décidé ses parents à avoir un autre enfant. L'ont-ils souhaité en raison des difficultés relationnelles qu'ils éprouvaient avec le premier ? Leur désir d'un second enfant n'était-il pas un désir de réparation ? Auraient-ils rêvé que Tom soit un enfant plus à l'aise, plus expansif ?*

Tom est comme il est. Ses parents n'y changeront rien ! Être parent, c'est d'abord s'adapter à l'enfant que l'on n'envisageait pas.

LE BON ÉCART D'ÂGE

La différence d'âge idéale entre les enfants d'une même famille est de six à sept ans. L'organisation qu'apporte à l'aîné la période œdipienne lui permet de s'identifier avec plus d'assurance au rôle parental. Les pulsions agressives cèdent alors la place à la tendresse. De plus, l'enfant de 6 ou 7 ans a eu le temps de se forger des souvenirs de famille qui lui sont personnels. Il regrette peut-être de temps en temps que sa mère soit moins disponible pour lui mais il se souvient avec délices des histoires partagées à l'heure du coucher ou de ses premières vacances au bord de la mer à la découverte des crabes. Les six, sept ou huit années qui séparent les frères et sœurs donnent au premier le temps de jouir du statut d'enfant unique. Il profite aussi de cette période pour gagner son autonomie ; il en savoure les avantages à l'arrivée du second et sait qu'il peut compter sur le réseau d'amis qu'il s'est constitué hors du cercle familial.

Dans ce cas de figure, la compétition pour conquérir l'amour des parents est moins aiguë puisque l'aîné a moins besoin de leur présence. Ce principe s'applique avec encore plus d'acuité lorsque les membres d'une même fratrie sont séparés par de nombreuses années. La relation fraternelle peut alors être minimale, avec peu d'échanges et de sollicitations mutuelles. La fille aînée adopte parfois un rôle maternant, devenant presque une seconde maman qui peut de temps à autre remplacer la vraie. Elle se prépare à la maternité. Les garçons, quant à eux, regardent le plus souvent cette situation avec amusement. Mais quelle que soit l'attitude de ces « grands » aînés, les enjeux de l'adolescence priment indiscutablement ceux de la fratrie.

En fait, pour l'adolescent, penser que ses parents ont encore une sexualité au moment où lui commence à assumer la sienne est un véritable sujet d'étonnement. J'ai reçu un jour en consultation un adolescent qui allait devenir grand frère. Il se demandait si sa mère avait oublié sa pilule ou si ses parents avaient eu des rapports non protégés alors que l'un comme l'autre ne manquaient jamais de lui rappeler ces précautions élémentaires dès qu'il sortait avec une petite amie.

ÉLOGE DE LA JALOUSIE

Il est tout à fait normal de jalouser une autre personne, d'envier sa beauté, sa finesse, ses talents, ses réussites amoureuses... La jalousie est le ciment du narcissisme et de l'image de soi. C'est par elle que chacun de nous se construit. Elle aiguillonne le désir de savoir et stimule la recherche de soi, puisque soi ne sera jamais l'autre, puisque soi doit vivre au côté de l'autre. La jalousie est le moteur de toute compétition : le jaloux, tourmenté par le succès d'autrui, veut l'égaler, le supplanter. Il agit pour devenir, à ses yeux, meilleur, le meilleur d'entre tous !

Le frère ou la sœur jouent un rôle important dans la constitution de la personnalité, bien au-delà de la bataille pour la possession de l'amour maternel. L'autre permet à chacun de mieux se définir par le jeu des ressemblances et des différences. Chaque nouvelle naissance dans la famille ravive les rivalités tout en modifiant la donne. L'arrivée d'un petit troisième transforme le cadet en enfant du milieu, à son tour confronté à la rivalité avec un plus petit que lui ; l'aîné, consterné, sait qu'il va devoir à nouveau supporter les « caprices » d'un petit et que ses parents seront encore moins disponibles pour lui.

L'intrus, quel que soit son rang de naissance, doit se faire une place parmi les autres en les bousculant, en les forçant à un autre partage, notamment celui de l'amour des parents. Pour vivre en famille, chacun est alors contraint de consentir à des aménagements et à des arrangements plus ou moins bien acceptés : partager la même chambre, attendre son tour pour utiliser la salle de bains, se montrer brillant en classe ou sur un terrain de sport.

Le puîné est d'abord un gêneur, celui par lequel l'aîné connaît son premier traumatisme. Il oblige la mère à limiter le lien d'exclusivité qu'elle entretenait jusqu'alors avec son enfant unique, il met en doute les sentiments d'omnipotence de l'« enfant-roi ». Il concrétise aussi la réalité de la « scène primitive », acte d'amour à l'origine de la vie. Sa naissance avive les questions de la filiation et fait naître les premières interrogations sur la sexualité : d'où viennent les bébés ? Que font les parents lorsqu'ils s'enferment dans leur chambre ?

Toutefois, il serait injuste de penser que seul l'aîné est jaloux. Le cadet nourrit, assez largement, des sentiments d'envie à l'égard de son grand frère ou de sa grande sœur en raison des prérogatives dues à l'avantage de l'âge. L'aîné gagne aux jeux, court plus vite, se voit offrir un superbe vélo à Noël ou accorder l'autorisation de sortir avec des amis…

L'intensité des réactions de jalousie est extrêmement dépendante de l'intelligence des enfants, de leur seuil de tolérance aux frustrations et des relations qu'entretient chacun d'entre eux avec ses parents. Cela explique que, si la jalousie est naturelle, elle peut être, selon les cas, supportable ou féroce. La naissance d'un autre enfant peut, par exemple, révéler la relation difficile de l'aîné avec l'un des parents, relation qui, jusqu'alors, ne s'était pas exprimée ou avait été compensée. Dans ce cas, les comportements agressifs seront appelés « méchancetés » par les parents et justifieront les punitions qui enveniment toutes les relations familiales.

Pourtant, une jalousie normale n'est jamais assimilable à de la méchanceté. Il est faux de penser que deux enfants, frère ou sœur, qui se disputent ou se battent ne s'aiment pas. Le jaloux est en proie à une constante ambivalence de sentiments, il aime et hait tout à la fois. Il en souffre et, souvent, culpabilise. Les symptômes qu'il peut alors développer sont l'expression de mécanismes de défense pour lutter contre ses pulsions agressives, mais aussi celle d'une angoisse et d'un sentiment de culpabilité.

Certains enfants retournent leur agressivité contre eux : ils sont grognons, se plaignent de maux de ventre ou de tête et font des cauchemars. D'autres refoulent toute agressivité et se replient sur eux-mêmes : ils sont totalement inhibés, ne s'intéressent plus à rien, y compris aux activités scolaires. Ils cèdent tout au plus petit de peur de déplaire à leurs parents. Mais, sous l'effet d'un mécanisme de défense, l'agressivité peut se transformer. Les aînés deviennent tellement soucieux du bien-être de leurs cadets que ceux-ci étouffent sous leurs sollicitations. Trop de baisers, trop de caresses agace et fait pleurer les plus petits.

Généralement, au bout de quelques semaines ou de quelques mois, si tant est que les parents ne commettent pas trop d'erreurs éducatives telles que réprimandes, punitions ou injustices flagrantes, l'agressivité est sublimée. L'aîné et le cadet s'affrontent alors pacifiquement en d'innombrables compétitions. Quantité de gestes sont effectués et imités à l'infini : si l'un prend un objet, l'autre s'en saisit juste après ; si l'un s'assoit sur les genoux de sa mère, l'autre s'en rapproche. Ces jeux de compétition sont permanents au quotidien et les parents finissent par ne plus les remarquer.

Les plus jeunes jouent à se poursuivre, à sauter plus loin et plus haut, à faire les plus grosses bêtises. Les plus grands se mesurent dans des affrontements sportifs et se talonnent sur le plan scolaire. Cette sublimation implique une maturité suffisante et une bonne capacité à supporter les frustrations. L'enfant de plus de 6 ans transforme ses pulsions agressives en tendresse ou en sévérité selon son modèle d'identification parentale. Il se sent investi d'un rôle de transmission, voire d'éducation auprès de son cadet. Il ne manque d'ailleurs pas de reprendre ses parents lorsqu'ils n'ont pas la sévérité voulue, ou de leur faire remarquer qu'ils ne remplissent pas toujours correctement leurs tâches éducatives.

Chacun d'entre nous nourrit le fantasme d'être un être unique, d'être seul à compter pour les autres et dans le monde. Abandonner cette idée est difficile mais nécessaire pour vivre parmi les autres, avec toute sa vulnérabilité.

2

Aîné et cadet : à chaque rang son avantage

Les sentiments de jalousie n'épargnent aucun des enfants de la fratrie, quel que soit leur rang de naissance. Par contre, ils n'ont pas les mêmes fondements selon que l'enfant est aîné, cadet ou puîné. L'aîné est jaloux des tendres attentions de ses parents vis-à-vis du plus petit. De son côté, le plus petit est jaloux de ce que l'aîné a connu avant sa naissance. L'enfant du milieu, lui, se demande pourquoi il y a un grand qui commande et un petit toujours terriblement choyé.

QUI PERD, QUI GAGNE ?

Christophe, 12 ans, et Romain, 8 ans, sont deux frères qui se battent et s'agressent très violemment. Ce n'est pas une simple rivalité fraternelle qui les oppose mais presque de la haine. Leurs parents sont totalement dépassés par la situation.

Christophe et Romain n'ont pas vécu la même petite enfance. L'aîné a été élevé par ses parents qui se relayaient auprès de lui en raison de leurs activités professionnelles. Ne voulant pas réitérer cette expérience trop fatigante, le couple a décidé de confier le cadet à ses grands-parents.

Les conflits entre les deux garçons éclatent toujours de la même façon. Romain est constamment en position de demandeur auprès de son frère, attendant de lui qu'il lui explique ce qu'il ne sait pas. Christophe lui répond toujours sur le même registre : « Tu es petit, tu n'as pas à savoir les choses que je sais. » Ainsi, Christophe a eu à Noël un jeu vidéo dont il ne veut plus puisqu'il vient de recevoir le dernier modèle pour son anniversaire. Il s'en débarrasse en l'offrant à Romain. Mais il continue de lui emprunter régulièrement car il apprécie les jeux de combat. Romain consent à le lui prêter, mais à condition qu'il lui apprenne à y jouer. Christophe refuse catégoriquement... et c'est le pugilat. En fait, Christophe refuse de tenir son rôle d'aîné éducateur et cela met son petit frère en rage. Il est déterminé à lutter, il ne cédera pas, même avec l'intervention de ses parents.

Curieusement, lorsque je demande à chacun de ces garçons s'il préférerait être enfant unique, tous deux m'assurent que non : Christophe à cause des bons moments qu'ils partagent de temps à autre, et Romain pour la simple raison que, s'il n'avait pas de grand frère, personne ne pourrait lui expliquer les choses qu'il ne sait pas.

J'ai demandé à Christophe et à Romain de tenir un « cahier de disputes » que nous examinerons ensemble tous les deux mois afin de tenter de résoudre les conflits. Reste à savoir maintenant si les pédopsychiatres peuvent être de bons médiateurs...

Vaut-il mieux être aîné ou cadet ? Qui, dans la fratrie, occupe la position la plus agréable et la plus confortable ? Cette question est récurrente dès que l'on parle de famille. Néanmoins, j'estime que la notion de rang d'âge dans la fratrie est obsolète. Car ce n'est pas le rang qui compte dans le développement de l'enfant, dans ses rapports avec ses parents ni dans la construction de son avenir, c'est sa personnalité et sa capacité d'adaptation aux situations nouvelles. Les rapports entre aînés et cadets s'établissent de manière subtile sans référence obligée à leur rang de naissance.

Il me semble aujourd'hui que les parents ont fait de tels progrès dans l'éducation des enfants que les clivages entre aîné et cadet ont disparu. Il demeure néanmoins un fait marquant pour le pédopsychiatre que je suis, c'est que les parents, formés par un premier enfant, sont plus à l'aise avec le second. Ils valident en quelque sorte avec l'aîné leurs qualités parentales. Les parents d'aujourd'hui, qui ont acquis un certain nombre de notions en psychologie, sont capables de gommer dans l'éducation du deuxième enfant les erreurs qui ont pu ternir celle du premier. Par exemple, si l'aîné a souffert de troubles du sommeil, son frère ou sa sœur recevront des soins ou des attentions plus adéquats pour éviter l'apparition du même symptôme. Dans cette mesure, on peut dire que le cadet est mieux accueilli et mieux élevé que l'aîné.

De même, le troisième enfant bénéficie de l'éducation de l'enfant du milieu, le quatrième de celle du troisième, etc. Je n'irai pas plus loin car les familles nombreuses sont en voie de disparition. Dans la majorité des pays développés, le modèle familial s'articule autour de deux enfants, un aîné et un cadet.

COINCÉ ENTRE UN GRAND ET UN PETIT

Dans les fratries, l'arrivée d'un nouvel enfant bouscule les privilèges et redistribue les avantages des autres enfants, quel que soit leur âge. La naissance d'un frère ou d'une sœur est presque toujours accompagnée d'une réorganisation dans le fonctionnement de la famille : le plus âgé est scolarisé, il est davantage à la charge de son père (c'est-à-dire moins dépendant de sa mère), va plus souvent chez ses grands-parents. Sur le plan psychique, le ou les grands doivent supporter l'idéalisation du petit dernier. L'enfant du milieu peut alors se trouver dans une situation assez inconfortable : il est en rivalité directe avec le troisième et subit le dédain de l'aîné, dont il est aussi parfois jaloux.

Arnaud, 14 ans, a de sérieux problèmes avec son frère aîné Jérôme. Il est victime d'une double persécution, d'abord parce que Jérôme est beaucoup plus grand que lui, ensuite – et c'est ce qui rend les choses encore plus douloureuses – parce qu'il ressemble comme deux gouttes d'eau à sa mère. En revanche, Arnaud a d'excellentes relations avec sa sœur cadette. Il est parfaitement intégré dans sa famille tant du côté maternel que parternel.

Il me rapporte avec enthousiasme les souvenirs professionnels de son grand-père, évoquant assez brillamment la marine marchande et la marine nationale où celui-ci a exercé différents métiers. Il dit d'ailleurs « la Marchande » et « la Royale ». Lui veut devenir pilote de chasse, plus particulièrement sur un porte-avions ; il aura alors totalement réalisé le fantasme familial.

Son père joue bien son rôle avec ses enfants ; il emmène de temps en temps l'un d'eux seul au cinéma, mais parfois aussi la famille au grand complet. Sa mère, elle, n'est pas trop inquiète à son sujet. Bien sûr, il lui ressemble moins et il est intellectuellement moins performant que son aîné, mais ses résultats scolaires ne sont pas trop mauvais.

Les parents d'Arnaud sont simplement gênés par certains de ses comportements. Il s'isole souvent dans sa chambre et a tendance à se montrer agressif avec ses camarades de classe. En fait, c'est ainsi que ce garçon manifeste la jalousie qu'il éprouve envers son frère. Il sait qu'il n'a absolument pas la capacité physique de s'opposer à lui. Il supporte difficilement que son aîné réussisse avec tant de facilité ses études et souffre de sa ressemblance avec sa mère alors que lui-même entre dans une nouvelle phase œdipienne.

Arnaud a besoin d'une aide psychologique pour surmonter ses difficultés. Elle est presque immédiatement efficace puisque, dès le début de sa prise en charge, ses résultats scolaires s'améliorent. Il terminera l'année avec de très bonnes notes. En réalité, la rivalité qui l'oppose à son frère est positive car il aspire à égaler sa réussite scolaire. À terme, elle ne gênera ni son évolution psychique, ni son éveil intellectuel. Arnaud finira par être un enfant du milieu s'entendant relativement bien avec son frère aîné et heureux avec sa sœur cadette.

En règle générale, l'enfant du milieu est partagé entre deux types de complicité qui peuvent de temps à autre se transformer en rivalité : il se sent proche du plus petit, auquel il tente de s'identifier en manifestant des comportements régressifs, et souhaite établir une certaine complicité avec l'aîné, auquel il aspire à ressembler. Il veut par exemple partager des jeux qui ne lui sont pas encore accessibles puisqu'il ne sait pas lire. Il réclame d'aller lui aussi à l'école alors qu'il ne parvient pas à abandonner son « doudou » ne serait-ce que quelques minutes.

J'ai pu observer dans certaines fratries une véritable rivalité entre aîné et deuxième pour prendre la responsabilité du petit dernier. La situation la plus caractéristique est celle d'un petit garçon né après deux filles d'âge proche : celles-ci entrent en rivalité pour devenir la meilleure « petite maman ». Elles s'observent pour déterminer laquelle des deux donne le mieux le biberon, change le bébé avec le plus de dextérité, est la plus appréciée pour jouer avec lui… Après quelques ajustements, une rivalité organisée s'installe. L'une des fillettes affiche des préoccupations « scientifiques », un peu à la manière d'une infirmière ; elle adore peser le nourrisson et tenir à jour sa courbe de croissance. L'autre se découvre une vocation de psychologue, cherchant à nouer des contacts et à favoriser son éveil par le jeu. Même si l'enfant ne se souviendra pas réellement des attentions de ses nombreuses mamans, celles-ci sauront les lui rappeler en gardant longtemps à son égard un mélange d'autorité et de bienveillance.

Pour ma part, je ne crois pas à une fragilité particulière de l'enfant du milieu. Il s'agit d'un ancien puîné qui a souvent une vie plus facile que l'aîné. Celui-ci prend le maximum de risques dans une famille où il est chargé de tous les désirs et de toutes les projections des parents ; il pèse même parfois sur lui un lourd mandat transgénérationnel.

L'expérience d'une première parentalité permet à la mère, comme au père, de comprendre que le développement et l'avenir d'un enfant dépendent davantage de lui que de ses parents. Élever un bébé, ce n'est pas tout à fait ce qu'ils croyaient ; ils constatent que c'est l'enfant, par la singularité de sa personnalité, qui forme ses parents plutôt que l'inverse. Ce processus d'« éducation » est très intéressant pour les enfants suivants car leurs parents sont devenus un peu plus modestes dans leurs ambitions et dans leurs exigences ; les enjeux sont donc moins forts. Je constate que les cadets sont souvent à l'aise dans la vie et relativement sereins dans leur développement. L'enfant du milieu subit moins la pression des parents, mobilisés à la fois par la réussite de l'aîné et par le maternage du petit dernier. Ainsi, il ne se sent aucunement frustré lorsque, en fin de journée, il se retrouve seul devant la télévision pendant que papa baigne le bébé et que maman fait lire le plus grand.

Toutefois, la situation est très différente si le troisième enfant est handicapé. Dans ce cas, les soins et la préoccupation des parents vis-à-vis de ce dernier-né peuvent susciter chez le deuxième le sentiment d'être privé de sa petite enfance, ses parents lui demandant d'être autonome le plus rapidement possible. Il est souvent scolarisé précocement, parfois trop tôt, dès l'âge de 2 ans. Colère, mauvaise humeur, troubles du sommeil sont généralement les manifestations de son mal-être. Ne comprenant naturellement pas les circonstances, il voudrait encore être avec sa maman. Dans une telle situation, c'est la relation individuelle mère-enfant qui permet de résoudre la majorité des difficultés.

Si je devais donner un conseil aux parents d'enfant handicapé, que celui-ci soit aîné, cadet ou puîné, ce serait d'essayer de le rendre le plus autonome possible et de lui proposer des temps de « séparation-inviduation ». Qu'ils n'hésitent pas à le mettre en crèche, à la halte-garderie ou dans une institution spécialisée ; c'est le seul moyen d'éviter une trop grande fusion mère-enfant susceptible d'épuiser l'adulte, de freiner les progrès possibles chez l'enfant et de faire naître des rivalités complexes avec ses frères et sœurs.

J'ai le souvenir d'une fratrie composée d'un aîné en bonne santé et d'un cadet autiste. Les parents avaient placé le premier en internat pour se donner le temps de s'occuper du cadet. Or l'aîné s'est montré infernal, cassant tout sur son passage, et la pension n'en a plus voulu. Il a retrouvé un dynamisme normal de développement dès lors que son frère autiste a été placé en institution. Pourquoi ? Tout simplement parce que cet enfant normal ne comprenait pas la fusion pathologique qui unissait sa mère à son frère handicapé. Ses bêtises et ses méfaits signifiaient : « Arrêtez de tant vous occuper de lui, j'existe moi aussi. »

Le deuxième enfant peut aussi être en proie à d'importantes difficultés si le troisième est fortement idéalisé. C'est le cas par exemple lorsqu'une fille naît enfin dans une fratrie de garçons, ou inversement. Ce bébé différent par le sexe est l'objet de tous les compliments et de toutes les attentions, de la part des parents et même des grands-parents. Une telle situation, si elle dure, peut établir une véritable préférence qui est toujours douloureusement supportée. Au risque de me répéter, je conseille toujours aux parents, pour le plus grand plaisir de tous, de confier de temps à autre le nouveau-né à l'une de ses grands-mères ou à une amie. Le temps ainsi libéré permet de partager avec les autres enfants des loisirs adaptés à leur sexe.

UN ANCIEN ENFANT UNIQUE

La position de l'aîné dans la famille reste la plus spécifique en raison de l'originalité de ce qu'il a vécu avant l'arrivée de son ou de ses cadets. Pour tous, il est celui qui fonde la famille, qui établit la fécondité de ses parents. Son ancien statut d'enfant unique lui confère une plus grande proximité avec les adultes de la famille puisqu'il a déjà partagé avec eux des jeux et des découvertes. Il tient souvent une part importante dans l'histoire de la famille. Par exemple, s'il a fait ses premiers pas dans les allées du jardin de son grand-père, ce souvenir deviendra un fait marquant de l'histoire familiale, ce qui n'est pas le cas si l'exploit est réalisé par son cadet.

Surtout, il a l'avantage d'être le « premier » ; il est la référence qui permet d'établir des comparaisons avec ses cadets. Grâce à son avance en âge, l'aîné trouve son modèle d'identification avant tous les autres enfants de la fratrie : le garçon est en admiration devant son papa, la fille ravie de ressembler à sa maman, quand tous les autres en sont encore à se chercher. Sa position de « grand » lui donne aussi une responsabilité au sein de la famille. Il peut même être investi par les parents d'une certaine autorité sur ses cadets. Les aînés sont souvent de vrais « anges gardiens », capables d'assurer la sécurité de leurs frères et sœurs et de se substituer aux parents pour un temps donné. Certains assument cette tâche avec difficulté, d'autres avec plaisir. L'aîné expérimente sur la fratrie des attitudes qu'il reproduira plus tard en tant qu'adulte. Son comportement peut même laisser deviner quel type de conjoint il deviendra, quelle place il tiendra dans la société et dans sa propre famille.

C'est un petit garçon très à l'aise qui entre dans mon bureau. Cependant, Benjamin « explose » de temps en temps : il ouvre une fenêtre et se met à hurler, il pousse des cris brusquement pendant la classe. Il est néanmoins bon élève puisqu'il est premier de sa classe de CE 1. Sa sœur aînée, Camille, est dans la même école en CM 2. Leur père, très pris par son travail, est souvent absent et laisse entièrement l'éducation des enfants à la charge de son épouse. Celle-ci gère la famille de manière assez autoritaire. Camille, qui

s'identifie parfaitement à sa mère, mène son frère à la
baguette ; elle invente des bêtises dont elle l'accuse.

Tant d'injustice met Benjamin dans des colères noi-
res. Depuis peu, il crie avant même que sa sœur ait
fini d'exposer ses griefs. Il a ainsi trouvé le moyen de
la bâillonner : il couvre ses paroles par ses cris au
point que les voisins s'alarment et tapent aux cloisons.

En fait, je trouve que Benjamin se défend plutôt
bien, même si son comportement est pénible pour sa
famille et son entourage. Afin de l'aider à contrôler
ses pulsions, il est indispensable qu'il suive une psy-
chothérapie.

Lorsque je revois Benjamin quelques mois plus tard,
il est très content de sa psychothérapeute. Il me confie
que ce qu'il apprécie par-dessus tout, « c'est qu'elle
ne répète pas tout à ma mère comme le fait ma sœur ».

Si j'ai un autre conseil à donner aux parents, c'est
de faire en sorte que l'aîné vive comme un enfant de
son âge, et pas plus. Il faut l'autoriser parfois à être
petit, c'est la meilleure prévention contre des troubles
futurs. Il a le droit d'avoir peur, d'être fatigué, de croire
au Père Noël ou de pleurer quand il a mal. Les parents,
très souvent, lui disent qu'il est grand quand c'est dans
leur intérêt : il connaît leurs petits arrangements avec
la vérité !

L'aîné est aussi un bon observateur et un étonnant
comptable des baisers et des câlins que les parents dis-
tribuent au « petit » – des calculs que ces derniers ne
songent jamais à faire. Quel que soit son âge, l'aîné
doit être assuré de l'affection de ses parents, faute de
quoi une jalousie tenace risque de perturber l'ensemble
des relations familiales.

Il est encore fondamental de ne pas le mettre en
position de « sous-parent », ni de faire de lui un inter-

médiaire entre eux et le cadet. Il se retrouverait alors investi d'une responsabilité écrasante, parfois trop lourde pour ses épaules d'enfant. Par exemple, il n'est pas dans son rôle de surveiller les devoirs de son frère cadet ou de l'accompagner, tel un moniteur, dans le club où il fait ses premiers pas de sportif. Il suffit de voir avec quelle mauvaise volonté il remplit ce genre de tâche pour comprendre qu'il aspire à vivre simplement et tranquillement la vie d'un enfant de son âge.

Être sage, dormir quand on lui demande, ne pas bousculer son cadet qui pourtant, de temps en temps, le mérite bien… Jouer les modèles n'est pas de tout repos, et c'est même très contraignant si c'est en permanence. Les sentiments de frustration de l'aîné trouvent souvent en son cadet une première victime.

Dans la fratrie, l'aîné a une fonction essentielle, celle d'entretenir la mémoire familiale. Cette fonction a l'intérêt pour les cadets et les puînés de leur donner accès à un temps et à des événements qu'ils n'ont pas vécus et qui pourtant appartiennent à l'histoire de la famille. L'aîné peut ainsi avoir connu un aïeul dont les plus jeunes n'ont vu que les photos, une maison où la famille a habité avant leur naissance, un chien ou un chat disparus. L'aîné, c'est celui qui parle des épisodes de l'enfance que les cadets n'ont pas vécus, mais c'est aussi une splendide mémoire des événements qu'ils ont oubliés. Il est le témoin vivant des progrès de chacun de ses frères et sœurs ; il les a vus faire leurs premiers pas, entendus prononcer leurs premiers mots. Son rôle devient encore plus important en cas de disparition des parents. L'aîné connaît l'histoire des photos, des dessins et des objets ; par leur évocation, il fait revivre à toute la fratrie un temps passé et révolu. Tout aîné « fait du Proust » sans le savoir.

Lorsque la famille est ébranlée par un événement

grave comme un divorce ou un décès, l'aîné voit souvent son rôle s'accroître ou se transformer. Surtout s'il est au seuil de l'âge adulte, il se voit, assez classiquement, confier la tâche de remplacer le parent décédé. C'est ainsi qu'après l'hécatombe de la Première Guerre mondiale un grand nombre de garçons ont été privés d'une partie de leur adolescence. Les filles aînées, pour leur part, se substituent souvent à la mère lorsque la fratrie compte encore de jeunes enfants. Elles peuvent même parfois assumer un double rôle, celui de « deuxième maman » pour aider leur mère dans le maternage des plus petits et celui de « père de substitution » pour compenser le manque d'autorité dû à l'absence paternelle.

Dans une famille, lorsque le rôle des parents est fragilisé, l'aîné peut ainsi être d'un grand soutien pour ses frères et sœurs. Il est capable de modifier l'image d'un père ou d'une mère en difficulté. Idéalisé par la fratrie, il pallie les inconséquences et les incompétences parentales. C'est pourquoi certains cadets considèrent davantage leur aîné(e) comme un père ou une mère que comme un frère ou une sœur. Ces phénomènes de substitution sont particulièrement flagrants lorsque les parents se séparent : la sœur aînée élève ses frères et sœurs, se substituant à la mère qui est partie en abandonnant les enfants, et le frère aîné prend la place du père dans les constructions psychiques d'identification des autres enfants délaissés.

Lorsque le couple parental se sépare, les frères et sœurs, le plus souvent, ne pensent pas qu'ils doivent eux aussi se séparer ; jamais l'un ne choisit de vivre avec sa mère pendant que l'autre décide de partir avec son père. Aucune fratrie n'a un sens aussi élevé du sacrifice. Les enfants ont la volonté de rester ensemble et de vivre chez le parent avec lequel ils s'entendent le mieux ou qui a le plus besoin d'être protégé. Face au danger affectif que représente le divorce, les frères et sœurs forment un groupe dont l'aîné prend la tête. Il fait psychiquement pression sur les cadets pour qu'ils aillent dans son sens. Ainsi, lorsque les plus petits disent : « Nous ne voulons pas voir papa (ou maman) parce que nous ne l'aimons pas », ils ne font qu'exprimer ce que l'aîné n'a cessé de leur répéter : « Je ne l'aime plus puisqu'il (elle) est parti(e), donc vous ne l'aimerez plus non plus. »

S'il m'arrive de rencontrer des situations où le divorce a provoqué la séparation de la fratrie, ce n'est jamais sur l'avis des enfants. Les parents décident pour eux, puis les persuadent que cette solution est la meilleure. La plupart des enfants sont perturbés par cette double séparation – celle d'un de leurs parents et celle d'un frère ou d'une sœur.

Le rôle de l'aîné est encore très important dans les familles immigrées dont l'installation est récente. La sœur aînée, notamment, tient une place essentielle, équivalente à celle des parents : elle protège et éduque les plus petits, comme le veut sa condition de future épouse. Dans certains milieux, on s'aperçoit que les grands frères sont les premiers modèles d'identification pour les enfants plus petits, bien avant les parents, souvent disqualifiés par leur condition socioéconomique défavorable. Au chômage ou exerçant un métier éreintant, mal à l'aise avec la langue du pays où ils vivent, ils ne peuvent représenter la loi au sein de la famille. Dans les familles immigrées, il n'est pas rare de voir la sœur ou le frère aîné rêver de la meilleure intégration possible, s'investir pour aider un cadet en rupture avec la société. Car le cadet adolescent, par sa rébellion, fragilise l'intégration de toute la famille.

Mais, pour jouer pleinement le rôle d'aîné, encore faut-il être reconnu comme tel par la fratrie.

Cyril a 17 ans, David et Vincent sont des faux jumeaux de 16 ans et Antoine vient de fêter ses 14 ans. Dans la famille, on appelle cette bande de garçons « les Dalton », un surnom qui leur convient plutôt bien car, ensemble ou individuellement, ils collectionnent les bêtises. Lorsqu'ils étaient petits, le groupe s'est organisé en couples partageant les mêmes affinités : d'un côté Cyril et Vincent, de l'autre David et Antoine. En grandissant, la structure de la fratrie a évolué. Cyril est solitaire à la manière d'un enfant unique, il supporte difficilement la cohabitation avec ses frères. Les jumeaux se sont retrouvés, si l'on peut dire, car ils se disputent beaucoup. Antoine prolonge son enfance, accroché aux basques de sa mère et enviant fortement l'autonomie de ses aînés.

Il va de soi que la mère est totalement débordée par ces quatre adolescents, d'autant plus que le père, ne se sentant pas assez solide pour dominer la situation, a baissé les bras et pris ses distances, y compris en termes géographiques. Cyril est un garçon sérieux et appliqué, bon élève, ce qui n'est pas le cas de ses frères. Pourtant, il n'a aucune influence sur eux. Est-ce par désintérêt ? « Non, répond-il, c'est assez drôle qu'ils soient si différents de moi, mais le problème c'est qu'ils ne me considèrent pas comme leur aîné, nous sommes trop proches. »

En fait, cette fratrie fonctionne comme celle d'une famille de multiples (triplés, quadruplés…). Les rangs de naissance ont quasiment disparu. Cette situation est fréquente quand les frères et sœurs sont difficilement identifiables du premier coup d'œil, soit en raison du peu d'années qui les séparent, soit parce que l'hérédité leur a donné une grande ressemblance physique. Ces fratries se rapprochent beaucoup de celles des jumeaux par la nature de leurs échanges quotidiens, mais elles ont des constructions psychiques différentes. En effet, les parents savent qu'il y a bien un « grand » et un « petit », et ils ne les éduquent pas de la même manière, ce qui provoque naturellement des rivalités. Celles-ci s'expriment souvent de manière détournée, notamment lorsque les rapports de taille et de force sont inversés : ce n'est jamais facile pour un aîné d'être dépassé de plusieurs centimètres par son cadet ou d'être certain de perdre à tous les coups dans les affrontements physiques.

UN ADULTE RÉFÉRENT ET CONFIDENT

La position de premier-né prend de l'importance avec le temps. L'aîné devenu adulte est un chaînon essentiel dans l'arbre de vie familial. Il fait écran à la disparition des parents et des grands-parents. Logiquement, c'est celui qui disparaîtra le premier après les parents.

En outre, c'est généralement l'aîné qui hérite de l'entretien des traditions familiales : il réunit la famille pour Noël, souhaite les anniversaires et les fêtes de ses frères et sœurs. Si, depuis l'enfance, ses parents l'ont désigné comme l'aîné et s'il a accepté ce rôle, il le joue et le rejoue à l'âge adulte. Ce statut influe favorablement sur le déroulement de sa vie : un aîné qui perpétue son rôle en vieillissant prouve qu'il a vécu sa place dans la fratrie de manière agréable.

Je réserve une mention spéciale aux sœurs aînées. Elles ont, comme toutes les femmes, une incroyable capacité à maintenir le lien familial. La notion de famille est une notion propre aux femmes. Le frère aîné donne souvent les bons conseils, mais c'est la sœur aînée qui se souvient, qui prépare le plat symbolisant la tradition familiale. Il semble bien qu'il y ait une filiation des souvenirs qui passe par les femmes. L'aînée garde longtemps les objets qui ont appartenu à sa mère ou à sa grand-mère : un châle, un sac usagé, un carnet de recettes de cuisine. Le frère aîné a plutôt tendance à conserver la montre de son père, une selle de cheval, les cannes à pêche de son grand-père, les archives familiales s'il en existe. On voit bien la différence : les garçons gardent les trophées qui ont fait la gloire de la famille, les filles préservent avant tout les traces de sa fécondité.

« MARQUAGE À LA CULOTTE »

Le cadet est presque toujours, de façon plus ou moins marquée, en admiration devant son aîné. Plus il l'observe, plus il s'identifie naturellement à lui. Les cadets ont un avantage énorme sur les enfants uniques : ils ont une référence pour bâtir leur avenir.

Germain, 9 ans, est issu d'un couple « exotique » composé d'un père provençal et d'une mère danoise. Il rencontre beaucoup de difficultés à l'école. Incapable de se mettre au travail, il est pourtant intelligent et de bonne volonté. Sa mère est préoccupée : les difficultés de son fils ne sont-elles pas la conséquence d'un apprentissage précoce et familial du danois ? Ce bilinguisme n'est-il pas perturbateur ?

La vérité est ailleurs : Germain se sent menacé par un frère aîné trop brillant, qui surfe dans les études comme dans la vie, puisqu'il est champion dans cette discipline. Les parents sont très fiers de lui et l'accompagnent souvent lors des compétitions.

En regardant ce petit garçon, je me demande : comment être le frère d'un champion de surf, de tennis ou de football ? Germain se pose tout simplement la question de savoir s'il est utile d'être un bon élève. Comme toute la famille, il est captivé par ce frère aîné dont la vie ressemble à un roman.

Dans le jeu des identifications, j'observe assez souvent des phénomènes qui peuvent sembler étonnants. C'est le cas par exemple de l'identification d'un cadet à un aîné malade, une situation d'autant plus fréquente si ces deux enfants sont du même sexe et d'un âge proche.

« *Bonjour, Chloé et Adèle, vous êtes jumelles ?* » *Les parents, très étonnés, me regardent :* « *Non, monsieur, elles ont presque dix-huit mois de différence.* »

En fait, cet écart d'âge est si réduit que les enfants vivent souvent comme une fratrie de jumeaux. Une gémellité qui peut être vécue comme un avantage : les deux enfants partagent les mêmes devenirs et les mêmes souvenirs. Mais ce type de situation favorise une trop grande proximité, source de confusion – un piège dans lequel je suis d'ailleurs tombé.

L'une est en CP, l'autre en CE 2, ce qui représente un gros décalage dans les apprentissages, un décalage disproportionné par rapport à leur différence d'âge. Il est d'abord dû au passage anticipé de l'aînée en CP et au simple fait que l'une est née en décembre et l'autre en janvier, ce qui se solde généralement par une année d'écart dans la scolarité.

Chloé et Adèle viennent me voir parce que toutes

deux font pipi au lit. Les parents, des gens très fins, ont essayé de les guérir par un traitement assez efficace reposant sur des dessins et des récompenses associées à une prescription homéopathique. La cadette dit qu'elle prend de la « mopathie » et l'aînée parle du « traitement de récompense ».

La suite de l'entretien fait apparaître un autre problème : elles me disent qu'elles ont peur la nuit et qu'elles ont besoin de lumière pour avoir moins peur. Les parents m'expliquent que chacune a sa petite manie en la matière : la plus grande accepte parfaitement que son papa ou sa maman allume la veilleuse qui est à côté de son lit alors que la petite exige d'allumer elle-même la sienne, faute de quoi, dit-elle, elle continuera à avoir peur du noir. De plus, elle affirme chaque fois qu'elle ne veut pas être « commandée » !

En s'opposant à ses parents, elle exprime de façon détournée la rivalité qu'elle entretient vis-à-vis de sa sœur. En effet, si elle accepte le geste autoritaire de son père ou de sa mère, elle se comporte de manière conforme à sa grande sœur, ce qui pour elle est impossible puisqu'elle est la plus petite.

J'ai proposé aux parents que les deux petites filles soient suivies par deux psychothérapeutes travaillant en parallèle afin d'observer l'évolution de chacune. Les réactions des deux enfants ont été tout à fait extravagantes : très vite, après deux séances de psychothérapie, la plus jeune a demandé que l'un de ses parents allume sa veilleuse tandis que la plus grande a affirmé : « C'est moi la plus grande, donc je vais l'allumer toute seule. »

Pour moi, il ne fait pas de doute que, les procédés thérapeutiques étant en place, les problèmes d'énurésie devraient très rapidement se résorber car ils ont pour origine la rivalité fraternelle. En effet, l'énurésie de

Chloé, l'aînée, disparaîtra tout à fait naturellement dès qu'elle aura acquis de bons réflexes sphinctériens. Quant à la cadette, elle n'est énurétique que par jalousie, comme s'il existait une sorte de contagion.

Avoir un frère ou une sœur aînés, c'est avoir un autre pôle d'identification « à sa taille », tandis que l'enfant unique n'a autour de lui que des adultes, ses parents. Le frère aîné ou la sœur aînée est toujours un peu un « petit père » ou une « petite mère » pour la cadette ou le cadet, surtout si l'écart d'âge entre eux est important. L'idéalisation peut alors être à son maximum.

Benoît, 5 ans, est un enfant sympathique et très volontaire. Il est intelligent mais doute de lui. Il est, par exemple, toujours anxieux de savoir s'il va réussir ce que son institutrice lui demande de faire. Il a d'excellentes relations avec son frère aîné âgé de 16 ans.

Si Benoît vient me voir, c'est parce qu'il se bat « comme un chien » avec un de ses camarades de classe d'un an plus jeune que lui. Il ne donne qu'une seule explication à son geste : « Ce n'est pas mon frère. » Ses parents ont bien essayé de le raisonner et de comprendre son agressivité, mais sans effet. Ils s'inquiètent de ce comportement.

Au cours de la consultation, le père de Benoît me confie une réflexion que fait souvent ce dernier : « Pourquoi je ne suis pas né en premier ? » Ce regret éclaire mon diagnostic : Benoît idéalise son grand frère. Leur différence d'âge ne lui laisse aucune chance de l'égaler, aussi choisit-il de régresser en se comportant comme un bébé à la maison. En classe, c'est autre chose : l'enfant qu'il bat lui sert de petit frère souffre-

douleur. Il le maltraite, puisqu'il a la supériorité de l'âge, tout en lui faisant remarquer qu'il n'est pas son frère. Il semble encore que Benoît souffre beaucoup de la disparition de sa grand-mère, non pas parce qu'elle était pour lui un être cher, puisqu'il ne l'a pas vraiment connue, mais parce qu'il est jaloux de son grand frère qui raconte ses souvenirs joyeux de vacances chez elle.

Les relations entre aînés et cadets se renforcent, parfois à outrance, à la mort des parents. Les différentes identifications se métissent, s'organisent alors différemment. Certaines d'entre elles, les plus communes, s'accentuent, les autres, qui ne sont pas partagées, s'estompent. Je crois que le jeu croisé des projections maternelles ou paternelles du frère ou de la sœur cadets sur la sœur ou le frère aînés est extrêmement complexe.

Imaginez la représentation que se fait du genre masculin une petite fille vivant dans une famille où le père est distant ainsi que le frère aîné. Pour elle, la froideur et l'indifférence sont le propre des hommes. Une autre petite fille a un frère jaloux, voire agressif, et un père éloigné ; paradoxalement, cette situation l'aide à avoir un contact constructif avec le pôle masculin de la famille. Elle a donc des effets positifs alors qu'elle paraît à première vue négative.

AÎNÉ OU CADET : À CHACUN SA PERSONNALITÉ

La Révolution, la Déclaration des droits de l'homme et le code Napoléon ont profondément bouleversé la vie des cadets. Avant que ces textes n'établissent l'égalité théorique entre l'aîné et le cadet, face à l'héritage parental, le dernier-né avait l'obligation, à la mort de ses parents, de quitter le foyer familial pour construire son destin.

Bien que les notions d'aîné et de cadet aient considérablement évolué dans nos sociétés, il n'en reste pas moins qu'ils doivent toujours vivre côte à côte. Chacun exprime son caractère, et ils ont beau avoir les mêmes parents et partager le même patrimoine génétique, il n'est pas obligatoire qu'ils pensent la même chose ni aient la même opinion sur tout. Chacun a son rythme propre de développement ; certains enfants peuvent rencontrer des difficultés et pas d'autres.

Déborah a 15 ans, elle est la deuxième d'une fratrie de trois sœurs. D'emblée, elle apparaît comme très dépressive. En entretien individuel, elle me dit avoir peur de tout et se plaint de mauvaises relations avec ses sœurs, qui se moquent beaucoup d'elle. Je dois connaître l'histoire de sa petite enfance pour comprendre ce qui la perturbe.

Petite, elle a d'abord partagé la même chambre que sa sœur aînée, puis elle a dormi à côté de sa sœur cadette. Leur compagnie n'a jamais réussi à la rassurer. Elle tapait toutes les nuits à la cloison qui séparait sa chambre de celle de ses parents pour s'assurer de la présence de sa mère. Déborah a donc manifesté longtemps un trouble de l'individuation-séparation, une incapacité à se séparer de sa mère. Celle-ci a cru pouvoir utiliser à tour de rôle ses deux autres filles pour favoriser la séparation. Oui, mais voilà, les frères et sœurs ne peuvent assurer cette fonction. La mère de Déborah n'a pas compris ce qui la perturbait puisque ni l'aînée ni la cadette n'avaient le même comportement. Elle dit d'ailleurs très simplement : « Je n'avais pas besoin d'aller voir puisque je savais qui tapait contre le mur. »

*Aujourd'hui, Déborah veut être autonome, sans tou-
tefois pouvoir psychiquement lâcher sa mère. Elle ressent une double angoisse, celle de ne pas être une
grande fille indépendante, comme ses sœurs, et celle
d'être abandonnée ou de se perdre dès qu'elle est
seule. Son angoisse s'est organisée en une tendance
dépressive qui nécessite un suivi médical.*

Généralement, à l'arrivée d'un cadet et après quelques semaines de flottement, l'aîné délimite son territoire, s'organise pour protéger ses frontières et conserver ses prérogatives. Grâce à sa différence d'âge, il a
la force physique, au moins pour un temps, de faire
respecter sa loi. Pour résister et ne pas se retrouver
dans une situation de vassal, le cadet n'a d'autre choix
que de se montrer inventif.

C'est ce qui a conduit un certain nombre d'études
à affirmer que les aînés sont, dans la majorité des fratries, perfectionnistes, conservateurs et prêts à des
efforts considérables pour réussir. Les cadets, eux,
devant lutter pour se faire une place au soleil, seraient
généralement téméraires et frondeurs. Je voudrais
tordre le coup à l'idée que le rang de naissance influe
sur la construction du caractère – idée développée par
certains sociologues. La méthodologie de la sociologie
consiste à étudier des groupes pour en dégager des
comportements généraux. En revanche, la construction
de l'enfant et de l'adulte est l'affaire de la psychologie,
qui étudie les comportements individuels. Or, quels
que soient la renommée et le nombre des sociologues
et l'importance des groupes qu'ils étudient, c'est
« soi » qui est important dans la vie. Ce qui est intéressant, ce n'est pas de savoir comment fonctionnent les
familles mais comment fonctionne la sienne propre.

L'idée que les aînés sont perfectionnistes, qu'ils ont

une tendance naturelle à s'identifier au père et à la mère afin de leur ressembler, et que les cadets sont des révoltés est par trop simpliste. Les enfants que je reçois en consultation me prouvent chaque jour qu'il n'existe en la matière aucun déterminisme. Je vois plus souvent des cadets régressifs que révoltés, je ne compte plus les aînés qui font les bébés en volant, à 8 ans, le biberon de leur cadet de 2 ans, et qui n'ont donc aucune propension à devenir perfectionnistes ni autoritaires, ou encore ceux qui cassent tout tandis que les cadets demeurent conformes aux souhaits de leurs parents.

Bien entendu, en psychologie, il existe des situations qui engendrent des réactions similaires d'un enfant à l'autre. Mais chaque enfant est unique, et il me semble que la place dans la fratrie n'est qu'un élément de construction de l'individu parmi bien d'autres circonstances qui font de nous ce que nous sommes.

UNE COMPÉTITION À LA LOYALE

La fratrie est un lieu de compétition ; les plus petits veulent égaler, voire dépasser les plus grands qui, de leur côté, mettent tout en œuvre pour conserver leur suprématie. C'est aux parents qu'il revient d'éviter les rivalités pour organiser des compétitions constructives. Cet effort peut être illustré par un exemple concret. Tous les enfants dessinent et demandent à leurs parents d'apprécier leur talent. Pour qu'aucun des artistes ne se sente frustré ou dévalorisé, il est indispensable de mettre en valeur les qualités de chacun. Il est bien connu que les plus petits sont avant tout des poètes et les plus grands des rois de la perspective et de la construction. C'est par l'observation des talents que naît l'envie de progresser, chez les artistes comme chez les frères et sœurs. Tous entrent en compétition pour devenir plus grands.

Aînés et cadets sont un peu comme des coureurs cyclistes engagés dans une épreuve de course-poursuite. En haut de la piste, les deux sprinters sont à l'arrêt dans un équilibre précaire ; ils s'observent, attendent de voir qui va plonger le premier. Dès que l'un part, l'autre suit, aspiré par le premier, le remonte et le dépasse dans la ligne droite. La compétition entre frères et sœurs doit être aussi noble qu'une épreuve sportive.

Il faut que les parents travaillent à la disparition des idées reçues sur les rangs dans la fratrie : l'aîné serait sérieux et appliqué, l'enfant du milieu entre deux situations et le petit dernier fragile, persécuté par les deux autres. Je suis persuadé qu'aucun enfant ne peut être figé dans un rôle sans se trouver gêné dans son épanouissement.

Les étiquettes sont toujours embarrassantes, et souvent en rapport avec le vécu des parents au sein de leur propre fratrie : ils projettent sur leur enfant leurs souvenirs d'aîné, de cadet, d'enfant du milieu ou encore d'un autre rang s'ils sont issus d'une famille nombreuse.

Les parents doivent au contraire mettre en avant les caractéristiques qui distinguent leurs enfants en s'efforçant de les valoriser et en traitant chacun selon son âge et sa personnalité. Je ne saurais trop leur recommander de ne pas abuser des comparaisons afin d'éviter aux uns comme aux autres de développer un complexe d'infériorité. Leur tâche principale est de permettre à chacun de trouver sa place dans la famille, puis dans la société. Je constate tous les jours les conséquences désastreuses des comparaisons entre frères et sœurs et leurs répercussions dévastatrices, notamment sur le plan scolaire. Ainsi, certains enfants sabotent leurs études pour ne pas être conformes à leur frère ou à leur sœur.

Maxime traverse une mauvaise passe. Il vole dans le porte-monnaie de sa mère, dans le cartable de ses camarades de classe ; il a même subtilisé une petite boîte en argent lors de son dernier séjour chez sa grand-mère. Son année de sixième est laborieuse et ses professeurs se plaignent de son insolence.

Maxime est le cadet d'une fratrie composée d'un frère et d'une sœur. Ces élèves brillants ont laissé un bon souvenir aux enseignants, lesquels ne manquent pas de le rappeler à Maxime. En début d'année, presque tous, en découvrant son nom sur sa fiche scolaire, l'ont accueilli par un : « Ah, tu es le frère de Thomas et Murielle ! Quels bons élèves ils étaient... » Et chaque fois qu'il récolte une mauvaise note, cela ne rate pas, les professeurs lui font remarquer que ses aînés auraient franchi l'obstacle sans difficulté.

En fait, Maxime a décidé de se distinguer en faisant précisément l'inverse de ses aînés, c'est-à-dire en échouant à l'école. C'est sa manière à lui de se faire une place singulière dans la fratrie. De plus, en devenant un enfant à problèmes, il mobilise l'attention de tous. Enfin, pense-t-il, on s'occupe de lui. Mais Maxime est pris à son propre jeu : doté de capacités intellectuelles moins bonnes que ses aînés, il développe alors rapidement un trouble de « l'estime de soi » qui nécessite une psychothérapie.

Lorsque les rivalités aîné-cadet sont trop fortes, ou maladroitement entretenues par les enseignants et les parents, l'enfant le plus faible et le plus sensible a le sentiment d'être en permanence en échec, impuissant face à son destin et incapable de satisfaire les rêves de ses parents. Il doute de tout, en particulier de lui. Pour accepter et comprendre la réussite des autres, chacun doit d'abord s'estimer soi-même et être sûr que leur succès ne le prive de rien, surtout pas de l'affection de ses parents.

S'AIMER SOI-MÊME POUR AIMER LES AUTRES

Dans la vie, il me semble que beaucoup de choses reposent sur la construction de « l'image de soi ». Certains enfants sont dotés d'une bonne image de soi et franchissent sans problèmes les obstacles familiaux, scolaires, et, plus tard, tous ceux que réserve la vie. D'autres sont plus fragiles dans la construction de leur narcissisme ; leur manque de confiance en eux les rend vulnérables. Ils se sentent attaqués par un frère ou une sœur brillants, des parents trop stimulants ou des enseignants qui les comparent trop souvent à leurs aînés. Ces enfants ont besoin d'être aidés dans la reconstruction de leur image. Lorsque l'on doute de soi, on doute de tout, et notamment de l'amour de ses parents.

En fait, il est indispensable de s'aimer soi-même pour pouvoir être aimé des autres, de ses frères et sœurs et de tous ceux qui croiseront un jour notre route. C'est la confiance en soi qui permet de réussir sa vie et de se sentir reconnu comme aimable. On ne brille aux yeux des autres que si l'on est soi-même persuadé de pouvoir briller !

3

Frère et sœur : rivalité des genres

« Tiens, ce nouveau bébé n'a pas de zizi », « Tiens, ce tout petit frère fait pipi d'une drôle de façon… » Ce sont les toutes premières réflexions des frères et sœurs lorsqu'ils se découvrent mutuellement. Ils ne savent pas encore que ce « détail » anatomique fonde la différence entre les sexes et établit toute une palette de sensibilités différenciées.

Je crois que, pour un aîné de 2 ans et demi, 3 ans, découvrir que les enfants ne sont pas tous faits sur un modèle identique au sein même de la famille est un des actes fondateurs de la sexualité. Même si l'on peut critiquer sa position très masculine, Freud ne s'est pas trompé en définissant le complexe d'Œdipe comme intimement lié au thème de la castration.

Résumons : les petits garçons, lorsqu'ils s'aperçoivent que certains enfants n'ont pas de sexe visible, ont peur de perdre le leur, d'être punis, d'un désir incestueux par une castration, le phallus symbolisant le pouvoir masculin ; les petites filles, elles, pensent qu'elles ne sont pas totalement terminées, qu'il leur manque quelque chose, une chose qu'elles ont eue puis perdue.

Avoir un frère lorsqu'on est une fille ou une sœur lorsqu'on est un garçon représente un avantage certain dans le développement de la sexualité infantile. L'enfant peut, en s'intéressant à son frère ou à sa sœur, poser toutes les questions qui le tracassent. Il n'est pas gêné par la pudeur naturelle qu'il éprouve vis-à-vis de ses parents. Il n'est pas obligé de soulever la jupe des filles à la récré ou d'épier les petits garçons aux toilettes en craignant toujours les remontrances des « tatas » qui surveillent.

La phase œdipienne complète normalement la bonne différenciation des genres. L'enfant s'identifie de plus en plus nettement à son genre, aidé par les comportements éducatifs de ses parents et de tous ceux qui s'occupent de lui. Parallèlement, il veut ressembler au parent de son sexe au point de le supplanter dans le cœur de son autre parent, dont il se sent encore plus complémentaire qu'auparavant. Ainsi, la petite fille fait tout pour séduire son père alors que le petit garçon est tendrement amoureux de sa mère.

Je constate souvent, parmi les enfants qui viennent en consultation, qu'un grand nombre des difficultés relationnelles entre les frères et les sœurs dans l'enfance sont le résultat de problèmes œdipiens mal résolus. On observe deux types de manifestation : la jalousie pure, et l'incompréhension des comportements du plus jeune de la part de l'aîné, qui a dépassé ce stade de développement. Il faut se mettre à la place de deux petits garçons séparés d'un peu plus d'un an en concurrence pour conquérir le cœur de leur mère, ou de deux petites filles qui rivalisent de séduction envers leur père : c'est insupportable !

Mais c'est aussi compliqué lorsque des enfants rapprochés n'ont pas le même sexe. En effet, le complexe d'Œdipe n'est pas vécu comme un choix clair et définitif pour l'un ou l'autre parent. Les sentiments sont beaucoup plus entremêlés car il est impossible d'être seulement le rival du parent qui est le support d'identification.

Si la différence d'âge entre les enfants est de plusieurs années, deux situations peuvent être envisagées. Dans la première, un ou deux des enfants de la fratrie ont franchi la période de l'œdipe et ils ne comprennent pas pourquoi le petit se montre si « pot de colle » envers le père ou la mère ; ils trouvent ses attitudes extravagantes et gênantes dans leurs relations familiales. Dans la seconde, le garçon aîné, en proie à une forte identification à son père, ne supporte pas que sa sœur cherche en permanence sa proximité. La fille aînée, pour sa part, trouve que son petit frère, toujours dans les jupes de sa mère, manque vraiment de maturité ! Les bousculades, les pincements et les « crêpages de chignon » sont révélateurs d'une certaine exaspération. Ces agressions sont toujours réprimées par les parents. Beaucoup d'enfants choisissent d'exprimer leur souffrance indirectement, et les parents deviennent alors « victimes » d'un enfant particulièrement insupportable. C'est un grand classique de ma pratique médicale.

C'est une maman à bout qui s'assoit en face de moi. Elle est accompagnée de ses deux enfants, Dorothée, 5 ans, et Grégory, 3 ans et demi. Elle vit seule avec eux, son mari travaillant à l'étranger. Elle est débordée par ses enfants : Dorothée la persécute et Grégory imite toutes les bêtises de sa sœur aînée. Dorothée affirme qu'elle adore son petit frère et sa mère, mais voilà, elle a un « petit diable » dans la tête qui lui commande de faire des caprices et des bêtises pour embêter sa maman.

La métaphore du « petit diable » permet d'abord à Dorothée de changer de sexe – car elle ne dit pas « diablesse » –, puis d'attribuer à ce vilain personnage ses mauvais sentiments, qui, de ce fait, ne sont plus les siens. En réalité, Dorothée et Grégory sont en rivalité pour obtenir l'amour de leur mère. Grégory, en s'abritant derrière la responsabilité de sa sœur, se sent tranquille : il est sûr de garder toute l'affection de sa mère. Dorothée imagine, pour justifier son comportement, un petit diable qui, comme par hasard, a le sexe de son frère, lequel la met en difficulté. Elle fonde donc sa rivalité fraternelle sur les bases du complexe d'Œdipe. Car l'œdipe ne se traduit pas uniquement par l'amour du petit garçon pour sa maman, c'est aussi un mécanisme d'identification de la petite fille à sa mère. Dorothée doit s'identifier à elle pour pouvoir aimer son papa et, plus tard, un fiancé. Sa projection affective sur sa mère entre alors en rivalité avec les liens plus classiques de femme à homme que cette dernière a tissés avec Grégory. Dorothée est jalouse de son petit frère parce qu'elle le croit préféré, et elle met peut-être sa maman en difficulté pour que son papa, malgré l'éloignement, intervienne et se rapproche d'elle.

Cette histoire illustre bien à mes yeux la différence fondamentale entre la psychiatrie infantile et celle de l'adulte. Lorsqu'un adulte raconte qu'il est sous l'emprise d'un diable, il est atteint d'une psychose délirante, tandis que chez l'enfant le diable appartient à l'imaginaire. Il fait partie de la fantasmagorie normale des petits. Celle-ci persiste parfois chez des enfants plus grands, qui continuent à croire aux petits diables comme aux fées et aux dragons.

Il y a quelque temps, j'ai reçu une jeune fille qui, étant pourtant scolarisée en classe de quatrième, restait persuadée que les dragons existaient, tout comme les dinosaures. Bien qu'elle fût sympathique et intelligente, elle était prisonnière d'un réseau de rivalités fraternelles si complexes avec ses deux aînés qu'elle croyait encore à l'existence de tels monstres, sans doute ses frères et sœurs.

UNE IMAGE TROP IDÉALE

Lorsque je rencontre des couples avec un seul enfant, je leur demande assez traditionnellement s'ils envisagent d'en avoir un second. Je n'ai jamais besoin de les interroger sur le sexe souhaité car, spontanément, ils me déclarent presque toujours désirer un enfant du sexe opposé à celui du premier. Peut-être, inconsciemment, imaginent-ils que les difficultés qui les conduisent dans mon bureau ne pourront se reproduire avec un enfant de sexe différent.

Je pense que les parents sont très influencés par l'image idéale de la fratrie. Avoir un garçon et une fille est leur rêve à tous et, encore aujourd'hui, pour la majorité d'entre eux, dans cet ordre précis. Le concept de l'aîné mâle qui perpétue le nom reste profondément ancré dans les esprits. Il faut souhaiter que les nouvelles dispositions légales permettant aux femmes de conserver leur nom dans leur état civil modifieront les désirs sexués que projettent les parents sur leurs futurs enfants.

Pourquoi les parents sont-ils si attachés à fonder une fratrie bisexuée ? Estiment-ils que leurs enfants seront moins enclins aux disputes et aux bagarres ? Non, ils pensent d'abord à eux ! Ils veulent connaître le plaisir de vivre deux expériences différentes, offrir à chacun des membres du couple l'opportunité de partager une proximité de sexe. Le garçon ou la fille tant désiré(e) est porteur(se) des souvenirs de l'enfant que l'on a été et de l'adulte que l'on est devenu. C'est pourquoi, généralement, la femme désire une fille et l'homme un garçon. Les mères attendent des filles pour jouer à la poupée « pour de vrai », les pères rêvent de garçons pour les initier aux jeux physiques et sportifs. La séduction et l'amour qui unissent un couple provoquent parfois une inversion des tendances : la femme qui souhaite un garçon ou l'homme qui désire une fille manifestent ainsi leur attachement à leur conjoint. Pour le moment, c'est encore la nature qui décide, mais attention aux progrès de la science ! C'est pour toutes ces bonnes raisons que les couples qui ont des enfants du même sexe agrandissent leur famille, toujours à la recherche de celui qui leur manque.

LA LOI DU GENRE

La majorité des parents à la tête d'une famille composée d'enfants du même sexe finit par faire le deuil du garçon ou de la fille tant attendus. J'ai même le sentiment qu'ils se préparent à cette déception dès la naissance du troisième enfant. Certains, lorsque le sort s'acharne, décident plus ou moins consciemment de donner au quatrième ou au cinquième enfant de la fratrie un prénom mixte : Dominique, Camille, Gaël(le), Paul(e), Marcel(le), etc. Celui-ci risque de rencontrer, en grandissant, quelques difficultés pour trouver son identité sexuée, surtout si ses parents, aveuglés par leur désir, tendent à le rejeter ou s'obstinent à l'élever dans le sexe qui n'est le sien. Il y a quelques années, j'ai croisé un homme d'environ 40 ans dont l'histoire est assez incroyable.

Paul est le cadet d'une fratrie de trois garçons. Sa mère l'a voulu en espérant maintenir son couple. Il ne remplit pas la mission qui lui a été dévolue puisque, dans les mois qui suivent sa naissance, ses parents se séparent. La mère de Paul est persuadée que, si cet enfant avait été une fille, son mari ne l'aurait pas quittée. Progressivement, elle commence à travestir le petit garçon en fille. Tout au long de son enfance, il porte des vêtements mixtes et des cheveux longs. Il a surtout des amies en classe et reçoit peu de petits camarades à la maison. Quand il ne va pas à l'école, il arrive même que sa mère l'affuble d'une jupe et lui fasse des nattes.

Adulte, Paul devient secrétaire dans une société de communication. C'est un être sensible, plutôt affable, mais qui traverse des périodes dépressives. Ses collègues de bureau sont partagés : pour certains c'est une femme, pour d'autres c'est un homme. Sa tenue vestimentaire sportive et ses cheveux mi-longs ne permettent pas de déterminer précisément son sexe. Tous évitent soigneusement d'avoir à l'appeler « mademoiselle » ou « monsieur » dans les conversations.

Quelques années après la mort de sa mère, Paul a essayé d'acquérir un peu plus de masculinité. Il porte maintenant des costumes et des chemises d'homme. Mais sa démarche, ses gestes, sa manière de s'exprimer, ses centres d'intérêt portent encore les traces de sa féminité imposée.

Je trouve regrettable que personne ne soit intervenu dans la vie de Paul pour tirer la sonnette d'alarme et que sa mère n'ait pas été signalée aux services sociaux pour sévices psychologiques.

Mais il semble bien, en tout état de cause, que les petits garçons aient plus de mal à trouver leur identité masculine. Celle-ci passe par l'interruption relativement précoce de la fusion « mère-petit garçon », préalable nécessaire à l'affirmation de sa virilité en grandissant. Seuls ses parents peuvent l'aider dans ce travail psychique ; le père notamment joue un rôle déterminant, sa proximité offrant au bébé un autre attachement et, plus tard, un modèle masculin d'identification. Ce rôle peut aussi être assumé par un frère aîné.

Le regard que portent les parents sur leur enfant, leur conviction qu'il est une fille ou un garçon déterminent son identité sexuelle. Après la naissance, les parents ont souvent besoin de quelques jours de travail psychique pour attribuer un sexe à l'enfant ; c'est la période où ils parlent de lui de manière indéterminée, l'appelant « le bébé », « mon boubou », « ma puce »... Ensuite, ce sont les gestes de maternage qui établissent les différences. Les comportements des parents restent encore aujourd'hui très stéréotypés selon les sexes. Et c'est tant mieux ! En retour, les parents attendent des comportements conformes à l'image qu'ils ont du sexe de leur enfant.

Dès la naissance, donc, frères et sœurs vivent des expériences originales et distinctes. L'étude des gestes des parents montre que l'art du portage est différent selon le sexe du bébé, mais aussi selon celui du porteur. Ainsi, on constate que les pères calent plus volontiers le bébé sur leur épaule. Ils ont aussi plus souvent tendance à le lancer en l'air, surtout s'il est du sexe masculin. Les mères tiennent naturellement leur bébé contre leur cœur ou à l'horizontale, au creux de leurs bras formant berceau. Des comportements différenciés se manifestent encore au moment des repas : les mamans demandent habituellement à leur fille de terminer leur repas assez rapidement en faisant preuve d'application, alors qu'elles autorisent les petits garçons à prendre tout leur temps. De même, l'interprétation des pleurs du bébé change d'un sexe à l'autre :

les garçons pleurent de colère, mais les filles pleurent de peur !

On sait aujourd'hui qu'il existe des nuances dans le développement entre les filles et les garçons. Elles sont simplement la conséquence visible de l'utilisation, sans doute différente, des hémisphères cérébraux, qui produisent des perceptions et des fonctionnements intellectuels propres à chaque sexe. Il va de soi que ces « performances » n'établissent aucune domination d'un sexe sur l'autre. Ainsi, les petites filles parlent plus tôt et mieux que les petits garçons, qui ont, en revanche, une meilleure perception de l'espace. Des aptitudes que bon nombre de mes consultations confirment : mes petites patientes sont toujours plus affables que leurs homologues garçons, qui ont plus de mal à rester en place et adorent explorer mon bureau. Enfin, tout au long de leur vie, filles et garçons ne construisent pas leur identité de la même manière. La petite fille s'identifie à sa mère assez facilement si celle-ci a un statut valorisé dans la famille. Le petit garçon, en revanche, se construit dans la frustration : il doit se séparer de sa mère et refouler les plaisirs qu'elle peut lui apporter.

Toutes ces caractéristiques expliquent que les frères et les sœurs, bien que vivant dans la même famille, n'aient pas tout à fait la même perception du monde et des relations affectives. Il n'est pas étonnant alors que certains s'entendent comme chiens et chats, surtout si les jalousies et les rivalités naturelles sont entretenues par l'éducation des parents. Lorsque je demande à ceux-ci quelle est leur réaction face à telle ou telle bêtise de leur enfant, les réponses diffèrent le plus souvent selon qu'il est garçon ou fille. Le garçon est plus facilement réprimé verbalement de manière assez brutale, voire bousculé physiquement, alors que la fille est ménagée, ses parents tentant de la raisonner en douceur avec moult explications.

Différentes études linguistiques renforcent mon observation : elles montrent que les mots utilisés pour discuter avec les filles ont un rapport plus marqué aux émotions et aux sentiments que ceux utilisés avec les garçons. On dira plus facilement à une petite fille : « Tu es méchante » et à un petit garçon : « Tu es vilain », ce dernier terme pouvant être entendu sur le plan esthétique. Il semble encore que les pères parlent de façon plus directe à leur fils, employant fréquemment l'impératif pour obtenir ce qu'ils souhaitent. Ces comportements peuvent aussi être observés lorsque les frères et sœurs sont ensemble, à ceci près que je trouve souvent les filles aînées autoritaires avec leur petit frère. Mais peut-être est-ce davantage dû à l'autorité de l'âge qu'à la nature de leur sexe...

DES PARTENAIRES PARFAITS

Les difficultés de la phase œdipienne passées, la majorité des frères et sœurs traversent l'enfance assez tranquillement. Ils partagent leurs jeux et se mesurent dans les activités physiques, comme on le fait dans les fratries de même sexe. Si l'écart d'âge n'est pas trop important, ils entretiennent une bonne complicité. Ceux qui ne sont séparés que par dix-huit mois fonctionnent souvent comme un couple de jumeaux bisexués. Mais, d'une manière générale, ce sont les filles qui dominent les couples, qu'elles soient aînées ou cadettes. Elles doivent cette suprématie à une meilleure acquisition du langage qui leur offre plus de possibilités de communication, à un développement intellectuel plus précoce et à une prise d'autonomie plus rapide.

Frère et sœur jouent beaucoup ensemble, et d'autant mieux qu'ils le font chacun à sa façon. À la dînette, ce sont les filles qui font la cuisine et les garçons qui dégustent. Au jeu des petites voitures, ce sont les garçons qui conduisent, multipliant les collisions, tandis que les filles assurent la gestion du garage. Malgré tout, il est indispensable que l'un comme l'autre ait ses jouets propres, ceux qui correspondent à son sexe. C'est notamment lorsque les enfants ont entre 3 et 4 ans qu'ils doivent être le plus typés. En effet, à cet âge où chacun cherche son identité sexuelle, les gestes et les objets stéréotypés assurent sa solidité.

Renaud est une vieille connaissance : il est venu en consultation il y a déjà quelques années pour des difficultés d'ordre alimentaire. Il est en rivalité avec sa petite sœur depuis sa naissance. Un jour, Renaud a commencé une phase de régression : il ne voulait plus avaler d'aliments en morceaux et avait décidé de se nourrir exclusivement de bouillie et de lait au biberon. Ce régime a fait craindre un comportement anorexique puisqu'il avait perdu trois kilos en quelques semaines.

Renaud a été « sauvé » par sa grand-mère, qui a eu l'idée géniale de lui faire de la cuisine en papillotes. Il appelait les petits paquets de papier aluminium des « cadeaux d'argent ». Je voudrais d'ailleurs souligner les grandes qualités de thérapeutes des grands-parents, qui font parfois preuve d'une remarquable ingéniosité, et toujours de plus de patience que les parents.

Aujourd'hui Renaud a 10 ans, c'est un bon élève, bien intégré dans sa classe où il s'est fait un bon petit cercle d'amis. Néanmoins la rivalité avec sa sœur persiste, peut-être un peu moins forte mais tout de même bien présente. Renaud fait même preuve d'un certain machiavélisme puisqu'il a un cahier spécial dans

lequel il griffonne toutes les bêtises et les erreurs scolaires de sa cadette. Régulièrement il présente son rapport à sa mère, tirant toujours la même conclusion :
mieux vaudrait qu'elle s'occupe un peu moins de sa
sœur, qui n'est pas particulièrement douée, tandis que
lui possède toutes les capacités pour réussir brillamment. Il se demande même s'il ne doit pas avoir de
mauvaises notes pour qu'elle s'intéresse à lui. La
maman de Renaud ne sait plus quoi faire, car elle souhaite bien sûr que son fils reste un bon élève. Son père,
lui, a choisi la neutralité car il s'est aperçu que, chaque fois qu'il intervenait de manière autoritaire, la
jalousie de Renaud s'accentuait.

Si ce garçon a besoin d'être suivi par un spécialiste
pour parler de ses difficultés, il doit surtout être encou-
ragé à se faire beaucoup d'amis pour oublier un peu
sa petite sœur. Je suis persuadé que sa jalousie s'atté-
nuera considérablement quand il entrera dans l'adolescence, lorsque viendra pour lui le temps des petites
fiancées.

L'ÉCOLE, UN AGENT DE SÉPARATION

L'entrée à l'école est un facteur de séparation des
fratries frère-sœur. En raison des différences d'âge,
l'un intègre nécessairement l'école avant l'autre. Un an
de scolarité les sépare au minimum et, même s'ils sont
dans la même école, le premier scolarisé a déjà eu largement le temps de se constituer une bande de copains
ou de petites copines. L'école offre l'opportunité de
rencontrer d'autres enfants, qui occupent une place
essentielle dans le développement de la personnalité
de chacun. Ils fournissent des références différentes de
celles apportées par la sœur ou par le frère. Fille et

garçon découvrent de nouvelles habitudes de vie, d'autres comportements. Celui qui était dominé dans le groupe fraternel découvre qu'il est à égalité avec les autres ; celui qui était dominant accepte d'abandonner cette position de force car les relations sociales ne peuvent se nouer que sur des bases égalitaires.

Vers l'âge de 5 ans, un autre événement crée encore un peu plus de distance entre frère et sœur : le début des amours enfantines. Comme celles des grands, les attirances s'appuient sur la magie d'une rencontre… Odeur, couleur de peau, sourires, grimaces et jeux partagés entrent en ligne de compte. La majorité des « couples » est hétérosexuelle, mais les amours d'enfant peuvent aussi être de nature homosexuelle. Toutefois, cela ne présage en rien une homosexualité future car l'enfant de cet âge se cherche, et l'ami(e) est d'abord choisi(e) sur la base de la ressemblance. Les amours enfantines indiquent que l'enfant amoureux d'un camarade de sexe opposé en a fini avec le complexe d'Œdipe, que chaque parent a trouvé une place et un rôle définis.

Ces amours sont souvent l'objet des sarcasmes des frères et sœurs plus grands. Du haut de leurs trois ou quatre années d'ancienneté, ils jugent tout cela puéril, oubliant que ces émois les ont aussi fait chavirer ! Ils les comprennent d'autant moins facilement qu'ils sont en « phase de latence ». Cette étape du développement psychologique, marquée entre autres par un certain désintérêt pour les questions de sexualité, est caractérisée par le rapprochement entre enfants du même sexe.

LE RÊVE D'ÊTRE ENFANT UNIQUE

C'est sans doute entre 7 et 14 ans que la distance est la plus grande entre frère et sœur, chacun évoluant dans son propre monde. Le caractère de l'un s'oppose à celui de l'autre. Le garçon mène une vie très physique faite de rapports de forces à la recherche de performances sportives. À l'inverse, la fille peut passer des heures à papoter avec ses amies et à leur raconter des secrets. L'agacement est réciproque. À la maison, chacun s'isole dans sa chambre et se comporte comme un enfant unique. Les garçons aînés sont totalement indifférents à leurs cadettes. Il faut vraiment qu'elles soient en péril pour qu'ils se manifestent, notamment en cas d'agression par d'autres enfants. La sœur aînée est, pour sa part, de plus en plus autoritaire avec son « bébé » de petit frère. Il n'est bien sûr pas question qu'elle en assume la surveillance ne serait-ce que quelques minutes.

Frère et sœur s'« entendent » d'autant mieux qu'ils ont des activités différentes et une chambre bien à eux. Chacun a ses copains, chacun a ses amours et, de temps en temps, tout le monde se retrouve pour une joyeuse fête. Quand ils sont seuls à la maison, ils jouent moins ensemble. Leur plus grand souhait est de partager leur temps de loisir avec un ou deux copains. La jalousie pour le partage de l'amour des parents est un peu moins forte lorsque toute la fratrie en est au même stade de développement, si, bien sûr, il n'existe aucun traitement de faveur flagrant.

L'âge défini comme la « phase de latence » est celui où les relations fraternelles posent le moins de problèmes. On peut penser que cette période marque un mini-divorce des fratries. Elle annonce le temps des copains, ceux qui seront déterminants dans la vie et compteront peut-être davantage que les frères et sœurs car ils auront été choisis.

Les sujets de conflits sont d'ordre domestique et de deux natures : le partage des espaces communs (la salle de bains, le coin télévision) et la répartition des tâches de la vie quotidienne (mettre la table, promener le chien, sortir la poubelle, passer l'aspirateur…). Les parents doivent alors veiller à un partage équitable entre les sexes car l'énergie des filles face à la nonchalance des garçons est souvent à l'origine de discriminations.

Il m'arrive d'observer en consultation des rivalités qui se sont organisées autour des tâches ménagères. La situation est presque toujours la même. Il s'agit d'un garçon « en désordre » dans sa tête et dans sa chambre : instable, inattentif, son « territoire » est un véritable capharnaüm. Face au désastre, les parents demandent souvent à la fille de la maison de l'aider à ranger, ce qui la met en fureur car elle refuse d'être la bonne de son frère. Elle perçoit cette injonction comme une atteinte à l'égalité des sexes, alors qu'il s'agit plus simplement d'une délégation de la mère considérant sa fille comme plus raisonnable et mieux organisée.

Bien que le féminisme et le travail des femmes aient beaucoup fait évoluer les mentalités, les rôles restent souvent parfaitement sexués en famille. Les filles de la maison font la vaisselle et les gâteaux, les garçons lavent les voitures et programment les appareils électroniques. De même, j'ai toujours été surpris de constater que la question rituelle : « As-tu des frères et sœurs ? » n'a pas changé. Quand demandera-t-on très naturellement : « As-tu des sœurs et des frères ? » Ce jour-là, la suprématie de l'aîné garçon, héritier du nom et de toutes les ambitions familiales, aura totalement disparu. Et, en matière de grammaire, le masculin ne l'emportera peut-être plus sur le féminin…

ADOLESCENTS COMPLICES

Aujourd'hui, c'est dans l'éducation qu'il faut chercher l'égalité entre les sœurs et les frères. La discrimi-
nation en fonction du sexe n'existe que dans les sociétés qui prônent la domination masculine fondée sur de
faux préceptes religieux.

Au cours de leurs études, frères et sœurs partagent
les mêmes ambitions et seuls les niveaux de réussite
marquent les différences. Tandis que les filles sont souvent plus brillantes que les garçons sur le plan scolaire,
leur réussite professionnelle est plus aléatoire. Elles
choisissent des filières encombrées, préférant souvent
des métiers fondés sur le dévouement aux autres ou
encore des professions de représentation. Les garçons
sont plus pragmatiques, choisissant leur métier en
fonction de la durée des études, du salaire qu'ils peuvent espérer et de l'évolution de leur carrière.

Si, entre frères et sœurs, les orientations ne sont pas
les mêmes, un acquis demeure : ils sont des étudiants
égaux. L'un et l'autre ont le projet d'avoir une activité
professionnelle. Plus aucun garçon, je l'espère, ne voit
d'abord sa sœur comme une future épouse et mère de
famille. Il l'imagine menant de front cet aspect de sa
vie et son métier. D'ailleurs, il ne doute pas que la
femme qu'il épousera en fera tout autant.

Sœurs et frères, à l'adolescence et par la suite, se
respectent dans leurs différences. Leurs relations peuvent même être plus complices que celles qui unissent
des adolescents du même sexe. La sœur est la confi-
dente idéale, le frère un protecteur dévoué – c'est d'ailleurs souvent grâce à lui qu'elle obtient ses premières
permissions de minuit.

Plus surveillées et plus contrôlées que leurs frères,
les filles sont généralement les premières à quitter la

vie de famille. Elles ont soif de liberté et veulent assumer pleinement leur vie affective. Leur autonomie ne leur fait pas craindre la solitude. Ce sont elles qui, bien souvent, persuadent leur frère de quitter le cocon familial.

UNE PROXIMITÉ RISQUÉE

Une trop grande proximité physique et affective entre frère et sœur à l'adolescence n'est pas souhaitable. Les relations incestueuses sont plus fréquentes qu'on ne pourrait le croire. Elles peuvent se manifester psychiquement par un attachement affectif envahissant qui ne favorise pas la recherche d'une « âme sœur » – le ou la partenaire avec qui le jeune homme ou la jeune fille pourront vivre une sexualité épanouie. Ce « trop d'amour » conduit parfois à des contacts physiques, en majorité des caresses un peu trop appuyées qui peuvent se transformer en pratiques masturbatoires ou, beaucoup plus rarement et sans doute de manière pathologique, en vraies relations sexuelles. Il est très probable qu'un grand nombre d'activités masturbatoires et de découvertes sexuelles se produisent dans les fratries. Ce sont des secrets de famille dont les psychiatres n'ont pas à se mêler s'ils n'entraînent aucune perturbation psychique chez les frères et sœurs.

L'inceste entre frère et sœur est un tabou fort de notre société, au même titre que celui entre parent et enfant, mais il n'a pas les mêmes fondements. En effet, il y a une certaine logique à être amoureux ou amoureuse de sa sœur ou de son frère puisqu'elle ou il ressemble de manière assez fidèle au parent dont on s'est senti complémentaire durant toute son enfance. Dans les situations normales, l'adolescent, pour fuir ses fantasmes incestueux, décide de prendre de la distance vis-à-vis de ses parents et des autres membres de la famille. C'est ainsi qu'il s'ouvre aux contacts sociaux. Aimer son frère, avoir une passion pour sa sœur, c'est aussi s'aimer soi-même, adorer son double, et donc être dans l'incapacité de se différencier de l'autre. La confusion identitaire est un trouble psychique grave dont les pratiques incestueuses ne sont souvent qu'une des manifestations.

Mon activité de pédopsychiatre me conduit parfois à rencontrer des adolescents ayant vécu des relations incestueuses. Dans la majorité des cas, ils sont victimes de leur aîné, garçon ou fille, comme si ces gestes exprimaient une autorité extrêmement dominatrice, parfois teintée d'une certaine perversité.

J'ai le souvenir d'une jeune fille anorexique qui a parlé très tard, au cours de son traitement, de l'agression dont elle était l'objet de la part de son frère aîné. Elle avait accepté son geste érotique, qui consistait à lui caresser fréquemment les seins. Elle se sentait très coupable de l'avoir laissé faire, croyant même l'avoir peut-être provoqué. Ces sentiments, profondément enfouis, avaient entraîné chez elle un renoncement à la sexualité.

J'ai aussi suivi longtemps un grand adolescent au comportement suicidaire. Le hasard voulut qu'un jour je reçoive sa sœur aînée en consultation. Elle m'avoua alors que, lorsqu'ils étaient enfants, elle avait utilisé le corps de son frère pour satisfaire des comportements masturbatoires. En réalité, elle avait été une initiatrice pour le petit garçon. Je fus très troublé de constater que je n'avais jamais envisagé une telle hypothèse pour expliquer le comportement de son frère.

Les relations incestueuses subies laissent souvent des traces psychiques qui se transforment en troubles graves pouvant conduire à un refus de vivre. Les adolescents qui en sont victimes multiplient les tentatives de suicide, jouent avec leur vie à travers des conduites à risque ou souffrent de perturbations graves de leur image corporelle qui s'expriment à travers des pratiques alimentaires extravagantes ou une impossibilité à assumer une sexualité normale.

Je crois qu'il convient de mettre en garde les parents sur certains comportements de leurs adolescents afin d'éviter qu'ils ne se transforment en sévices. Leurs conséquences sont toujours difficiles à soigner car l'adolescent ou le jeune adulte agressé doivent faire un énorme effort de reconstruction. L'inceste est généralement, pour ces filles ou ces garçons, la première expérience sexuelle ; même si elle est plus ou moins consentie, même si elle contient une certaine notion du plaisir physique, elle n'a pas l'effet bénéfique d'une relation normale. La « première fois » doit être l'occasion de renforcer sa confiance en soi puisqu'elle prouve la capacité de séduction et témoigne que l'on sait aimer et être aimé malgré tous les défauts dont on se croit chargé. Ces éléments de maturation psychique ne peuvent pas exister dans l'inceste puisque l'autre est un familier qui vous connaît trop et à qui vous n'avez rien à prouver.

DES PARENTS SOUVENT AVEUGLES

Souvent, les parents interprètent les relations de trop grande proximité physique, les caresses, les baisers, les luttes ludiques, comme la simple expression de sentiments d'affection particulièrement forts entre leurs enfants. Lorsque ceux-ci sont encore jeunes, ils n'y voient que des jeux innocents. Toutefois, ils ne doivent pas confondre érotisme et affection. Par exemple, un grand garçon plutôt inhibé qui continue à chahuter physiquement avec sa petite sœur mérite d'être surveillé. De même, une grande sœur qui se promène nue ou légèrement vêtue au milieu de ses cadets n'est pas uniquement fière de son corps ou bien dans sa peau. Ces jeux ne sont pas dans la normalité car, à partir d'un certain âge, les adolescents évitent les contacts physiques répétés avec leur frère ou leur sœur. L'évolution normale de la sexualité de l'adolescent passe par la découverte de son propre corps et des plaisirs qu'il peut lui donner. Il apprend à se connaître par la masturbation qu'il pratique de manière intime. La nudité de ses proches le met très souvent mal à l'aise, lui qui est perturbé par des fantasmes d'inceste qu'il s'efforce de réprimer.

La proximité physique entre un frère et une sœur est notamment dangereuse à l'adolescence car, à cet âge, l'appétit sexuel naît de pulsions instinctives violentes en raison des importantes poussées hormonales. L'adolescent regarde le corps de l'autre et s'en émeut, et de ces émotions naissent les excitations sexuelles, heureusement tempérées et freinées par la recherche de sentiments amoureux.

L'étude de cas cliniques montre qu'il existe des conditions qui favorisent l'inceste frère-sœur. Celui-ci est certainement plus fréquent lorsque les parents sont affectivement indifférents à leurs enfants. Ces derniers, en mal d'affection, se rapprochent, tout particulièrement à l'adolescence, lorsqu'ils se posent des questions existentielles. Des parents fragiles, incapables de constituer des référents et donc de poser les interdits, sont souvent à l'origine des pratiques incestueuses de leurs enfants. Le désamour parental et l'incapacité à assumer un rôle éducatif ne peuvent que favoriser cette situation.

Il apparaît encore que l'inceste est plus fréquent entre des frères et sœurs qui ont été longtemps séparés, qui n'ont pas partagé la proximité, voire la promiscuité de la vie étant enfants. C'est la conclusion à laquelle a abouti le psychiatre Bruno Bettelheim en observant le comportement des enfants ayant grandi en kibboutz. Élevés sans tabous, dans une vie communautaire permanente, ces enfants, parvenus à l'adolescence, mettent des distances entre eux. Pour Bettelheim, la promiscuité éveille dans un premier temps des sentiments sexuels qui, par la suite, avec la maturité, se retournent pour créer de la culpabilité et de la honte. Ainsi, à trop se connaître dans l'enfance naît, à l'adolescence, un besoin de s'éloigner pour vivre des relations sexuelles hors de la famille.

Pourtant, le choix du partenaire met souvent en jeu un certain nombre de ressemblances physiques ou intellectuelles avec le frère ou la sœur. C'est ce qui explique l'union fréquente de la sœur avec le meilleur ami du frère ou inversement. Ce choix n'est pas le fruit du hasard. Les meilleurs amis ou les copines inséparables partagent toujours les mêmes idéaux et les mêmes centres d'intérêt que le frère ou la sœur ; leur amitié est scellée par la loyauté, la confiance et la sincérité. Des caractéristiques qui ne peuvent échapper aux frères et sœurs, des qualités que tout frère ou toute sœur souhaite faire partager à ses proches.

Après tout, n'est-ce pas l'idéal de faire de votre meilleur ami votre beau-frère ou de votre amie de toujours une belle-sœur complice ? Les réunions de famille ne peuvent qu'en être plus sympathiques. À mes yeux, il n'est pas plus incestueux de fonder une relation amoureuse avec une personne qui vous rappelle votre frère ou votre sœur que d'épouser votre cousin ou votre cousine, ce que la société accepte parfaitement.

Dans tous les choix de partenaire sexuel entre sans doute une composante incestueuse fantasmée. Il n'est pas interdit d'admirer son frère ou sa sœur, de la même façon que, toute sa vie, chacun d'entre nous est attaché à ses deux parents. En fait, cela indique plutôt que l'on a bien dominé ses fantasmes. Le choix d'un partenaire totalement dissocié des références familiales peut au contraire suggérer qu'il existe une peur inconsciente de l'inceste. L'éloignement reste alors le plus sûr moyen de surmonter ses craintes.

UN AMOUR TROP FORT

Il existe toujours une part de relations incestueuses fantasmées dans l'affection qui lie un frère et une sœur. Elle aide les adolescents à résoudre la réactivation du complexe d'Œdipe : en aimant sa sœur on est certain de ne pas tomber amoureux de sa mère, et en vouant une passion à son frère on éclipse les sentiments que l'on a pour son père. Pourtant, ces amours fantasmagoriques, s'ils sont trop présents, peuvent marquer l'inconscient. Il existe ainsi des frères et sœurs incapables de prendre des distances l'un avec l'autre.

Depuis déjà quelques années, Sylvie et Didier ont pris leur envol. Sylvie, 24 ans, est une jeune avocate stagiaire, et Didier, 26 ans, est ingénieur. Chacun vit dans son propre appartement. Mais, en réalité, tous deux ne peuvent vivre l'un sans l'autre. Ils se téléphonent au moins une fois par jour, sortent toujours avec

*la même bande de copains, passent leurs week-ends
chez des amis communs. Sylvie choisit le plus souvent
ses aventures amoureuses parmi les amis de Didier,
mais ne réussit jamais à avoir une liaison durable. Ils
se chamaillent comme un vieux couple ; les reproches
de Sylvie sont toujours teintés de jalousie et de déception.*

*Sylvie et Didier ne parviennent pas à être autono-
mes l'un envers l'autre. Leur histoire en est sans doute
la cause. Ils sont les aînés d'une famille plusieurs fois
recomposée. Lors du divorce de leurs parents, Didier
a vécu trois ans chez son père tandis que Sylvie, alors
âgée de 3 ans, est restée avec sa mère. Puis c'est
ensemble que, par deux fois, ils ont dû s'intégrer à de
nouvelles fratries pour ensuite les quitter. Ces bouleversements affectifs ont fait d'eux des êtres inséparables.*

Qu'il soit agi ou symbolique, l'inceste frère-sœur a
toujours une explication. Il montre l'incapacité de se
séparer et traduit un trouble grave de l'individuation-
séparation dans la petite enfance. C'est très net dans
les familles qui ont des histoires difficiles : un père
violent, rejeté, mal accepté, ou une mère très légère,
plus femme que mère, bref, un parent qui n'a pas permis une bonne identification. Les frères et sœurs adultes, issus d'identifications trop « souples » et trop peu
précises, cherchent alors à construire ce qui ne l'a pas
été au cours de leur enfance.

L'inceste frère-sœur n'est jamais que le recommen-
cement d'une histoire qui ne s'est pas construite dans
le but de tenter d'en créer une autre. Pour avoir un
avenir, il faut avoir un passé qui s'est correctement
développé. Enfoui dans l'inconscient, ce passé permet
de se projeter dans l'avenir.

L'idéalisation trop forte d'un frère ou d'une sœur peut avoir une influence sur les relations amoureuses au point de perturber la sexualité de l'adulte. Son désir amoureux est alors court-circuité par l'amour fraternel. Il est toujours à la recherche de l'être idéal, le frère ou la sœur qu'il a tant aimés. Ces hommes et ces femmes sont incapables de se réaliser dans un couple durable et vivent dans l'ombre du frère ou de la sœur, le héros de leur vie.

Bien que les parents ne soient pas toujours clairvoyants sur les relations qu'entretiennent leur garçon et leur fille, je crois que le tabou de l'inceste frère-sœur est profondément respecté et que les parents sont toujours rassurés de s'apercevoir que leurs enfants ont une sexualité en dehors de la famille. Pourtant, il convient de nuancer ce propos. En effet, aux yeux des parents, l'inceste frère-sœur est généralement considéré comme très différent de l'agression sexuelle perpétré par une personne étrangère à la famille. Cette dernière est perçue comme beaucoup plus menaçante, car la sexualité de la famille est d'abord une affaire intime.

Magalie est hospitalisée pour anorexie. Elle explique que son trouble alimentaire est la conséquence des sévices sexuels qu'elle a subis de la part de son frère aîné. Comme le veut la loi, cet aveu déclenche un signalement à la police, effectué sans que la famille en soit informée préalablement. Quelques semaines plus tard, le père de Magalie, informé par la police, arrive furieux à l'hôpital. Il s'en prend aux psychiatres du service en affirmant qu'ils auraient dû lui parler de tout cela plus tôt puisqu'il s'agit avant tout d'une affaire de famille.

Je crois qu'un grand nombre d'abus sexuels perpétrés au sein de la famille ne sont jamais signalés. Car les mères protègent souvent leur époux ou leur compagnon, mais aussi leurs enfants, les fils et les filles aînés, et même les oncles et les grands-pères. Toutes les filles de la famille adoptent alors la position de la mère, qui repose sur l'idée primitive que le sexe féminin est « faible » et qu'il est dans la nature de l'homme de conquérir sexuellement la femme, laquelle doit accepter cette conquête. Le fils est aussi souvent le protégé du père, et le dénoncer, au sein de la famille comme aux autorités judiciaires, reviendrait à rompre avec l'autorité de la famille, et donc à provoquer son implosion. Les filles agressées font alors le choix du silence.

Dans l'esprit des parents, le corps de l'enfant reste longtemps leur propriété ; l'ayant fabriqué, ils estiment qu'il doit leur obéir. C'est particulièrement vrai pour les filles. Aujourd'hui encore, beaucoup de parents, surtout les pères, jugent que leur fille devra épouser le mari qu'ils lui choisiront. C'est donc reconnaître implicitement que son corps ne lui appartient pas puisqu'ils décident à sa place à qui ils le donnent. Dans cette optique, le tabou de l'inceste frère-sœur est d'autant plus fort qu'il représente peut-être une transgression considérable de la loi : avoir une relation sexuelle avec sa sœur est impossible puisque son corps appartient au père, qui le donnera à la personne qu'il désignera. Le fait que les femmes aient aujourd'hui le droit de choisir leur sexualité et leurs partenaires devrait donc permettre une meilleure protection des mineurs.

L'interdit de l'inceste est fondateur du groupe social et organisateur de la vie psychique. Sa transgression met en cause tous les membres de la famille qui ont été incapables de cadrer les pulsions envahissantes de l'adolescence.

Même consenties, voire mutuellement souhaitées, je ne pense pas qu'il puisse exister de relations incestueuses heureuses car elles ne peuvent déboucher ni sur une vie commune socialement reconnue, ni sur la construction d'une famille épanouie. Avec le temps, le couple frère-sœur se sépare, laissant à chacun le sentiment d'un double échec, celui de la relation amoureuse et celui de la relation fraternelle.

Les relations fraternelles incestueuses ont fait couler beaucoup d'encre ; nombre de légendes et de romans très célèbres mettent en exergue cette thématique, sans doute pour mieux nous en montrer les dangers. Ainsi le mythe de Zeus fondant une famille avec Héra, sa sœur ; ou celui de Canacé et Macarée, les enfants d'Éole, qui encoururent le châtiment de leur père pour avoir conçu ensemble un enfant ; ou encore l'histoire des dieux égyptiens Isis et Osiris. Du côté de la littérature, on ne peut manquer d'évoquer Chateaubriand et son célèbre roman autobiographique *René*, ou encore *Les Enfants terribles* de Jean Cocteau.

Le tabou de l'inceste est encore très variablement respecté d'une civilisation à l'autre. L'union entre frère et sœur était courante en Perse et en Égypte, chez les rois comme dans le peuple. Par ailleurs, on a longtemps pensé que la prohibition des pratiques incestueuses était ce qui différenciait l'homme de l'animal, mais bien des éthologues ont prouvé que ce n'était pas le cas. Et, si l'on y réfléchit, il a bien fallu que les enfants d'Adam et d'Ève s'unissent pour que nous soyons là…

Dans les théories sur le psychisme, l'inceste frère-sœur est relativement peu évoqué. Freud, la référence des références, n'en parle pratiquement pas ; la psychanalyste Melanie Klein n'y voit que des jeux érotiques d'enfants parmi d'autres. J'estime que la réalité de l'inceste frère-sœur reste véritablement à étudier. Ainsi, les pédopsychiatres et les psychiatres pourraient devenir plus attentifs aux conséquences psychiques des relations physiques dans la fratrie. De même, il est temps que l'on réfléchisse à l'éveil de la sexualité des adolescents demi-frères et demi-sœurs qui se rencontrent tardivement et de manière épisodique dans une famille recomposée. Et que dire des « faux frères » et des « fausses sœurs » qui vivent sous le même toit sans avoir aucun lien réel de parenté ?

Après l'enfance, après l'adolescence, vient le moment de l'indépendance. Après tant de conflits et de rivalités, après tant de bons moments partagés, frères et sœurs doivent aller aimer ailleurs. Prendre son indépendance, c'est être capable d'aimer quelqu'un d'autre que les membres de sa famille, c'est vouloir créer une nouvelle histoire, celle d'un enfant qui partage la moitié des chromosomes de ses deux parents et toute leur histoire familiale. L'enfant puise autant dans l'histoire paternelle que maternelle, et c'est à partir de cette synthèse qu'il construit sa filiation.

4

Le jeu des préférences : l'amour sans partage

Dans toutes les familles il y a un préféré, qu'il soit celui de la mère, du père ou des deux. Je sais qu'en affirmant cela je choque de nombreux parents qui se veulent équitables en tout, et particulièrement en amour. Et pourtant je persiste et signe. Il y a toujours un « chouchou » parmi les frères et sœurs. Si besoin est, je m'appuierai sur mes maîtres en psychologie de l'enfant qui soutiennent la même théorie. C'est lorsque le père et la mère ont le même chouchou ou la même tête de Turc que la situation est la plus ennuyeuse et la plus intolérable dans une fratrie. Mais, heureusement, les attachements parent-enfant reposant sur des bases propres à chacun, ce cas de figure est extrêmement rare et la grande majorité des enfants est préservée de ce « désastre ».

Le préféré de la couvée est assez rapidement identifié par ses frères et sœurs puisque la famille est pour chacun le lieu idéal d'observation et de comparaison. Il s'écoule donc peu de temps avant que la fratrie ne découvre les bonnes et les moins bonnes alliances avec les parents. Celles-ci sont parfois réelles, parfois le fruit d'interprétations imaginaires tenant à un détail infime et peu significatif. Les gourmands trouvent qu'ils reçoivent toujours la plus petite part du gâteau au chocolat, les coquettes envient leur sœur qui a reçu une bien plus jolie robe qu'elles.

LE PLUS BEAU DES ENFANTS

En règle générale, dans une famille, chacun des parents cherche à se reconnaître dans l'un de ses enfants. Il établit d'abord sa préférence sur certains traits physiques qui leur sont communs : la couleur des yeux, les cheveux, le menton volontaire ou marqué d'une fossette... Des caractéristiques qu'il identifie avec d'autant plus de bonheur qu'il est très fier de posséder les mêmes. Mais parfois le jeu des ressemblances est plus subtil, l'un des parents se plaisant à retrouver chez son enfant le détail physique précis de son ou sa partenaire qui l'a séduit : c'est un père qui aime un peu plus l'une de ses filles parce qu'elle a hérité les superbes cheveux de sa mère ; c'est une mère qui croise toujours avec beaucoup de tendresse le regard de son fils car elle se souvient que ce sont ces yeux-là qui l'ont fait chavirer dès la première rencontre avec celui qui est devenu l'homme de sa vie.

A contrario, certains défauts physiques peuvent faire tomber un fils ou une fille en disgrâce affective. Un grand nez, des oreilles décollées ou une tache de naissance trop visible donnent à certains enfants un physique peu flatteur et atténuent le sentiment de fierté chez des parents blessés dans leur narcissisme. C'est notamment le cas de ceux qui naissent avec une fente labiale (ou bec-de-lièvre), malformation bénigne aujourd'hui parfaitement réparable par la chirurgie. Défigurant le nouveau-né, elle peut rendre nécessaire l'accompagnement psychologique des parents afin de leur permettre un investissement affectif normal. En effet, lorsque le bébé qui vient au monde n'est pas conforme à celui imaginé par les parents tout au long de la grossesse, des sentiments ambivalents d'amour et de déception, voire de rejet, sont susceptibles d'apparaître.

L'un des exemples les plus célèbres d'enfant mal-aimé pour des raisons esthétiques appartient à la littérature. J'ai été impressionné dans mon enfance par l'histoire de *Poil de carotte*. Jules Renard y dépeint les malheurs du cadet d'une fratrie de trois enfants né avec les cheveux roux. Tout comme la société, qui pendant des siècles a accusé les personnes aux « cheveux de feu » de connivences avec le diable, la famille de Poil de carotte considère cette particularité comme une tare.

Le petit garçon, rejeté par sa mère, collectionne les brimades et les punitions. Toutes les corvées lui sont réservées, et si une situation réclame un peu de courage, on exige de lui qu'il domine sa peur naturelle. Mme Lepic, sa mère, ne se trouve de ressemblances avec lui que sur le plan culinaire : comme elle, il aime le riz et déteste le melon. Jules Renard précise : « On lui impose ainsi ses goûts et ses dégoûts ; en principe il doit aimer seulement ce qu'aime sa mère. [...] Ce jour-là, Poil de carotte ne mange ni melon, ni fromage car sa mère dit qu'il ne les aime pas. Puisqu'elle en est sûre, ce n'est pas la peine d'essayer. En outre, il sait que ce serait dangereux. »

Poil de carotte a des sentiments partagés : s'il essaie parfois de comprendre et de séduire sa mère, le plus souvent il est résigné et l'injustice à son égard le révolte. Désespéré, il s'inflige des mutilations corporelles et fait même une tentative de suicide. Il ne trouve de répit qu'auprès de son père, à la chasse, ou lorsqu'il est en pension. L'absence totale d'affection fait de lui un enfant assez turbulent qui, souvent, « manifeste de travers », syndrome très fréquent chez les enfants battus.

Poil de carotte finit par craquer et demande à son père de trouver une solution pour l'éloigner de la maison : « Quel sort ne serait préférable au mien ? J'ai une mère. Cette mère ne m'aime pas et je ne l'aime pas. – Et moi, crois-tu donc que je l'aime ? dit avec brusquerie M. Lepic, impatienté. »

Maintenant, Poil de carotte sait tout ou presque : sa différence physique n'est en réalité qu'un prétexte au désamour de sa mère. Dernier de la famille, il est un enfant non désiré, un accident dans la vie de Mme Lepic, à moins qu'il n'ait été conçu comme un « enfant-réparation » destiné à raccommoder le couple qui s'effiloche.

Dans ce même registre des histoires terribles que l'on raconte aux petits enfants, il y a bien sûr celle du *Vilain Petit Canard*. Ce caneton au vilain plumage gris fait tache dans la portée. Il est méprisé par tous... jusqu'au jour où il se métamorphose en superbe cygne blanc.

Certains « vilains petits canards » naissent aussi dans les familles d'hominidés. Rien dans leur esthétique ne semble provenir de leurs parents. Pourtant, soyons clair : un enfant est toujours naturellement porteur des gènes parentaux qui déterminent la couleur des yeux, celle des cheveux, la forme des oreilles ou celle du nez. Mais le jeu de la génétique est complexe : certains gènes s'« expriment » uniquement lorsqu'ils rencontrent leurs semblables, d'autres peuvent avoir la fantaisie de sauter une génération. Ainsi, je connais une petite fille aux cheveux blonds et aux yeux verts dont les parents sont bruns aux yeux noirs ; elle est bien leur fille, mais elle a simplement hérité la couleur des yeux de son grand-père paternel et la blondeur de sa grand-mère maternelle.

Plus compliquée est la situation d'un enfant considéré comme l'enfant biologique de son père mais ne présentant aucune ressemblance avec lui. En effet, si la filiation par la mère est certaine, celle du père est toujours supposée. Je crois que, dans ce cas, la qualité des relations affectives qui lieront cet enfant à ses parents dépend énormément de la solidité du couple. Tous les cas de figure sont possibles. L'enfant peut être surinvesti affectivement par sa mère car sa présence lui rappelle une véritable passion, bien qu'éphémère, ou au contraire mal-aimé car évoquant l'histoire d'un échec. Du côté paternel, les choses sont aussi tranchées : il est soit rejeté si le père ne le reconnaît pas comme sien, soit aimé par un processus d'adoption.

Les histoires d'amour entre adultes, parfois compliquées, peuvent également bien se terminer pour les enfants. Il m'arrive de rencontrer dans des familles recomposées des pères plus attachés à leur enfant d'adoption qu'à leur enfant par le sang. Après tout, les liens affectifs reposent sur un jeu de séduction dans lequel chaque partenaire tient son rôle.

DES AFFINITÉS RÉELLES OU IMAGINÉES

Naturellement, les ressemblances physiques, vraies ou supposées, ne sont pas seules à l'origine des préférences qui peuvent s'établir entre les différents enfants d'une famille. Des affinités peuvent aussi se construire sur des traits de caractère et des connivences intellectuelles. Tout est alors affaire de sensibilité. Un père peut se sentir très proche de sa fille car tous deux aiment la voile ou le ski, une mère peut partager la même émotion que son fils en voyant les films de Hitchcock ou en écoutant Brahms. Mais, avant d'atteindre ce stade abouti, la proximité intellectuelle est le résultat d'une construction psychique. Elle naît, dans les circonstances banales de la vie quotidienne, d'événements ordinaires partagés par l'un des parents et l'un des enfants. Voyons par exemple cette famille qui se promène en voiture sur une route des Alpes, en été. La nuit est belle, une étoile filante traverse un coin du ciel. La mère et la fille la voient mais le père et le fils, absorbés dans la contemplation de la lumière des phares sur le talus, ne la remarquent pas. L'année suivante, cette même famille passe ses vacances en Grèce. Au cours d'une promenade en mer, la mère et la fille voient soudain un dauphin sauter dans les vagues. Le père et le fils, à l'autre bout du bateau, ratent le spectacle. Ce souvenir commun lie encore un peu plus la fille à sa mère ; toutes deux savent désormais qu'elles sont capables de repérer les mêmes manifestations et que celles-ci les conduisent à un état émotif semblable. C'est la somme de tels événements dus au hasard qui commence à construire des identités différentes selon les enfants et des proximités plus ou moins grandes avec l'un de leurs parents.

Si le hasard joue un rôle important dans l'émergence d'affinités intellectuelles, il ne suffit pas toujours à l'expliquer. L'étude des relations parents-enfants montre que bien des attachements se fondent sur des illusions. La plus connue est celle du sourire réflexe du nourrisson, que les parents interprètent comme un sourire de communication. Au contact d'un enfant en développement, ils passent ainsi leur temps à prendre leurs désirs pour des réalités. C'est aussi parfois le cas dans l'élaboration des ressemblances intellectuelles.

Ainsi, des ressemblances physiques, réelles ou tellement souhaitées qu'elles finissent par le devenir, sont à la base de la construction d'illusions propres à chacun des parents. Le mécanisme psychique est toujours le même : « Puisque je crois que tu me ressembles, tu penses comme moi. Puisque je t'aime tant, tu ne peux qu'avoir les mêmes idées que moi. » Il suffit de quelques coïncidences pour étayer ces principes : quelques « parcelles » inconscientes de ressemblances suffisent à bâtir de vraies ressemblances. Ainsi, dans une famille qui compte au moins deux enfants, les parents ont le sentiment que, sur le plan du caractère comme sur celui des sensibilités, l'un des deux est le portrait « tout craché » de la mère et l'autre celui du père. Certes, les expressions « Tel père, tel fils » et « Telle mère, telle fille » se vérifient dans la plupart des cas, mais il arrive que les affinités opèrent des croisements de sexe, qu'un fils ait une certaine proximité de pensée avec sa mère et, réciproquement, une fille les traits de caractère de son père.

Ce genre de situation pose parfois quelques problèmes au niveau du couple : l'un des parents doit adapter son mode d'attachement à un enfant dont la personnalité tient à la fois de celui ou celle qu'il aime et de la sienne propre en raison d'une identification de sexe. Ces croisements de ressemblance sont plus simples lorsque la fratrie compte seulement un garçon et une fille ; en effet, si les enfants sont tous du même sexe, l'un d'entre eux peut être investi par ses parents de la sensibilité du sexe opposé et s'en trouver gêné.

Jean est un petit garçon de 4 ans et demi scolarisé en moyenne section de maternelle, deuxième année d'apprentissages premiers. Une extraordinaire rivalité l'oppose à son cadet. Ce dernier est extrêmement énergique, curieux de tout ce qui l'entoure, parfaitement à l'aise dans sa famille et dans la société. Jean, lui, est extrêmement timide, semble douter de tout, éprouve d'énormes craintes face à d'infimes difficultés. Par exemple, avant même d'avoir fini un dessin, il juge déjà qu'il ne sera pas beau. Depuis quelque temps, ses parents assistent à des phénomènes singuliers : Jean veut boire au biberon et réclame qu'on lui remette des couches, non pas pour se salir mais simplement pour faire comme son jeune frère. Ce qui les inquiète le plus, c'est un trouble du langage qu'il ne manifestait pas jusqu'alors : il parle en poussant sa lèvre en avant, comme un bébé.

Jean manifeste des signes de régression étonnamment importants compte tenu de sa capacité intellectuelle. En effet, c'est un excellent élève, bien intégré à sa classe. Sa tranquillité et sa sagesse plaisent aux enseignants, qui préfèrent toujours les enfants sages. Pourtant, son inhibition peut faire craindre secondairement des troubles de l'apprentissage.

Lors d'un tête-à-tête, Jean m'avoue qu'il est bon élève parce qu'il craint d'être débordé par son petit frère. Il s'agit donc d'une rivalité fraternelle parfaitement constructive. Mais sa difficulté est ailleurs que dans la relation fraternelle. Mes différents entretiens avec les parents, notamment avec le père, montrent que celui-ci s'identifie beaucoup plus au caractère énergique du cadet qu'à la fragilité de l'aîné. Jean, inconsciemment touché, souffre de cette situation et a choisi une position de repli. Il tend même à adopter une image féminine tendre, celle qui le rend si docile en classe et à la maison. Mais cette belle tranquillité peut aussi mettre en péril son évolution.

Je ne prescris aucun soin psychologique particulier à cet enfant, qui va plutôt bien. Il a simplement besoin d'être rassuré sur l'amour de ses parents, et d'être certain, notamment, que son papa l'aime aussi. Je leur demande donc de mettre en place une véritable stratégie relationnelle avec leurs enfants en permettant à Jean de bénéficier de relations individuelles avec son

père et avec sa mère et également de temps partagés
sans son petit frère. Je conseille aussi des séjours
« respiration » chez les grands-parents paternels et
maternels. Toutefois, afin que Jean ne vive pas ces
séparations comme des abandons, son petit frère devra
aussi se rendre chez eux, si possible au même rythme
et pour des durées identiques.

Lorsque je revois Jean six mois plus tard, il a repris
une course sociale satisfaisante et poursuivi son inté-
gration scolaire avec le groupe de ses pairs. Peu à peu,
il a abandonné ses attitudes régressives pour être en
rivalité ouverte avec son petit frère. Leurs disputes
deviennent un parfait moyen de s'individualiser.

Quand les enfants grandissent, les préférences des
parents se construisent aussi en fonction de l'intelligence, mesurée par les performances scolaires ; les
notes permettent en effet une appréciation rapide des
disparités entre enfants.

La qualité des résultats scolaires est incontestablement un des grands motifs de consultation en pédopsychiatrie. Elle représente presque six cas sur dix. Les
mauvaises performances scolaires sont très souvent
l'expression de la jalousie qui oppose les enfants d'une
même famille. La majorité des parents préfère les
enfants qui mènent correctement leurs études puisqu'ils flattent leur ego et leur donnent – peut-être un
peu rapidement – le sentiment qu'ils ont réussi leur
éducation. Il faut bien le reconnaître, l'enfant qui
cumule de mauvais résultats scolaires et un caractère
turbulent – les uns étant presque toujours liés à l'autre
– risque de rencontrer des difficultés affectives au sein
de sa famille.

Je ne me montre pas particulièrement clairvoyant
en affirmant que les parents aiment les enfants brillants

et tranquilles. Je les comprends, car c'est nettement plus facile à vivre. Mais le fait de briller à l'école n'est pas toujours un critère de bonne santé psychologique. La sagesse peut parfois cacher une souffrance qui se révélera de manière tardive par des troubles graves.

J'ai reçu en consultation, il y a quelques années, un jeune garçon qui réussissait trop bien à l'école. En classe de cinquième, il avait une moyenne de 19 ! Ses parents, tous deux professeurs en classe préparatoire aux grandes écoles, le jugeaient trop sage et trop travailleur, au point qu'il ne sortait jamais et n'avait aucun camarade. En fait, ce garçon totalement isolé était en proie à une terrible rivalité fraternelle avec sa sœur, elle aussi brillante élève. Il avait entrepris de la dépasser coûte que coûte, sacrifiant toute relation sociale pour atteindre ce but.

Le traitement ne fut pas facile, car il fallait d'abord travailler à dégrader ses résultats scolaires pour le rendre « fréquentable » par ses pairs. Nous avons donc tenté de le distraire en lui proposant des activités ludiques et des loisirs sportifs. Il ne fut pas aisé de lui faire abandonner ses livres et ses cahiers, mais nous avons obtenu le trimestre suivant une moyenne en chute de 5 points et deux invitations d'anniversaire. Pourtant, j'estime ne pas avoir totalement rempli ma mission : il n'est jamais parvenu à descendre à la moyenne de 12 que j'espérais tant !

LE POIDS DU PASSÉ

Chaque enfant, avant même de naître, s'inscrit dans l'histoire de sa famille. Celle-ci joue bien évidemment un rôle important dans les préférences entre les uns et les autres. Tout commence souvent, dans les mois qui précèdent l'arrivée de l'enfant, par l'attribution des prénoms. Je ne saurais trop recommander aux parents de bien analyser les raisons qui leur font choisir tel ou tel prénom et de se demander si leur enfant sera toujours fier de le porter lorsqu'il sera adulte.

Le choix du prénom d'un enfant est hautement significatif. Pendant longtemps, l'aîné ou le premier garçon de la famille s'est vu attribuer le même prénom que son père ou un prénom composé qui le contenait : le fils de Pierre se prénommait Jean-Pierre, le fils de Jean s'appelait Jean-Charles. Aux États-Unis, la coutume est encore vivace : les aînés portent le nom de leur père simplement complété de l'adjectif *junior*. Aujourd'hui, rares sont les parents qui perpétuent la tradition. La plupart choisissent des prénoms qui leur plaisent. Mais leur liberté est plus ou moins consciemment encadrée. Ils s'inspirent de figures historiques ou contemporaines, de personnages de roman ou de série télévisée, avec une terrible propension à privilégier ceux qui ont marqué leur adolescence. Tous ces prénoms sont porteurs de sens. Il est naturellement plus facile de porter le prénom d'un « bon » que d'un « méchant », d'un « gagnant » que d'un « perdant » : Victor pour triompher de tout, Bienvenue lorsque l'on est très attendu, Maxime pour devenir grand, même si, une fois adulte, on reste tout petit. Ainsi, certains enfants ont plus de chance que d'autres : leur prénom a un pouvoir d'évocation particulièrement gratifiant ou une sonorité harmonieuse.

Toutefois, même s'ils sonnent joliment à l'oreille, certains prénoms peuvent être lourds à porter car transmettant une histoire potentiellement embarrassante. Ainsi, que deviendra ce petit garçon que sa maman, artiste peintre, a baptisé Matisse, du nom de son maître favori, s'il n'est pas doué pour le dessin ? Ne risque-t-il pas de la décevoir plus que de raison ? Et que penser de ces petites filles prénommées Laetitia ou Adriana en hommage aux mannequins-vedettes Laetitia Casta et Adriana Karembeu ? Comment leurs parents supporteront-ils que la nature ne leur offre pas nécessairement des silhouettes de reine ?

En Corse et en Italie, les enfants portent le prénom de leurs grands-parents disparus, les aînés, notamment, celui de leur grand-père paternel. Dans certaines familles touchées par un deuil, l'enfant qui naît peu de temps après « hérite » le prénom de ce proche et, par là même, l'image que tous les membres de la famille avaient de lui. Le pire est sans doute d'attribuer à un enfant le prénom d'un aîné décédé que la nouvelle naissance est chargée de remplacer. Cette pratique, qui prouve que les parents n'ont pas fait le deuil de l'aîné, risque de perturber gravement la construction de l'identité du cadet, qui ne saura jamais réellement qui il est. Ainsi, certains psychanalystes pensent que la fragilité psychique de Vincent Van Gogh a pour origine le fait qu'il portait le même prénom que son frère aîné, mort avant sa naissance et dont la tombe se trouvait juste devant la maison familiale. Vincent n'a sans doute jamais pu faire le deuil de ce frère, ni se débarrasser de sa mémoire, ni même le détester comme n'importe quel frère. Les êtres disparus sont d'autant plus idéalisés que leur mort est inattendue ou brutale. Les phénomènes de deuil sont toujours compliqués pour les frères et sœurs, à plus forte raison pour celui ou celle qui porte le nom de l'enfant disparu, dont les parents estiment qu'ils n'ont pas eu assez de temps pour l'aimer. Il n'est pas de situation plus difficile à vivre que d'être en rivalité affective avec un frère ou une sœur avec qui on ne peut pas se disputer.

La plupart des enfants ont plusieurs prénoms, outre celui dit « d'usage ». En règle générale, ce sont ceux des grands-parents. Ils ont pour fonction de perpétuer l'identité de la famille, parfois même des dynasties. Je m'informe assez souvent auprès de mes petits patients de l'ensemble de leurs prénoms et leur demande s'ils en connaissent les origines familiales. Hériter le prénom d'une grand-mère particulièrement vénérée dans la famille pour sa bonté et ses talents de pâtissière, porter le prénom d'un grand-père « câlin » et constructeur reconnu de moulins à eau, ou encore celui d'un grand-parent distant et intellectuellement brillant, offre à l'enfant un statut différent dans la famille directe et élargie. Le prénom, en évoquant de bons ou de mauvais souvenirs, peut prédéterminer de bons ou de moins bons sentiments à l'égard de celui qui le porte.

Dès la naissance, les prénoms organisent des relations familiales qui se perpétuent. Ils peuvent être à l'origine de différences dans le traitement affectif de la part des parents, des grands-parents, des oncles, des tantes ou des cousins. L'aura de certains prénoms dans une famille conduit même des frères et sœurs à se jalouser sur ce terrain. L'affection des grands-parents, plus ou moins bien partagée, est importante dans les rivalités fraternelles. Certains imaginent des préférences qui n'existent pas, d'autres sont persuadés d'être les plus aimés et veulent à tout prix préserver cette hégémonie.

Victor, 5 ans, traverse une période difficile. Il y a quelques mois, il a perdu sa grand-mère, qui, me dit-il, le préférait à sa sœur Éva. Il n'en doute pas puisque sa mamie lui disait souvent : « C'est toi que j'aime », et qu'elle lui donnait toujours le plus gros morceau de flan pour le goûter. Ces faits ne trompent personne !

Par ailleurs, sa marraine, qu'il aime presque autant que sa maman, a perdu le bébé qu'elle attendait et dont il devait être le parrain. Ce deuil a réactivé, bien évidemment, le sentiment de perte de sa grand-mère.

Mais il y a plus grave. Sa maman, séparée de son père, a « refait sa vie » avec un homme qui vient de perdre sa première épouse dans un accident de voiture. Cette femme laisse un petit garçon de deux ans plus jeune que Victor, Éloi, véritablement miraculé puisqu'il a été retrouvé dans la carcasse du véhicule à demi noyé et couvert du sang de sa mère. La décision a été prise que cet enfant habiterait désormais avec son père, donc avec Victor et Éva.

Je suis heureux de constater qu'en dépit de tous ses malheurs Victor va bien. La preuve : il a décidé d'être très attentif à tout ce qui va se passer maintenant dans la famille. Il est d'accord pour qu'Éloi vive avec eux, mais à condition que cela ne change rien pour lui. Cette concession vaut une reconnaissance : il doit rester le préféré. Sa sœur ne l'inquiète pas trop, elle a depuis longtemps été disqualifiée par sa grand-mère. Quant au « nouveau », il ne peut que respecter la règle établie. D'ailleurs, Victor fait ce qu'il faut pour garder son statut : il bouscule à toute occasion l'intrus et déchire les dessins de sa sœur. Lui seul a le droit de faire des dessins... qu'il dédie à sa grand-mère.

J'ai plusieurs fois constaté que d'autres éléments de l'histoire de la famille sont différenciateurs et porteurs de préférences plus ou moins conscientes. Les souvenirs heureux liés à la naissance d'un enfant peuvent être à l'origine de rivalités fraternelles importantes, comme le montre ce cas clinique assez amusant.

Les parents d'Andrew se sont connus jeunes, dans

une période postadolescente légèrement « baroudeuse ». Ils se sont rencontrés en Australie, et c'est sur ces terres lointaines qu'ils ont conçu ce premier enfant. Ils sont rentrés en France quelques semaines seulement avant l'accouchement. Cette année merveilleuse dans les déserts australiens reste à jamais gravée dans leur mémoire, et elle resurgit en toute occasion dans les conversations familiales. Andrew est ainsi considéré dans la famille comme l'« enfant australien », pays où il n'a en fait jamais vécu qu'in utero.

Quelques années plus tard, la famille s'agrandit avec une petite fille qui naît en France de manière très « conventionnelle ». En grandissant, elle se révèle extrêmement jalouse de son aîné, furieuse de ne pas appartenir au roman familial dont il est le héros. Quand elle est en colère, elle l'appelle « l'Australien » avec dédain. Elle déteste prendre l'avion car, dit-elle, « dans les avions, on peut avoir des enfants qui risquent après de venir d'Australie ». Plus grave, elle développe conjointement une phobie généralisée des transports, refusant de prendre le bus ou de monter en voiture. Elle oblige ainsi ses parents à l'accompagner en vélo à l'école.

C'est donc sur la transmission du souvenir d'un moment fort dans la vie de la famille, par contraste avec un événement vécu comme banal, que s'établit la rivalité fraternelle. La petite fille a le sentiment d'être née dans des circonstances normales tandis que son frère, lui, a vu le jour de façon beaucoup plus atypique. Certains indices me persuadent pourtant que cette jalousie va s'atténuer avec le temps et que la fillette sera bientôt moins « casse-pieds » avec ses parents et son frère. Ainsi, elle a choisi pour objet transitionnel un kangourou en peluche, et lorsque, assise sur le porte-bagages du vélo de son père, elle franchit les *ralentisseurs installés sur la route, elle saute en disant : « Moi aussi je suis un kangourou ! »*

Je crois trop au poids des secrets de famille pour me permettre de reprocher aux parents de parler à leurs enfants de la « vie d'avant ». Il leur faut simplement veiller à équilibrer les récits de sorte qu'aucun de leurs enfants n'ait l'impression d'être exclu de l'histoire familiale. Ils peuvent même si nécessaire enjoliver un peu leurs souvenirs afin de donner du relief à une histoire banale. D'une manière générale, les cadets sont fascinés par la vie que menait leur aîné quand il était enfant unique. C'est sur cette base qu'ils établissent des comparaisons et, bien sûr, des différences. Ces informations peuvent aussi leur donner le sentiment de ne pas avoir les mêmes atouts de séduction que leur frère ou leur sœur aînés.

Parmi les secrets de famille qui peuvent perturber les relations fraternelles, il faut encore évoquer ceux liés à la procréation médicalement assistée. Certaines stérilités inexpliquées sont parfois « soignées » par la naissance d'un premier enfant par fécondation *in vitro*, un second étant ensuite conçu de manière naturelle.

Je ne peux m'empêcher de sourire quand j'évoque l'histoire de ce petit garçon qui est entré dans mon bureau en me disant qu'il n'était pas le fils de ses parents. Il affirmait cela en regardant très méchamment son petit frère, qu'il martyrisait beaucoup et considérait, lui, comme l'enfant de personnes qui se faisaient passer pour ses parents. Il voulait bien, à la rigueur, reconnaître sa mère comme celle qui l'avait mise au monde, mais son père était « M. FIV ». Il n'y avait aucun doute là-dessus, même le psychologue qui s'occupait régulièrement de lui l'avait confirmé. Bien

sûr, on l'aura compris, cet enfant était né par féconda-
tion in vitro. *Ses parents, croyant bien faire, lui avaient*
tout expliqué – peut-être un peu trop tôt – pour qu'il
comprenne exactement la technique médicale.

Pour un enfant, connaître son histoire est toujours
structurant, mais encore faut-il réussir à la raconter
simplement et à un âge où elle est compréhensible. En
ce qui concerne les fécondations *in vitro*, l'expérience
montre que c'est le cas vers 10, 11 ans.

Selon le récit que font les parents, et parfois les
grands-parents, aux enfants, l'aîné sera soit un
« conquérant » de la science, soit un « faux frère » ou
une « fausse sœur ». Tout dépend des mots utilisés,
mais aussi des comportements éducatifs mis en œuvre.
Si le premier enfant, tellement désiré, est surprotégé,
surinvesti par la famille, le second peut se sentir
négligé car moins digne d'intérêt.

Parfois, les récits des parents donnent lieu à des
identifications qu'eux-mêmes ne comprennent pas
bien. Le premier-né devient une référence pour le cadet
qui réclame, au nom de l'égalité affective, le même
traitement.

Je reconnais bien les parents de Lou quand ils
entrent dans mon bureau. Il y a dix ans, j'ai reçu leur
fils Bertrand pour des troubles du sommeil. Et, naturel-
lement, ils reviennent me voir parce que Lou, leur
cadette, dort mal.

À 8 ans et demi, Lou fait des cauchemars ; pratique-
ment toutes les nuits, elle rêve d'une méchante sorcière
aux yeux rouges. Pour avoir moins peur, elle se réfugie
dans le lit de ses parents, tout contre sa mère. Mais,
depuis quelques semaines, elle refuse de s'endormir
dans sa chambre, exigeant de se coucher directement

dans le lit de ses parents. Là, dit-elle, « la sorcière ne vient jamais ».

Après avoir discuté quelques instants avec ses parents, je vois Lou en tête à tête. Je vais droit au but : pour moi, il est évident qu'elle vient me voir pour ne plus dormir avec sa maman. Je suis étonné de son extrême émotion : elle pleure à chaudes larmes et, entre deux sanglots, m'explique que son frère a lui aussi connu des troubles du sommeil.

Dès que ses parents reviennent dans mon bureau, Lou masque ses larmes, mais sa maman voit bien qu'elle a pleuré. Lou explique alors que je ne veux plus qu'elle dorme avec elle. Aux interrogations de la mère, ma réponse est simple : puisque c'est de cette façon que les troubles de Bertrand ont été résolus, pourquoi cela ne fonctionnerait-il pas avec Lou ? Je conseille en outre à son père de s'occuper d'elle quand elle se réveille la nuit (car, c'est bien connu, les sorcières ont très peur des papas !). Lou et ses parents quittent mon bureau déterminés à appliquer cette méthode. Elle a manifestement réussi puisqu'ils ne sont jamais revenus me voir.

En réalité, Lou a développé un symptôme identique à celui de son frère sous l'emprise d'une rivalité fraternelle. Cette petite fille, dynamique et intelligente, avait le sentiment que son frère était le préféré de sa mère puisque, souffrant de troubles du sommeil, il dormait avec elle avant la naissance de sa petite sœur. Ainsi, elle ne pouvait supporter l'idée que sa mère ne s'occupe pas aussi bien d'elle.

LES PROJETS DÉÇUS

Les parents le savent bien, tous les bébés ne se ressemblent pas à la naissance. Aux différences physiques – taille, poids, forme du crâne, implantation des cheveux –, qui conduisent souvent les parents à prédire quel enfant deviendra le nourrisson, s'ajoutent des constatations réelles sur ses premiers traits de caractère. Certains enfants sont plus aimables, mangent mieux, dorment mieux, font davantage de sourires, pleurent moins et enchantent leurs parents par leur babil. Bref, ils sont plus faciles à élever que d'autres. L'attachement qui les lie à leurs parents, et tout particulièrement à leur mère, en est modifié. Car l'amour maternel n'est pas spontané ; il se construit différemment pour chaque enfant, et bien des éléments entrent en ligne de compte.

Le déroulement de l'accouchement est une étape essentielle. Une naissance compliquée au cours de laquelle la mère a souffert peut laisser des souvenirs négatifs plus ou moins conscients qui perturbent durablement la bonne entente mère-enfant, même si, naturellement, les émotions et les sentiments qui submergent la mère au moment de leur première rencontre, dans les minutes qui suivent l'accouchement, sont primordiaux.

De nombreuses recherches médicales ont apporté la preuve de cet état de fait ; elles ont entraîné la création d'unités hospitalières conçues pour accueillir les mères et les bébés et dans lesquelles on diagnostique les difficultés relationnelles précoces. Celles-ci sont relativement fréquentes lorsqu'il existe un trop grand décalage entre l'enfant réel et l'enfant imaginé au cours de la grossesse, ou encore lorsque la mère traverse une période affective difficile, marquée par une rupture ou le décès d'un proche. C'est la vie aux côtés de son bébé qui aide la mère à reconnaître ses qualités.

En effet, depuis quelques années, des études montrent que le bébé est d'emblée un séducteur. Il recourt à des mimiques, à des attitudes dont le but est de faire fondre sa mère de tendresse. Un seul exemple suffit à le prouver : la façon dont le nouveau-né grimpe vers le sein de sa mère et se love contre sa poitrine quelques minutes seulement après sa naissance la persuade automatiquement qu'il l'aime et attend tout d'elle. D'ailleurs, spontanément, elle le caresse et lui murmure ses premiers mots d'amour. Le bébé est aux anges, il tourne son regard vers elle, pousse un petit gloussement ou un infime soupir, esquisse même une grimace qu'elle interprète aussitôt comme un sourire, car le sourire existe au tout début de la vie.

Pourtant, tous les travaux actuels de psychiatrie mettent en évidence le fait que les premières interactions entre la mère et son enfant s'établissent sur un malentendu : le bébé a des gestes plus ou moins instinctifs que sa mère analyse comme affectifs. Les fondements de la relation mère-enfant reposent en priorité sur le contact peau à peau et les échanges de regards. On sait depuis longtemps que les bébés sont attirés par le visage humain, et notamment par le regard, qu'ils fixent avec intensité.

Les travaux de René Spitz, célèbre psychologue et psychanalyste américain, ont prouvé que l'enfant, pour se développer, a besoin de s'attacher à une personne, en principe sa mère. Cet attachement est inné et il permet au bébé de répondre de façon adéquate aux sollicitations de sa mère ou de son père. Seule l'harmonie des échanges permet un bon ajustement des relations parents-enfants ; on parle alors d'un « accordage » parfait. Ce lien se tisse progressivement et passe par des hauts et des bas : c'est parfois le bébé qui n'est pas dans de bonnes dispositions pour répondre à sa mère, d'autres fois c'est elle, prise par des soucis quotidiens ou par le vague à l'âme, qui est un peu moins disponible. L'entourage, notamment le père, est là pour venir la soutenir, et pourquoi pas la remplacer.

Chaque couple mère-enfant est donc maître de ses liens affectifs : la personnalité des deux protagonistes, les circonstances qui ont entouré la naissance sont autant d'éléments qui leur confèrent des caractéristiques originales. L'arrivée d'un enfant dans la famille produit toujours des effets différents, chaque relation est particulière, plus ou moins intense, plus ou moins satisfaisante. C'est ainsi que, dès les premiers mois qui suivent la naissance, certaines préférences apparaissent. Il suffit parfois que le bébé, nerveux et tendu, se cale moins bien dans les bras de sa mère, qu'il ne cesse de pleurer jour et nuit, pour que l'accordage avec ses parents soit de moins bonne qualité. Avec le temps, la relation peut s'arranger ou, au contraire, rester peu satisfaisante pour l'enfant comme pour ses parents.

Le sexe de l'enfant peut être parfois à l'origine de difficultés « d'accordage ». Les parents qui rêvent d'une fratrie bisexuée sont déçus s'ils donnent naissance à une deuxième fille ou à un deuxième garçon. Dans certains cas, je pourrais même dire qu'il existe des « séries malheureuses » de six filles ou de cinq garçons. Les parents peuvent alors être amenés à vouloir transformer leur désir en réalité ; c'est ainsi que l'on constate qu'une fille est très masculine dans ses goûts et dans ses choix ou qu'un garçon a une sensibilité féminine. Pourquoi cet enfant est-il différent de ses frères et sœurs ? J'explique ce phénomène par un transfert inconscient du désir parental : même si les parents semblent avoir consciemment accepté le sexe de cet enfant, la manière dont ils l'éduquent pendant sa petite enfance n'est pas totalement celle de son sexe. Certains souvenirs sont captés plutôt que d'autres et métabolisés de façon différente par rapport au reste de la fratric.

Ces histoires se poursuivent parfois tout au long de la vie et donnent des adultes qui n'engendrent que des filles ou que des garçons.

BIEN GÉRER LES PRÉFÉRENCES

Les jalousies entre frères et sœurs se fondent sur les comparaisons établies par les parents. Les résultats scolaires, qui restent l'un des principaux critères d'évaluation, ne sont peut-être pas les plus perturbants ; à mes yeux, les réflexions sur des caractéristiques esthétiques sont beaucoup plus redoutables. Deux raisons leur donnent une résonance particulière. La première, c'est qu'on est ce qu'on est ; sauf à recourir à la chirurgie esthétique, on ne peut rien changer à son aspect physique, tandis que les performances scolaires sont question de volonté. La seconde, c'est que de telles remarques impliquent bien des interrogations sur ses origines. Celles-ci sont d'autant plus importantes qu'elles constituent une étape normale dans la construction psychique de l'enfant. Il se demande toujours un jour d'où il vient, si ses parents sont ses vrais parents. Tous les enfants, ou presque, se construisent le même roman : ils sont fils ou fille de roi et la famille où ils vivent n'est qu'une famille d'accueil.

Ainsi, des réflexions banales, formulées sans intentions blessantes, peuvent éveiller bien des doutes. Par exemple, lorsque des parents soulignent tout simplement, chez l'un de leurs enfants, la texture exceptionnelle de ses cheveux ou la couleur particulière de ses yeux, celui qui ne présente pas ces caractéristiques se demande aussitôt s'il appartient bien à la même famille, s'il n'est pas une pièce rapportée. Ces interrogations expliquent pourquoi il peut ressentir entre lui et ses parents une distance qu'il ne constate pas avec le ou les autres enfants de la famille : est-il un peu moins choyé parce qu'il n'est pas l'enfant de ses parents ? Ou encore : sa mère n'est-elle pas plus sévère avec lui parce qu'il n'est pas l'enfant de son mari ? Le petit garçon ou la petite fille mis en cause s'interroge, mais ses frères et sœurs aussi : après tout, pourquoi est-il (ou est-elle) si différent(e) ?

Je conseille aux pères, aux mères, voire aux grands-parents, de ne pas craindre d'observer et de repérer parmi leurs enfants (ou petits-enfants) celui qui est le plus proche de l'un ou de l'autre. En faisant cela, ils prennent toute la mesure des efforts à fournir pour ne pas trop s'éloigner de celui qui leur ressemble le moins. En effet, être parent ne consiste pas à s'identifier prioritairement et fortement à l'enfant qui comble ses désirs, c'est faire un effort avec celui qui ne les satisfait pas totalement. Oui, j'ai bien dit « effort », ce qui implique une volonté déterminée. Il est aussi essentiel que chacun des parents partage son affection et ses préoccupations avec chaque enfant dans un rapprochement intime plutôt que de vouloir élever et aimer collectivement. Car, dans le contact « collectif », il y a toujours adhérence et adhésion entre le parent et celui ou celle qui lui ressemble ; dans le contact individuel, en revanche, la relation est intime, même si elle s'apparente à un conflit. Je constate presque toujours qu'une relation individuelle, autour d'un loisir, par exemple, permet à l'enfant de se sentir reconnu pour lui-même et au parent de lui découvrir parfois des qualités qu'il n'avait pas soupçonnées jusqu'alors.

Le fait que le père ou la mère se dispute avec l'enfant avec lequel il s'entend le moins bien n'a pas grande importance ; de tels conflits prouvent qu'il n'y a pas d'indifférence. L'essentiel est que ces chamailleries se règlent en dehors de la présence du préféré, sinon celui-ci se transforme en témoin à charge permanent contre le moins aimé.

Marie est l'aînée d'une famille de trois enfants. À 14 ans, elle est intelligente mais un peu triste. Elle assume difficilement son rôle d'aînée et se dispute beaucoup avec son frère et sa sœur. Son père trouve son comportement normal puisqu'il était « comme ça » quand il avait son âge. Sa mère n'est pas de son avis ; elle-même n'était pas « comme ça ». Lorsque je demande aux deux autres enfants de la famille à qui ils ressemblent, ils me disent estimer être le résultat du mélange des deux caractères parentaux. Marie, elle, affirme être très proche de son père, et elle a d'autant plus raison qu'elle ravive sa problématique œdipienne d'adolescente : elle cherche à éliminer sa mère en captant l'attention de son père, qui lui ressemble beaucoup et qu'elle aime tant. Elle force donc sur la discrétion, trait de caractère qu'ils partagent, au point de la transformer en inhibition. Peut-être même souffre-t-elle aussi d'un trouble de l'estime de soi.

La technique psychodramatique des jeux de rôle va aider cette adolescente à trouver un juste équilibre entre la double identification à chacun de ses parents. Ainsi, elle imitera sa mère sur les planches. En fait, si elle ne s'entend pas avec son frère et sa sœur, c'est parce qu'elle est consciente qu'ils sont, eux, parvenus à s'identifier parfaitement à leurs deux parents.

LE MAL-AIMÉ

L'actualité nous rappelle de temps à autre qu'il existe des enfants mal-aimés au sein de certaines fratries. Leur naissance est assez souvent liée à un événement malheureux, comme la séparation des parents ou la disparition d'un proche. Ces enfants sont alors victimes d'un transfert affectif, leur présence étant considérée comme la cause de tous les malheurs de la famille. C'est souvent le cas des enfants conçus pour réparer un couple qui se déchire, et qui échouent dans leur « mission ». Leur existence rappelle en permanence aux parents leur échec affectif.

Depuis qu'elle a un petit frère, Cynthia, 7 ans, est toujours dans les jambes de sa mère. Elle fait constamment le bébé. C'est d'ailleurs pour ces deux raisons qu'elle est dans mon bureau. Je constate que le développement psychomoteur de cette petite fille est très en retard compte tenu de son âge, mais qu'en revanche son niveau de langage est correct, sans doute en raison d'un suivi régulier en orthophonie. Elle fait aussi de très jolis dessins, avec beaucoup de couleurs, des fleurs et des soleils. Elle est accompagnée de son petit frère, qui est un enfant très à l'aise. D'ailleurs, il me demande si j'ai des bonbons pour les partager avec sa sœur. En entretien individuel, la fillette me dit : « On était bien avant qu'il arrive, j'espère qu'il va grandir, il est très casse-pieds. »

L'histoire de Cynthia dépasse la simple rivalité fraternelle. Sa maman me confie avoir été très déprimée à la naissance de sa petite fille en raison de difficultés dans son couple. Elle sait qu'elle l'a beaucoup secouée, et reconnaît avoir toujours la main leste avec elle. Ainsi, lorsque Cynthia se montre trop collante, elle lui tape sur les cuisses en lui disant : « Maintenant, ça suffit. »

En fait, si Cynthia, malgré l'intolérance de sa mère,

veut rester dans ses jupes, c'est par peur d'être aban-
donnée au profit de son petit frère.

Les enfants mal-aimés sont naturellement concernés
eux aussi par la rivalité fraternelle autour du partage
de l'amour de leurs parents.

La solidarité entre frères et sœurs n'existe que très
rarement lorsque l'un d'entre eux est le souffre-douleur
des parents. L'enfant battu est même parfois martyrisé
par ses frères et sœurs, mais le plus souvent il est victime de leur indifférence, la fratrie adoptant le point de
vue des parents par une sorte de conformisme mais
aussi par crainte de subir le même traitement. Pourtant,
il arrive qu'un aîné se sentant physiquement plus fort
que le « mauvais » parent prenne la défense d'un de
ses cadets.

De son côté, l'enfant maltraité sait généralement
qu'il ne peut compter sur ses frères et sœurs pour
l'aider, et ces situations conduisent presque toujours à
l'éclatement de la fratrie. D'ailleurs, lorsqu'il est placé
hors de sa famille, il ne demande pratiquement jamais
à revoir ses frères et sœurs, qui sont pour lui la
mémoire douloureuse de son passé. De même, la réaction des aînés, et notamment des garçons, dans le cas
par exemple d'une sœur qui dénonce son père incestueux, est très ambiguë et paradoxale : ceux qui n'ont
pas vécu l'agression en veulent très violemment à cette
fille d'avoir « livré » leur père, et leur mère, puisque
celle-ci est souvent complice. Ils la considèrent comme
responsable du placement de la fratrie et de l'éclatement de la famille.

HÉRITAGE ET AFFECTION

Lorsque les fratries ont traversé l'enfance, et même
une partie de la vie d'adulte, sans trop souffrir des pré-

férences parentales, la disparition des parents remet tout en question. L'heure est venue du partage des biens et des souvenirs, qui s'avère souvent délicat.

Pourquoi l'héritage est-il toujours une affaire compliquée, même lorsque tout est bien organisé et réglé, lorsque les frères et sœurs ont bien maîtrisé leurs affects et leurs rivalités, lorsque ce sont des gens intelligents ? La mort des parents, et surtout leurs indications écrites concernant la transmission de leurs biens ravivent toutes les craintes archaïques de l'enfance : être ou non le préféré, savoir qui le parent a le plus aimé… Même dans les fratries les plus « réussies », même dans les organisations familiales les plus équilibrées, la question reste posée. Elle est toujours source de tensions et d'angoisses.

La lecture du testament est un moment psychodramatique intense. C'est peut-être le dernier appel d'amour alors que, *post mortem*, toute manifestation d'affection est impossible. Chaque enfant se demande si ses parents l'ont apprécié à sa juste valeur. Et puis il y a tout ce qu'il n'a jamais osé leur dire, alors que maintenant il est trop tard. Voici le piège : « Je ne t'ai pas dit tout de mon affection. Peut-être m'as-tu compris malgré mon silence, et ce que tu vas me transmettre par ton testament en sera la preuve. Mais peut-être aussi n'as-tu pas compris et as-tu préféré l'autre, qui, lui, te disait son amour. » Les objets les plus infimes, les plus inutiles deviennent porteurs de ce message. Chez le notaire, chaque mot du testament est soupesé, interprété comme une reconnaissance ou une sanction.

Le partage, comme dans les tragédies antiques, vient clore les histoires de famille. Elles étaient houleuses depuis toujours et, brutalement, elles se terminent encore plus mal. Tous les efforts, toutes les compromissions pour feindre de s'entendre entre frères et sœurs s'envolent. La disparition des parents autorise chacun à dire ce qu'il pense depuis longtemps, comme : « Je ne peux pas te supporter, bien que tu sois mon frère. » Maintenant, l'agressivité enfouie, et qui bien souvent trouve ses origines loin dans le temps, peut s'exprimer, le partage d'objets même dérisoires en est le prétexte. Voilà pourquoi d'énormes conflits peuvent naître d'événements infimes : on comprend bien que tout cela cache autre chose.

Les parents ne sont-ils pas coupables d'orchestrer la séparation des frères et sœurs après leur mort ? Parfois, leur attitude est celle de Ponce Pilate : ils s'en lavent les mains, ils se moquent de l'avenir de la fratrie après eux. Ils se servent même parfois de l'héritage pour régler leurs comptes. Par exemple, en léguant une part d'héritage à un petit-fils, ils indiquent de manière détournée qu'ils ont préféré l'un de leurs enfants, celui dont ils désignent le fils comme héritier. Les autres enfants et leurs descendants, partiellement déshérités financièrement et totalement affectivement, se trouvent en situation d'abandon. De même, le fait de léguer à un enfant un objet dont on sait que l'autre rêvait de l'avoir est significatif.

Certains dons sont aussi des vengeances et des revanches *post mortem*. Un ami m'a raconté un jour que son père avait légué à sa sœur un trophée gagné lors d'une régate de voiliers. Celle-ci ne savait qu'en faire alors que mon ami, skipper émérite, avait toujours désiré le posséder en souvenir de ce père qu'il admirait. Très attaché à lui, il n'avait pas compris ce geste. En fait, je suis persuadé qu'il s'agissait tout simplement d'une vengeance : le père se vengeait de ne plus pouvoir faire de voile tandis que son fils vivant pourrait continuer à tirer des bords dans la rade de Cassis.

5

L'ado et la fratrie

« Sale con », « débile », « petite tête » : voilà quelques échantillons (parmi ceux que l'on peut écrire) des mots tendres qu'échangent les adolescents avec leurs frères et sœurs. Les sujets de discorde tournent le plus souvent autour de problèmes de territoire – la chambre, d'abord, inviolable à cet âge –, puis d'objets – vêtements, stylos, mobylette ou rollers – empruntés sans autorisation, détériorés ou jamais restitués. Conflits, chamailleries, portes claquées et bagarres sont extrêmement fréquents et naturels. J'irais jusqu'à dire qu'ils sont nécessaires. L'adolescent, mal dans sa peau et à la recherche de son identité d'adulte, est particulièrement odieux avec ses proches ; il n'y a aucune raison pour que ses frères et sœurs échappent à ses humeurs. Je reçois régulièrement des parents totalement abattus tant ils sont débordés par les disputes, les pugilats qui anéantissent la belle idée qu'ils s'étaient faite de la vie de famille.

LE CADET A TOUS LES DÉFAUTS

Je tiens à rassurer les parents : la famille ne traverse qu'une mauvaise tempête dont elle sort indemne dans la majorité des cas. Avant l'adolescence, les enfants ne voient pas vieillir leurs parents, et c'est brutalement qu'ils en prennent conscience. Ces « vieux parents » sont bien évidemment incapables de les comprendre, eux qui représentent la jeune génération.

L'adolescence est une période de la vie qui se caractérise par le besoin psychique de se séparer de son enfance et de s'éloigner de ses parents en les accusant de tous les défauts. L'adolescent, bien entendu, attaque leur mission « première », qui est celle d'éduquer leurs enfants. Il juge qu'ils sont de piètres éducateurs pour ses cadets, lui-même étant parvenu à surmonter le handicap en raison de sa nouvelle maturité… Il est relativement facile d'entrer en conflit sur ce terrain. Les parents marchent à tous les coups, car je ne connais pas de parents normalement constitués qui se croient infaillibles dans le domaine éducatif. Tous se demandent un jour s'ils agissent bien, s'ils prennent les bonnes décisions pour leurs enfants. Aux yeux de l'aîné adolescent, le cadet est donc affligé de tous les défauts, c'est un enfant gâté à qui l'on autorise tout, « plus pot de colle que lui tu meurs », et surtout c'est un « cafteur », toujours prêt à dire aux parents ce qu'ils ne doivent absolument pas savoir.

Si toutes ces affirmations reposent sur moult exagérations et une bonne dose de mauvaise foi, elles contiennent pourtant une part de vérité. En effet, le cadet n'a pas forcément conscience que son aîné grandit, qu'il franchit une étape psychique qui se manifeste par un besoin accru d'indépendance. Il espère toujours qu'il va continuer à jouer avec lui, l'emmener au cinéma ou s'intéresser à ses problèmes scolaires – un espoir d'ailleurs entretenu par le comportement régressif de l'adolescent, capable de passer des heures sur une console de jeux vidéo ou de se vautrer devant les dessins animés d'un programme jeunesse.

Pauvre petit ! En fait, ce que l'adolescent ne supporte pas chez son cadet, c'est le fait qu'il soit un enfant, statut que lui-même s'efforce de quitter avec bien des tourments. Les attentions, les gestes affectueux de ses parents vis-à-vis de ses frères et sœurs le mettent en rage, lui qui les repousse et les regrette tout à la fois. Il adorerait se blottir contre sa mère ou chahuter avec son père comme autrefois, mais maintenant, avec ses grands bras et ses jambes qui n'en finissent pas, ce serait « la honte ». Une telle attitude laisserait supposer qu'il n'est pas le grand qu'il s'efforce de paraître en permanence. De plus, l'évolution de sa sexualité réactive les difficultés œdipiennes, et il supporte mal de retrouver chez ses cadets des préoccupations presque similaires aux siennes.

Entre aîné et cadet, les sentiments de jalousie peuvent être réciproques : le premier pense que ses parents aiment beaucoup plus son petit frère ou sa petite sœur ; le second, lui, envie la plus grande liberté dont jouit son aîné. Pour peu que celui-ci croie depuis toujours qu'il est le moins aimé de la fratrie, la période de l'adolescence peut aggraver les clivages et créer une situation explosive. Mais les aînés reconnaissent parfois une certaine utilité aux petits : en occupant les parents, ils leur laissent le champ libre. Et il leur arrive même, de temps en temps, de se servir d'eux pour faire diversion.

PARENTS ET MÉDIATEURS

Je reconnais qu'être parents d'adolescents demande une grande capacité d'abnégation. En effet, les parents sont souvent les premières victimes des tensions entre frères et sœurs. C'est pourquoi leur arbitrage dans les conflits qui surgissent au sein de la fratrie est capital.

Il est fondamental de privilégier le dialogue et d'écarter l'autoritarisme. Je recommande toujours à ceux qui viennent me consulter de veiller, en prenant position, à ne pas laisser supposer qu'ils soutiennent systématiquement les plus jeunes. Je leur conseille aussi de contrôler leurs propos, d'en bannir les petites phrases assassines qui sont souvent culpabilisantes, aggravant les sentiments de frustration et enflammant les rancunes entre les protagonistes. Jouer sur le registre de la honte est un jeu dangereux. Les parents n'ont d'autre choix que de s'armer de patience pour écouter la version de chacun et reconnaître les torts des uns et des autres. L'idéal est de solliciter la capacité des enfants à trouver eux-mêmes une solution qui, dans la mesure du possible, satisfera tout le monde.

L'adolescent ne doit pas avoir le sentiment délétère qu'il fait tout de travers – une impression qui peut être renforcée si ses frères et sœurs traversent au même moment une période calme et semblent naturellement heureux. Le rôle des parents est comparable à celui d'un médiateur qui aide chacun à exprimer ce qu'il ressent et à cerner les motifs réels de la querelle. Ils ne doivent ni prendre parti pour l'un ou pour l'autre, ni refuser leur affection à l'adolescent, même s'il est particulièrement difficile. Le chantage n'est jamais un mode éducatif, encore moins quand il est affectif.

LE SYNDICAT DES ADOS

Cependant, je ne voudrais pas brosser un tableau trop noir des relations fraternelles à l'adolescence. Les accès de colère ou de haine sont heureusement entre-coupés, sauf problème pathologique particulier, d'instants privilégiés où règnent des relations complices et chaleureuses. À mes yeux, l'adolescence peut être considérée comme une « deuxième chance » de devenir le frère ou la sœur de son frère ou de sa sœur, car on partage désormais un passé familial. Je constate aussi une transformation des relations fraternelles à cette période car l'adolescent devient propriétaire de son temps et s'aménage des moments « rien que pour lui ». Des complicités avec un cadet peuvent naître de ces temps dont les parents sont exclus, soit parce qu'ils sont partagés avec lui, soit parce qu'il est dans la confidence et sait à quoi l'adolescent les occupe. Ainsi, les frères et sœurs connaissent presque toujours le programme du samedi soir de l'autre ou des autres. Le grand frère ou la grande sœur est aussi souvent un initiateur, voire un confident et un modèle.

L'entente entre frères et sœurs est sans doute fonction de la proximité d'âge. Lorsque le cadet est au début de sa crise d'adolescence alors que l'aîné est au beau milieu, les rapprochements sont facilités puisque chacun partage les mêmes tourments. Je constate souvent que la connivence est d'autant plus forte que les adolescents sont du même sexe : les filles se racontent leurs histoires de filles et, inversement, les garçons leurs exploits de garçons ! En revanche, une bonne entente dans la fratrie ne favorise pas nécessairement les rapports avec les parents, qui ont parfois le sentiment de se trouver face à un « syndicat d'enfants » menant une lutte revendicative acharnée. Car, dans ce cas de figure, la solidarité est la règle dans le groupe : si l'un est en difficulté, l'autre tente de l'aider, notamment en cas de sanction éducative des parents, par exemple en faisant diversion pour mettre un terme, au moins momentanément, à la discussion orageuse.

Je l'ai remarqué à maintes reprises : c'est à l'adolescence que les relations fraternelles, après avoir souvent traversé des années houleuses, s'améliorent enfin – un effet positif de cette période chaotique qui mérite d'être souligné.

UN PRIVILÉGIÉ : LE PETIT DERNIER

Si les relations entre des frères et sœurs séparés par trois à cinq années sont orageuses, je rencontre souvent des adolescents ayant d'excellents rapports avec les petits derniers de la fratrie. Ils deviennent, dans les circonstances qu'ils choisissent, de « petits parents » très attentionnés.

Matthias, 17 ans, et Stéphane, 15 ans, sont les aînés d'un petit frère de 5 ans, Johann. Tous deux se battent comme des chiffonniers, en venant parfois aux mains, mais Johann n'est jamais mêlé à ces disputes. Il vit dans son monde de petit, encore très proche de sa mère. Stéphane, qui entame son adolescence, le jalouse un peu, mais son mètre soixante-dix l'empêche de faire des câlins dans les bras de sa maman.

Matthias est un élève brillant qui discute souvent littérature et philosophie avec sa mère. Il s'est surtout pris d'une véritable passion pour son petit frère : c'est lui qui lui raconte des histoires pour s'endormir, l'accompagne à l'école et lui apprend à faire du roller. Johann lui voue d'ailleurs une admiration sans bornes. « Plus tard, dit-il, je voudrais être comme lui : bon en classe et en ski. »

L'adolescent est attendri par la fragilité du petit dernier, qu'il voit comme un « bébé » ayant besoin de protection. C'est avec plaisir qu'il le prend sous son aile, à condition qu'il n'en demande pas trop. L'écart d'âge

atténue les rivalités affectives vis-à-vis des parents :
l'adolescent sait maintenant que l'amour avec un grand
A, c'est en dehors du clan familial qu'il faut le chercher.

Mais il arrive qu'à l'adolescence se révèlent des
blessures passées jusqu'alors inaperçues, et que des
événements vécus « en sourdine » dans l'enfance
deviennent source de perturbations psychiques.

*Matthieu vient me voir car il souffre de troubles du
sommeil. C'est un adolescent très à l'aise qui me dit,
à peine entré dans le bureau : « S'il faut que je raconte
toutes les histoires de ma petite enfance pour arriver
à m'endormir, nous sommes là pour un bon moment. »
Des propos qui ne peuvent manquer d'attirer l'attention d'un pédopsychiatre... Pourtant, ce sont ses
parents qui m'aident à comprendre l'origine de ses difficultés.*

*Matthieu a une sœur cadette, Virginie. Née préma-
turément, elle a dû rester hospitalisée un peu plus d'un
mois. Pendant tout ce temps, sa mère est restée auprès
d'elle, laissant son aîné à la garde de son père. La
sortie du bébé de l'hôpital a coïncidé avec le départ
de Matthieu en classe verte. Il semblait assez content
de partir, mais son séjour a tourné court : ne parvenant
pas à s'adapter, il est rentré plus tôt que prévu. Aujour-
d'hui, Matthieu s'intègre difficilement au collège. Il se
plaint beaucoup de devoir prendre ses repas à la cantine en raison de l'éloignement de l'établissement.*

*En fait, Matthieu souffre d'une blessure jamais
cicatrisée et dont l'origine remonte à la naissance de
sa petite sœur : il s'est senti à l'époque abandonné, et
ce sentiment a été renforcé par le départ en classe
verte, survenu au moment du retour du bébé dans la
famille. Matthieu associe ces abandons et son parcours*

scolaire. Quant aux difficultés à s'endormir, elles sont une autre manifestation du trouble qui l'envahit au moment de toute séparation.

Matthieu, victime des séquelles classiques d'une rivalité fraternelle chez un enfant intelligent et sensible, n'a pas besoin de se voir prescrire des soins compliqués. Je lui conseille la sophrologie, la relaxation et le recours à une personne extérieure à la famille pour conduire une médiation « fraternelle ».

FAIRE MIEUX QUE TOUS

Si, à l'adolescence, les relations fraternelles se tendent à la maison, il est des domaines où les rivalités s'exacerbent de façon plutôt positive. Après les tâtonnements de l'enfance, l'adolescence est le moment où l'on se choisit une activité de loisir appelée à marquer une bonne partie de sa vie. Les adolescents d'aujourd'hui sont généralement des sportifs, et les rivalités fraternelles se jouent souvent sur les pelouses, les tatamis ou les pistes de ski. Si les adolescents aiment le sport, c'est parce qu'il permet de se surpasser pour devenir de plus en plus fort – qualité que les autres sont bien obligés de reconnaître. Lorsque, dans une famille, souvent par identification à l'un des parents, toute la fratrie pratique la même activité sportive, la compétition fait rage sur le terrain comme à la maison. Chacun des enfants souhaite être le meilleur, par goût de la puissance mais aussi pour être le plus proche du parent qui, en son temps, s'est fait remarquer dans la discipline – et pourquoi pas pour faire mieux que lui. La lutte est souvent féroce. Le moins bon est toujours celui qui abandonne ; il doit alors trouver autre chose pour se distinguer.

Les dynasties de sportifs se bâtissent sur des rivalités constructives. On se souvient des célèbres sœurs Goitschel, Christine et Marielle, qui se battaient sur les pistes enneigées pour les médailles d'or aux Jeux olympiques. On regarde aujourd'hui évoluer les sœurs Williams sur les courts de tennis. Mais ce sont les fratries de garçons les plus nombreuses dans le sport, et tout particulièrement dans le rugby. Je voue une admiration sans bornes aux Cambérabéro, Spanghero, Herrero, Boniface ; tous appartiennent à l'histoire du sport français. Dans ces familles, puisqu'il était impossible de départager les frères sur le plan de l'efficacité sportive, chacun a trouvé sa place sur le terrain, que ce soit à la mêlée, à l'ouverture ou au centre. Et lorsque, dans ces fratries, une fille s'est glissée par mégarde, elle a épousé un deuxième ligne beaucoup plus « baraqué » que ses frères !

Dans la famille Herrero, j'appelle les quatre fils. Dédé (André), idole du rugby, international dont le rôle fut déterminant dans la victoire historique du Quinze de France contre les Springboks, battus pour la première fois sur leurs terres, est l'aîné de la fratrie. Il en est à la fois le père, l'entraîneur et le conseiller, auteur entre autres de la conclusion d'un extraordinaire essai à Colombes contre le pays de Galles après une percée des frères Boniface. Depuis toujours, il est en rivalité fraternelle avec Dany, celui qui conteste le pouvoir. Il y a deux autres frères : Cissou, le poète qui m'est si proche, et le plus petit, le Tigre Bert, lui aussi international. Cette famille est la mienne ; depuis toujours je la côtoie.

Chez les Boniface, il y a aussi un Dédé, dont la légende a traversé toutes les générations du rugby. Mais attention, pas n'importe quelle légende, celle du rugby d'antan où l'attaque et la créativité étaient plus importantes que le contre sur un simple ballon perdu. Dédé est comme on l'imagine : élégant, sobre, aussi gracieux que dans ses chevauchées, avec peut-être une pointe de tristesse car Guy, son cadet, lui manque et nous manque. Il est mort un 1er janvier sur la route, et depuis il ne reste qu'un « Boni ». Or on sait, et Denis Lalanne l'a dit, que « le meilleur des Boniface est celui qui n'a pas le ballon ». Je me rappelle les passes fraternellement croisées, les courses rageuses et les chaussettes basses du cadet, la vivacité, l'éclair de la percée de l'aîné. L'image que j'ai de Guy repose autant sur son jeu exceptionnel, fait de passes croisées réussies, que sur les souvenirs de passes ratées, de placages, de balles conquises à la touche en mêlée, ou même de drops manqués.

La légende de ces deux frères, unis sur le terrain mais séparés par la mort, symbolise bien ce qu'est le rugby : un sport historique et humain qui embrasse trois générations. Le grand-père y a joué, le fils y joue et le petit-fils y jouera.

J'imagine Guy instable, coléreux, joueur, irascible, avec des conduites à risques, s'imposant par sa vivacité pour atteindre l'image sublime du poète, du roi de l'attaque et de la passe croisée : son frère. Comme si l'un et l'autre devaient jouer ensemble, aussi bien, mais différemment.

Naturellement, les deux filles de la famille Herrero ont épousé des rugbymen. Et c'est logique puisque les frères et sœurs sont les meilleurs recruteurs de futurs maris et de futures femmes que je connaisse.

Dans les fratries comportant un frère et une sœur adolescents, les amis de l'un sont un peu les amis de l'autre. Car l'adolescent a besoin de rencontrer des personnes extérieures à sa famille pour trouver l'âme sœur, et toutes ces rencontres sont, bien sûr, l'occasion de mesurer son pouvoir de séduction. C'est la sympathie, et aussi parfois l'éblouissement esthétique, qui détermine le choix de l'élu(e). L'alibi du frère ou de la sœur a l'avantage de protéger parfaitement de la curiosité des parents, qui ne s'étonnent pas des visites fréquentes des uns ou des autres.

Si les premières expériences amoureuses sont fréquemment vécues avec l'ami du frère ou l'amie de la sœur, il n'est pas rare que ces derniers deviennent aussi des conjoints. Un choix qui comporte, à mes yeux, une note quelque peu incestueuse. Il représente en effet un transfert fantasmatique des relations sexuelles interdites entre frère et sœur : « Les relations que je ne peux avoir avec ma sœur ou avec mon frère, mon meilleur ami ou ma meilleure copine sont autorisés à les nouer. »

L'ami poursuivi des assiduités de la sœur ou l'amie draguée par le frère offrent aussi une protection idéale contre l'homosexualité. En effet, l'adolescent à la recherche de l'émoi amoureux traverse une phase normale de bisexualité. La meilleure amie ou le meilleur ami y jouent un rôle important en partageant une relation affective puissante. En tombant amoureux d'une personne d'un sexe différent du sien, l'adolescent, garçon ou fille, prouve qu'il n'a pas eu de relations homosexuelles avec ses amis.

Les études qui portent sur la façon dont se forment les couples montrent que, sans aller jusqu'à se marier avec l'ami de son frère ou l'amie de sa sœur, l'individu choisit généralement une personne présentant des points communs avec l'un des membres de sa famille, plus particulièrement avec son frère ou sa sœur. Il s'agit souvent de ressemblances physiques ou de traits de caractère, de similitudes de prénom, de passions culturelles ou sportives. Rien d'étonnant alors à ce qu'un garçon sorte successivement avec deux sœurs ou à ce qu'une fille tombe tour à tour amoureuse de deux frères. En fait, rares sont les couples dont aucun des partenaires ne présente de ressemblances avec le frère ou la sœur de l'autre. D'ailleurs, les études sociologiques sur le choix du conjoint montrent que, aujourd'hui comme hier, les partenaires se choisissent en fonction d'une identité sociale et culturelle.

QUAND L'ADOLESCENT VA MAL, C'EST TOUTE
LA FRATRIE QUI SOUFFRE

J'ai noté à de nombreuses reprises, au cours de mes consultations, une autre bizarrerie qui unit les frères et sœurs au moment de l'adolescence : il est fréquent qu'à cette période de la vie la maladie de l'un bouscule toute la fratrie.

Édouard est un adolescent en prise à des bouffées délirantes, manifestations de décompensation graves mais relativement fréquentes à cet âge. Tout juste âgé de 17 ans, il dit être l'objet d'un complot fomenté par des personnes qui en veulent à sa vie. Parallèlement, il commence à avoir peur des microbes, à ne plus vouloir se déshabiller ni se laver. Son frère aîné et sa sœur cadette sont effrayés par cette pathologie. Ils m'en confient la raison lors d'un entretien en l'absence d'Édouard : un de leurs oncles est atteint d'une maladie chromosomique, la trisomie 21. Il est élevé par sa sœur, qui n'a jamais eu d'enfant. Cette situation conduit le frère et la sœur d'Édouard à penser que leur famille est victime d'une tare héréditaire dont les troubles touchant leur frère apportent une preuve supplémentaire. Ils me demandent d'ailleurs s'il existe des examens pour diagnostiquer s'ils sont ou non porteurs de cette maladie.

Les adolescents semblent tout comprendre de leurs frères et sœurs d'âge proche. Ils dénoncent rarement des comportements tels que la toxicomanie ou la fugue. En revanche, ils ont beaucoup plus de mal à supporter chez eux les « délires psychotiques » ou les troubles de la personnalité. Leur propre fragilité psychique, caractéristique de cette période, leur fait toujours craindre qu'une défaillance psychologique ne se transforme en maladie mentale.

Je rencontre Gaétan, 16 ans, alors qu'il vient de faire une tentative de suicide assez mystérieuse : il s'est infligé des brûlures tout le long d'un bras, puis sectionné les veines et les artères de l'autre bras, et enfin introduit des morceaux de bois dans l'anus et les parties urogénitales. Sa sœur est paniquée, d'autant que plusieurs suicides ont déjà endeuillé la famille : l'une de ses grands-mères s'est noyée et l'un de ses grands-pères jeté sous un train. Il lui semble ainsi qu'elle appartient à une lignée maniaco-dépressive, et cette idée est renforcée par le pédiatre de la famille, qui pense déceler une atteinte héréditaire.

La sœur de Gaétan craint pour elle, et son raisonnement fait preuve d'une certaine logique. Elle constate que la dépression a touché sa grand-mère assez tardivement, son grand-père encore un peu plus tard, mais la tentative de suicide de son frère aîné relance ses craintes d'une possible précocité de la maladie. À 13 ans, ne risque-t-elle pas de présenter aussi cette pathologie ? Elle n'emploie pas ces mots mais me dit de manière plus jolie : « Est-ce que ma famille n'est pas malade ? »

Je n'ai pu la rassurer sur la qualité de son fonction-
nement psychique qu'en lui faisant passer un bilan de
personnalité dont les résultats se sont avérés excel-
lents.

Mais d'autres situations, plus fréquentes, sont malheureusement plus redoutables, comme les troubles du
comportement alimentaire de type addictif. Ceux-ci
peuvent par exemple toucher deux sœurs, l'une ayant
un problème de surpoids et l'autre étant anorexique.
Dans un cas de ce type, la jeune fille un peu trop ronde,
qui ne réussit pas à maigrir, jalouse sa sœur anorexique, dont le « projet » réussit particulièrement bien. Ce
sentiment est d'autant plus vif si cette dernière est très
proche d'une mère qui aurait eu par le passé des problèmes de poids. Une double rivalité s'installe alors :
la jeune fille un peu trop ronde ne peut supporter non
seulement l'image frêle de sa sœur, mais le fait qu'elle
soit en quelque sorte le reflet de sa mère, qui, elle, a
réussi à rester mince.
    D'une manière générale, il me semble que l'on ne
se préoccupe pas suffisamment des fratries dont l'un
des membres souffre d'anorexie alors que ce trouble
perturbe beaucoup les frères et sœurs.

J'ai le souvenir d'un entretien avec Karine, sœur
aînée d'un jeune garçon anorexique. Elle était persua-
dée que son frère avait été conduit à opter pour ce
comportement alimentaire à la suite d'une malveil-
lance de certains de ses amis de collège. Une analyse
plus fine révéla qu'il avait bien été en butte à une
malveillance, mais que celle-ci était due à sa sœur
aînée. Karine projetait ses propres agressions sur des
personnes extérieures ; l'anorexie de son frère cadet

avait entraîné chez elle un fort sentiment de culpabilité.

Ces situations montrent en quoi il est intéressant, avant de mettre en place des soins, d'étudier les relations qui unissent un adolescent à ses frères et sœurs, en particulier lorsqu'il présente des troubles majeurs tels que les troubles du comportement alimentaire ou, plus généralement, les troubles addictifs du caractère. Un adolescent violent, auteur de tentatives de suicide ou encore, plus banalement, souffrant de phobies scolaires trouve toujours une oreille complice chez son frère ou sa sœur, qu'il soit cadet ou aîné – je l'ai très souvent constaté. En effet – et c'est là une caractéristique du monde des adolescents –, il n'y a aucun « racisme » des pathologies à cet âge : toutes sont mises sur le même plan et considérées comme également respectables.

Les adolescents offrent un terrain terriblement propice à la dépression. Près de 40 % d'entre eux pensent un jour ou l'autre au suicide et sont souvent proches du passage à l'acte en adoptant des conduites à risques. C'est l'âge où ils se sentent en grande difficulté au collège : on leur demande d'être en permanence conformes aux attentes des parents et des maîtres alors que c'est l'explosion dans leur cœur et dans leur tête. Le fait de choisir un comportement psychiquement « déraisonnable » les place paradoxalement dans une situation de plus grande sérénité.

L'indifférence de la fratrie pour la souffrance psychique de l'un de ses membres pourrait s'expliquer par le bénéfice que chacun, individuellement, tire de la situation. Par exemple, si l'un des enfants manifeste une phobie scolaire, les parents, en s'occupant davantage de lui, laissent les autres tranquilles, s'intéressent moins à leurs fréquentations et à leurs résultats. C'est un bénéfice secondaire un peu suspect sur le plan moral, mais tout à fait efficace.

LA CRAINTE DE LA CONTAGION

Le suicide de l'un des enfants provoque dans la famille des réactions diverses. Cet événement est une véritable tragédie pour les parents : à la douleur due à la perte d'un être cher s'ajoute l'immense crainte que le drame ne se reproduise avec les autres enfants. De son côté, le frère ou la sœur du suicidé se renferme le plus souvent sur lui(elle)-même et ne participe pas au traumatisme de culpabilité qui agite ses parents. Le cadet, la plupart du temps, s'isole, soit seul, comme un enfant unique qu'il est devenu, soit dans la relation qu'il noue avec le frère ou la sœur dont il se sent le plus proche. Quoi qu'il en soit, c'est toujours le silence qui s'installe : généralement, la disparition n'est pas évoquée entre eux.

Cette réaction montre bien que chaque enfant est unique et que la disparition d'un frère ou d'une sœur renforce cette singularité. De même, les questions que se posent les frères et sœurs sur le (la) disparu(e) sont centrées sur sa personnalité très particulière. La question de l'âge entre aussi en ligne de compte : si le suicide est le fait d'un adolescent dont le frère ou la sœur traversent la même période, le silence est encore plus lourd car celui qui reste connaît trop les tourments de la dépression et des idées noires, flirte trop souvent avec le suicide pour pouvoir en parler ; il sait fort bien ce qui a motivé le geste de son frère ou de sa sœur.

Ce silence renforce la crainte des parents, qui redoutent une forme de contagion entre leurs enfants.

La famille risque-t-elle d'être anéantie par d'autres suicides ? Je doute que l'on puisse imaginer pire situation que le suicide d'un enfant suivi de celui d'un autre au même âge. Toutefois, je voudrais rassurer les parents : l'adolescent survivant n'a pas de tendance aggravée au suicide. C'est même sans doute le contraire : le passage à l'acte de son frère ou de sa sœur le préserve de l'imiter. Spectateur de la souffrance de ses parents, il se sent en quelque sorte une obligation de survie vis-à-vis d'eux. Il serait d'ailleurs intéressant de mesurer la diminution des conduites à risques, qu'il s'agisse de la toxicomanie ou de l'alcoolisme, chez les adolescents dont l'aîné s'est suicidé. Le survivant, par sa présence, entretient l'idée de mort chez ses parents ; il leur dit : « Soyez vigilants, veillez à ce que notre famille ne souffre pas d'autres disparitions, une seule suffit. »

Le cadet ne peut imaginer que l'un de ses parents ait une responsabilité dans le suicide de son frère ou de sa sœur. Les parents, pour leur part, ont une plus forte propension à la culpabilité, puisqu'ils se savent responsables de leurs enfants. En réalité, je pense que l'adolescent survivant comprend d'emblée le geste du disparu tandis que ses parents cherchent indéfiniment à en déceler la cause.

Il est préférable, et souhaitable, que les disputes et les conflits aient été nombreux dans la fratrie avant l'événement afin qu'aucune querelle particulière ne puisse sembler être à l'origine d'un quelconque sentiment de culpabilité chez l'adolescent survivant. Si celui-ci comprend que les jalousies entre frères et sœurs sont normales, il est à l'abri de cette éventualité. Le plus souvent, en réalité, les frères et sœurs s'entendent mal, et seuls les parents pensent que tout va bien. Ce sont eux qui projettent leur culpabilité sur leurs enfants et craignent qu'ils ne se sentent responsables du suicide de l'un d'entre eux parce qu'ils entretenaient de mauvaises relations avec lui. Mais, si la position de frère ou de sœur protège du deuil pathologique que connaissent les parents, elle ne permet pas d'échapper à l'anxiété transmise par eux. Ainsi, l'adolescent redoute de se trouver un jour, quand il sera parent, dans une situation semblable.

Le suicide d'un adolescent est ressenti de manière différente par les frères et sœurs selon le nombre d'années qui les séparent du disparu. Ainsi, une petite fille de 3, 4 ans dont la sœur de 19 ans se suicide ne comprend rien au geste de son aînée. Que faut-il lui dire ? Qu'elle s'est donné la mort ? Qu'elle a eu un accident ? Lui expliquer la situation est quasiment impossible ; en revanche, elle ressentira la tristesse de ses parents et pourra en souffrir. Avec les enfants en bas âge, les parents choisissent souvent de ne pas dire la vérité et parlent d'accidents plus ou moins crédibles. Les années passant, le secret de famille devient de plus en plus lourd à porter, et je crois que les parents doivent le dévoiler lorsqu'ils sentent que leur plus jeune enfant est capable de comprendre, en profitant si possible d'une circonstance favorable à une telle discussion.

Lorsque l'enfant grandit, une même crainte saisit toujours les parents : quand il atteindra l'âge de son aîné, se suicidera-t-il à son tour ? Un enfant jeune fait souvent du frère ou de la sœur disparus un héros ou une héroïne, lui vouant un culte naturellement entretenu par les parents. Mais son absence physique peut gêner son développement psychique, lui faisant défaut sur le plan de l'identification. La plus grande difficulté pour les parents est d'éviter de faire du disparu un être exceptionnel qu'aucun autre enfant de la fratrie ne saurait égaler. Dans ce cas, la rivalité fraternelle et la jalousie normale ne peuvent plus s'exprimer ; les autres enfants, constamment désavantagés dans les comparaisons, risquent de souffrir de troubles graves de l'estime de soi hypothéquant largement leur devenir.

Les parents semblent moins inquiets lorsque les frères et sœurs du disparu sont beaucoup plus âgés. En effet, les jeunes adultes, même s'ils sont proches de leur famille et de leur fratrie, sont avant tout préoccupés par la fondation de leur propre famille. D'ailleurs, s'ils vivent toujours avec leurs parents au moment de la disparition de leur frère ou de leur sœur, l'événement accélère leur besoin d'autonomie. Sans pour cela faire preuve de lâcheté, ils fuient l'atmosphère de la maison, délétère pour leurs projets de bonheur.

DE PLUS EN PLUS INDÉPENDANT

L'adolescence est aussi parfois la période où les fratries se séparent. La poursuite des études, l'entrée dans la vie professionnelle offrent alors une autonomie presque totale. Les frères et sœurs ne se voient plus qu'à l'occasion de quelques week-ends ou de fêtes familiales. En général, tous apprécient ces retrouvailles. La jalousie et la compétition ne se livrent plus désormais sur le terrain de la famille. Le choix du métier, par exemple, permet aux enfants de poursuivre leur rivalité sans mettre en cause le partage de l'affection des parents, sauf dans le cas où l'un des enfants prend la suite de l'entreprise paternelle. Mais, bien souvent, ceux qui ont pris leur envol ne le regrettent pas...

Avec les années, les sentiments amoureux prennent davantage d'importance que les liens entre frères et sœurs. Pourtant, les relations fraternelles ne s'arrêtent pas là car un jour la famille s'élargira, accueillant des beaux-frères et des belles-sœurs. C'est alors une autre histoire…

Devenir adulte, c'est maîtriser ses pensées, sa vie, ses émotions, ses affects et son affectivité. Je crois que le frère ou la sœur peuvent offrir l'un des supports à toutes ces acquisitions. Pourtant, je reste persuadé d'une chose : sans affirmer que l'influence de la fratrie est négative pour la construction de l'individu, dans la vie de chacun, ce qui compte, c'est soi. On ne se construit pas *avec* ses frères et sœurs, mais *grâce*, *contre* ou *sans* eux. De nombreux parents se bercent d'illusions : « Nos enfants grandiront tous ensemble dans une même dynamique familiale. » Cette idée repose sur une erreur, car la famille n'est pas un micro-groupe social dont l'appartenance génétique organise-rait le fonctionnement psychique. C'est confondre génétique et psychologie ; c'est surtout croire à la suprématie de ce qui provient de la nature et des gènes sur ce qu'apporte l'environnement, en particulier sa représentation et son interprétation. L'être humain se bâtit en découvrant le monde, et non en recevant un monde fixé par des données chromosomiques, identi-ques et familiales.

6

Les jumeaux, une fratrie extrême

Romulus et Remus sont incontestablement les premiers jumeaux célèbres de l'Histoire. Leur destinée mythologique est marquée, de génération en génération, par une succession de rivalités fraternelles impliquant les dieux comme les hommes. Or Rome manquait cruellement de centres médico-psychologiques susceptibles de prendre en charge les dieux qui se prenaient pour des humains. Des soins précoces auraient peut-être changé le destin de ces jumeaux.

Tout commence à Troie. Énée et son père Anchise fuient la ville, dont les Grecs se sont emparés. L'épouse d'Énée, Créüse, en mourant, lui a confié son fils. Les Troyens prennent la mer dans le but de se réfugier sur leur terre d'origine, la Crète. Mais ils n'en connaissent pas vraiment la route. Perdu dans la nuit, Énée fait voile, en réalité, vers l'Italie. Ce fils de Vénus n'y accostera jamais : il sera victime des foudres de Junon, sœur et ennemie jurée de sa mère. C'est son fils Ascagne qui, après bien des tempêtes et des péripéties, s'y installe. Il fonde la ville d'Albe la Longue et engendre deux fils : Numitor, héritier du royaume, et Amulius, fou de jalousie envers son aîné doué de tous les talents et du privilège de devenir un jour roi.

À la mort de leur père, Amulius chasse Numitor et prend le pouvoir. Pour ne pas risquer de le voir menacé par la seule descendante de son frère, Rhea Sylvia, il fait d'elle une vestale. Il croit ainsi interrompre la lignée de son frère, puisque la loi veut que ces jeunes filles restent vierges pour être dignes d'entretenir le feu sacré des dieux. Mais c'est sans compter sur le pouvoir de séduction de Mars qui, prenant la forme d'un splendide guerrier, enflamme la belle Rhea Sylvia. Grâce aux recours de sa cousine, fille adorée d'Amulius, elle échappe à la mort mais devra remettre son futur enfant au tyran. Or Rhea Sylvia met au monde des jumeaux, Romulus et Remus. Amulius collectionne les malheurs : il redoutait la naissance d'un enfant unique, et voici que la fécondité de Mars engendre des jumeaux. Des enfants que la jalousie déchirera comme elle a séparé leurs ascendants.

Sur ordre royal, les jumeaux sont déposés dans une corbeille sur le Tibre en crue. Malgré le courant, le panier s'accroche aux roseaux. Mars, qui ne peut accepter la mort de ses enfants, intervient alors et envoie à leur secours une louve qui les nourrit et les élève. Quelque temps plus tard, les jumeaux sont recueillis par un couple de bergers dont la femme est stérile. Les bergers restent silencieux sur l'origine des enfants car la stérilité, avant la science et la fécondation *in vitro*, était considérée comme une punition divine. Mieux valait donc taire le malheur imposé par les dieux.

Romulus et Remus grandissent dans les bois, jouent avec les bêtes sauvages et chassent les voleurs de bétail. Au cours d'une de ces poursuites, Remus est fait prisonnier par des voleurs et conduit au palais d'Amulius. Le roi, ignorant que les jumeaux sont encore en vie, le remet à Numitor, son grand-père. Celui-ci est frappé par la noblesse de l'adolescent.

Romulus ne peut se consoler de la disparition de son frère. Les bergers lui apprennent alors qu'ils ne sont pas ses vrais parents et le conduisent auprès de son jumeau. C'est ainsi que Numitor retrouve les petits-fils qu'il a tant pleurés. Ensemble, ils décident de chasser du trône Amulius l'usurpateur. Remus le tue et Numitor devient roi d'Albe. Mais les deux jumeaux, marqués par leur enfance rude et sauvage, s'intègrent mal à la vie de la cité et fomentent de nombreux troubles. Ils finissent par quitter Albe pour fonder leur propre ville.

Romulus et Remus sont comme les adolescents de banlieue d'aujourd'hui qui sèment le trouble au cœur des villes avec leurs petits camarades : bannis de la cité, ils ne trouvent plus d'exutoire à leur agressivité et la retournent contre eux-mêmes. Ils sont des joueurs de glaive, tout comme les adolescents des cités sont des joueurs de couteau qui « plantent » leur frère, leur mère, voire leur grand-mère.

L'emplacement de la future cité est source de querelles. Romulus, pour des raisons stratégiques, choisit les collines qui entourent la plaine du Tibre. Remus préfère la plaine aux terres fertiles. Le sort désigne finalement Romulus. Aussitôt il se met à creuser le sillon qui délimitera la future Rome. À mesure qu'il le creuse, Remus le rebouche – un comportement typique des fratries de jumeaux (lorsqu'ils jouent dans le sable, par exemple, l'un s'empresse toujours de détruire le château que l'autre a construit). Romulus, excédé, déclare alors qu'il tuera quiconque franchira le sillon : une véritable provocation pour Remus, qui attaque son frère glaive à la main, tout comme les frères et sœurs se disputent pour défendre le territoire privé de leur chambre. Dans la bagarre, Remus s'empale sur le glaive et meurt. Romulus, désespéré, enterre son frère dans l'enceinte de Rome.

L'histoire ne s'arrête pas là car ce meurtre est le

premier d'une longue série de fratricides... Elle nous conduit à l'épisode de l'enlèvement des Sabines par les Romains. Ces dernières s'interposent entre leur mari et leurs frères pour empêcher qu'ils se massacrent. « Nous aimons nos maris comme nous aimons nos frères », se justifient-elles, des paroles qui reviennent à la fois à défendre leurs violeurs et à laisser entendre l'existence de relations incestueuses avec leurs frères.

Quelques générations plus tard, les trois Horaces, descendants de Romulus, règlent leur compte aux trois Curiaces, d'Albe, et le seul Horace survivant tue sa sœur. Son descendant, Tarquin le Superbe, septième et dernier roi de Rome, fait mieux, si l'on peut dire, puisqu'il supprime son frère coupable d'aimer la même femme que lui.

Dans la mythologie, tous ces meurtres entre frères et sœurs sont le fait du « destin » imposé par les dieux et semblent avoir permis à Rome d'acquérir toute sa grandeur : les mythes fondateurs des civilisations mettent en effet souvent en scène des histoires cruelles de rivalité fraternelle. Mais, au regard de la psychiatrie, le destin se confond avec l'inconscient. Romulus et Remus sont le fruit de la violence ; élevés dans la brutalité, ils ne peuvent que devenir meurtriers et engendrer des générations en butte aux violences familiales. Fort heureusement, tout cela appartient au « mythe » et nous ne sommes pas complètement prisonniers de notre passé.

Le récit mythologique est l'expression de faits divers fantasmatiques destinés à mettre en scène le désir enfoui en chacun de détruire l'être qui lui est le plus cher. Dans les couples de jumeaux, cet être est bien sûr le double. La mythologie a un effet cathartique, sous une forme poétique et théâtrale ; elle exprime notre imaginaire, expose des situations extrêmes pour mieux nous protéger de pensées extrêmes. Elle fixe des bornes, des frontières psychiques, des interdits ; elle conduit l'homme aux limites de l'acceptable.

UNE RIVALITÉ INSUPPORTABLE

La légende de Romulus et Remus montre, avant même que les études psychologiques sur la gémellité ne l'aient prouvé, que cette fratrie particulière est touchée comme les autres par la rivalité. Il s'agit là d'une question qui dérange toujours. La proximité physique des jumeaux, leur mode de fonctionnement et de communication tendent à leur donner l'image d'une fratrie idéale. Mais, en dépit des apparences, la jalousie est bien réelle entre eux ; elle tient à la confrontation de leurs personnalités et aux relations qu'ils tissent avec leurs parents.

Lorsque l'on imagine deux enfants nés le même jour et se ressemblant trait pour trait, on ne peut s'empêcher de penser qu'ils s'entendent à merveille et vivent en parfaite harmonie. Logique… et pourtant totalement faux. La gémellité est souvent source de complications : vivre en permanence avec un double n'est pas forcément confortable, et l'éducation de ces enfants réclame de la part des parents une attention très particulière.

Pour ceux-ci, les premiers tracas apparaissent dès la grossesse : attendre des jumeaux implique un suivi médical accru. Les rendez-vous gynécologiques et les examens échographiques sont plus nombreux. Le développement des enfants à naître est une préoccupation constante, non seulement en raison du risque de naissance prématurée, mais parce qu'il est assez fréquent que l'un des deux fœtus se développe mieux que l'autre, ou même, puisqu'ils partagent les mêmes apports sanguins, au détriment de l'autre, ce qui nécessite une intervention chirurgicale.

Les jumeaux sont donc le fruit d'une grossesse compliquée qui entraîne bien des soucis pour les futurs parents. Elle fait parfois naître des attachements affectifs différents : il y a le « gros » et le « petit », le « fort » et le « faible » – des adjectifs qui pourront coller à la peau des enfants de manière positive ou négative, selon ce que les parents mettent derrière eux. Le plus petit est tantôt considéré comme le « fragile », ayant donc besoin de plus d'attention, tantôt comme le « moins réussi », celui dont les parents sont le moins fiers.

Aujourd'hui, grâce à l'échographie, les parents apprennent dès les premiers mois de grossesse qu'ils attendent des jumeaux et peuvent ainsi se faire à l'idée. La mère, notamment, sait qu'elle devra fournir un effort considérable pour mettre ces deux enfants au monde, et qu'elle peut demander une anesthésie péridurale. Le sentiment éprouvé autrefois à la naissance de l'« enfant de trop », celui qui prolonge l'épreuve difficile de l'accouchement, a pratiquement disparu : le second jumeau n'est plus marqué du sceau de la souffrance et de la fatigue qui pouvait faire de lui un mal-aimé.

Curieusement, j'ai pu le constater, de nombreux parents de jumeaux pensent, en dépit de toutes leurs connaissances sur la gémellité, que l'on peut distinguer entre eux un aîné et un cadet. Ces statuts sont soumis à variation : pour certains, l'aîné est l'enfant né le premier ; pour d'autres, selon une croyance populaire, le premier-né a été conçu le dernier et occupe donc naturellement le rang de cadet. Pourtant, le seul critère scientifique susceptible de définir les jumeaux est le fait qu'ils soient monozygotes, c'est-à-dire nés du même œuf, ou dizygotes, c'est-à-dire issus de la fécondation de deux œufs différents (on dit aussi « vrais » et « faux » jumeaux).

RESSEMBLANCES ET DIFFÉRENCES

Dans les instants qui suivent la naissance des jumeaux, les parents cherchent d'emblée à repérer les ressemblances et les différences entre eux. En effet, leur grande crainte, essentiellement s'il s'agit de jumeaux monozygotes, est de les confondre – une crainte qui taraude aussi leurs proches tout au long de leur vie, chacun redoutant de se tromper ou d'être trompé par un échange.

Les jumeaux monozygotes, issus du même œuf, se ressemblent comme des « doubles » puisqu'ils ont le même sexe, le même groupe sanguin, la même couleur d'yeux, de cheveux et la même morphologie. Ils ont un patrimoine génétique identique. Pourtant, certaines différences sont décelables sur le plan physique, telles que la carnation de la peau ou le poids à la naissance, qui peut varier de deux à trois cents grammes. Si les jumeaux dizygotes sont plus faciles à distinguer, ce n'est pas toujours le cas dans les toutes premières semaines de vie ; les différences morphologiques se marquent plus nettement avec l'âge. Seuls les jumeaux de sexes différents ne posent, bien sûr, aucun problème d'identification.

Mais alors, comment les parents qui se trouvent face à des enfants « copies conformes » parviennent-ils à les reconnaître ? En fait, ils se livrent au jeu des différences. Dans la majorité des cas, ils commencent par se fixer sur d'infimes détails morphologiques : un nez légèrement plus retroussé, un pavillon d'oreille plus ou moins bien dessiné, une tache de peau sur telle ou telle partie du corps, etc. Et, lorsqu'ils ne trouvent pas de différences, ils les imaginent. Ainsi, le psychiatre Boris Cyrulnik raconte avoir rencontré une mère différenciant ses jumeaux monozygotes par la forme supposée de leur crâne (« tête longue » ou « tête ronde »). Elle reconnaissait à chacun un caractère différent en fonction duquel elle adaptait son comportement maternel.

Plus généralement, les parents qui ne repèrent aucune caractéristique morphologique suffisamment fiable traquent les différences de comportement pour attribuer à leurs jumeaux des tempéraments originaux : l'un sourit plus que l'autre, fait plus de colères, mange avec plus d'appétit, s'endort plus facilement… Tout est prétexte à déceler des différences, réelles ou imaginaires. Mais lorsque les parents affirment que Paul est un enfant éveillé alors que Jacques est plus fermé, que Charlotte est heureuse de vivre mais Juliette plus équilibrée, que Pierre est grognon tandis que Jules est bien dans sa peau, ces appréciations ont bien sûr des conséquences sur les relations affectives avec leurs enfants. En effet, ces typologies entraînent des attitudes de maternage distinctes : chacun des jumeaux ne sera pas tenu dans les bras de la même façon, ni nourri au même rythme, ni lavé, changé ou bercé de manière identique. Toutes ces pratiques renforcent les traits de caractère réels ou imaginés par les parents et modèlent des enfants dont la personnalité sera d'autant plus différente qu'elles seront complétées par des attitudes éducatives propres à chacun.

Si, dans les fratries classiques marquées par l'existence d'un écart d'âge, la différence entre les enfants est évidente, dans les fratries de jumeaux, elle est imposée par les parents et les proches. Les vrais jumeaux et les faux jumeaux de même sexe n'ont pratiquement jamais le même caractère. Aussi, les interactions avec leurs parents s'établissent sur des bases spécifiques pour chacun – distance ou proximité, connivence ou découverte –, bâtissant des personnalités opposées.

Lorsque les jumeaux sont de sexes différents, les parents adoptent des conduites de maternage distinctes. De nombreuses observations ont montré que les filles et les garçons ne sont pas soignés, élevés, câlinés de la même manière. Des conditions environnementales différentes et propres à chacun, comme le décor de la chambre, les vêtements ou les jouets, viennent renforcer des tempéraments particuliers, les deux enfants devenant des êtres aux caractères aussi éloignés qu'entre un frère et une sœur séparés par plusieurs années.

Dans les familles de jumeaux, les attirances et les préférences d'un parent pour l'un des enfants sont bénéfiques puisqu'elles renforcent leur différenciation. (À l'inverse, dans les fratries classiques, elles sont source de culpabilité, les parents soutenant généralement qu'ils aiment leurs enfants de manière identique.) L'idéal à mes yeux est que l'un des jumeaux soit proche de sa mère et l'autre de son père, chacun des parents cherchant alors à modeler son jumeau préféré à son image. La reconnaissance de ces enfants comme deux personnes uniques est une nécessité impérative dont dépend leur bon développement psychique.

Les couples de jumeaux du même sexe, monozygotes ou dizygotes, tissent des relations fraternelles classiques oscillant entre amour et haine. L'affection des parents n'est pas moins difficile à partager lorsque l'on est issu du même œuf ; la répartition de l'espace et des objets reste délicate même si l'on a partagé le même placenta *in utero*. Seules les rivalités dues à la différence d'âge n'existent pas, et l'on peut se demander si cette absence ne renforce pas les autres jalousies puisque l'on ne peut recourir aux justifications du type « c'est ton aîné », « il est plus petit que toi », « c'est une fille », « tu es un grand garçon », etc.

SÉPARER LES INSÉPARABLES

Si, dans les fratries ordinaires, la tranquillité familiale passe par le rapprochement affectueux des enfants, à l'inverse, l'équilibre psychique des jumeaux exige la séparation de ce couple qui s'aime trop. En effet, leur principale difficulté est de se développer et de vivre comme deux êtres singuliers. On sait que le nourrisson met plusieurs mois à comprendre que sa mère et lui sont deux personnes distinctes. De nombreuses informations fournies par son environnement lui permettent de franchir ce pas, notamment celles qui lui viennent de ses relations individuelles avec une personne adulte. Ainsi, l'image que chacun se construit de soi est en permanence confrontée à l'image d'autres personnes.

Or, pour les jumeaux qui vivent naturellement ensemble, l'autre est presque toujours leur double. Chacun se trouve face à un être physiquement semblable et, qui plus est, ayant les mêmes préoccupations. C'est le compagnon de chaque instant, dans les moments de jeux mais aussi dans tous les autres temps forts de la vie quotidienne, comme les repas ou le bain. Le problème de ces enfants n'est donc pas d'apprendre à vivre ensemble, comme des frères et sœurs, mais au contraire d'apprendre à se différencier, de comprendre que chacun est soi. La difficulté, c'est de trouver très souvent son double entre soi et l'adulte, puisque l'un et l'autre ont exactement les mêmes besoins vitaux et les mêmes attentes affectives.

Comme tout enfant, le jumeau doit partir à la conquête de son autonomie pour grandir. Mais voilà, le couple dans lequel il vit est tellement rassurant, confortable et complaisant... Tout à fait naturellement, les jumeaux ont tendance à se bâtir un monde à eux, à l'écart des influences extérieures. Ce déficit de relations sociales s'exprime par une difficulté de communication et se traduit par un trouble du langage. Ainsi, l'un des exemples les plus spectaculaires de la complicité des jumeaux et de leur repli sur eux-mêmes est l'élaboration, pour beaucoup d'entre eux, d'un langage codé, la « cryptophasie ». Les deux enfants se parlent en échangeant des mots fabriqués à partir d'onomatopées, de termes déformés et accolés. Chaque couple de jumeaux, qu'ils soient vrais ou faux, a sa cryptophasie propre, et cette habitude entraîne naturellement des retards du développement langagier qu'il faudra plusieurs années pour rattraper.

Autre phénomène prouvant leur difficulté à se différencier : les jumeaux tardent souvent à répondre individuellement à leur prénom. Ils les confondent, répondent lorsqu'on les appelle par leurs deux prénoms accolés, voire par un diminutif commun. D'ordinaire, un bébé réagit à son prénom vers l'âge de 6 mois et le prononce à 2 ans. Les jumeaux, pour leur part, ne reconnaissent leur prénom de façon différenciée qu'à l'âge de 2 ans et se montrent capables de le dire à 3. Il est donc logique qu'ils mettent beaucoup plus de temps que les autres enfants à maîtriser correctement les pronoms personnels « toi » et « moi » et qu'ils utilisent longtemps le « nous » à la place du « je ». Bien évidemment, cette difficulté est accentuée si, comme c'est souvent le cas, leur entourage les désigne de manière collective comme « les jumeaux ».

La confusion des personnes se manifeste aussi au niveau des sentiments, des idées et de l'expression des volontés puisque, dans la petite enfance, les mots à tonalité émotionnelle occupent une grande place dans le vocabulaire. Des études telles que celles menées par le psychologue René Zazzo, grand spécialiste de la gémellité, montrent que, sur le plan du langage, les jumeaux n'affichent des performances comparables à celles des enfants du même âge que vers 6, 7 ans, et à condition qu'ils vivent dans un bon milieu socio-économique – les plus défavorisés doivent encore attendre quelques années. Cette spécificité est redoutable, et les parents et les proches doivent tout faire pour la combattre car le langage intervient à tous les niveaux de l'élaboration de la pensée. Les mots, même tus, aident à percevoir le monde et à l'apprécier, ils construisent la réflexion. Les jumeaux incapables de se différencier jusqu'à un certain âge risquent de souffrir de troubles de l'intelligence et de perturbations psychologiques graves.

C'est pourquoi tout doit être mis en œuvre pour séparer ces enfants inséparables. Je ne saurais trop recommander aux parents de leur choisir des prénoms distincts, ne jouant pas sur les mêmes sonorités (Odile/Cécile, René/Régis) et n'ayant aucune complémentarité. Trop longtemps, les parents de jumeaux de sexes différents ont donné au garçon la forme masculine et à la fille la forme féminine d'un même prénom : Julien et Julienne, Claude et Claudine, quand ce n'était pas Paul et Paule. Le pire est sans doute de choisir des prénoms en « miroir » tels que Jean-Pierre et Pierre-

Jean ! De même, chaque jumeau doit avoir ses propres jouets, ce qui n'empêchera pas les échanges mais marquera les différences. Enfin, le port de vêtements identiques est évidemment à proscrire. S'il est encore courant de croiser des jumeaux assis côte à côte dans leur poussette et vêtus de façon semblable, il est heureusement de plus en plus rare de rencontrer un tel mimétisme à l'adolescence. Cette manière excessive de cultiver la gémellité est généralement le fait des parents, si fiers d'avoir des jumeaux.

Lucas et Aurélien sont des jumeaux de 3 ans. Ils viennent me voir parce que Lucas a depuis quelque temps un comportement agressif. Les deux enfants sont dans la même classe, ce qui permet à leurs parents de comparer facilement leur développement respectif. Ainsi, Aurélien a un bon niveau de langage, un bon graphisme et s'intègre parfaitement à l'école maternelle ; Lucas a un peu plus de difficultés que son jumeau, il parle moins bien et a d'ailleurs été suivi par une orthophoniste.

Les parents m'expliquent que, depuis plusieurs mois, il se passe quelque chose de tout à fait singulier : à l'école, Lucas bat son frère à mort tandis qu'à la maison il le « colle », voulant constamment jouer avec lui.

En réalité, le facteur déclenchant de l'agressivité de Lucas a été le groupe d'amis et surtout la fiancée qu'Aurélien, tout à fait sociable, s'est faits très vite à l'école. Pour Lucas, cette dernière est une intruse dans leur couple. Son inhibition conduit à penser qu'il n'a pas encore réussi à se différencier de son frère dominant, raison pour laquelle il le suit partout.

C'est en aidant Lucas à se faire des copains et si possible une petite fiancée à lui que l'équilibre revien-

dra entre les deux jumeaux. Si le traitement fonctionne, peut-être qu'à l'adolescence Lucas collectionnera davantage de petites amies qu'Aurélien...

Je suis persuadé qu'élever des jumeaux est beaucoup plus compliqué qu'apprendre aux enfants d'une même fratrie à bien vivre ensemble. Dans cette situation, les parents tentent d'organiser au mieux leur vie familiale : en toute logique, ils placent ces enfants dans la même crèche, la même halte-garderie ou la même école, un lieu de garde unique simplifiant considérablement les allées et venues. D'ailleurs, puisque ces enfants partagent tout à la maison, pourquoi les séparer à l'extérieur ? Je suis désolé de leur apprendre que cette initiative est une erreur éducative. Je leur conseille au contraire de placer leurs jumeaux, le plus tôt possible, dans deux crèches, deux écoles différentes.

En effet, les jumeaux ne peuvent être stables psychiquement qu'en affirmant leurs différences. Celles-ci sont plus ou moins fortes, plus ou moins évidentes, mais elles doivent impérativement être accentuées. Hélas, la famille et l'environnement éducatif, séduits par l'idée de proximité qu'implique la ressemblance, jouent encore trop souvent à les atténuer. Ces enfants « doubles » qui ont une image de soi « en miroir » éprouvent alors les plus grandes difficultés à se repérer individuellement.

L'EFFET MIROIR

La gémellité a cette singulière caractéristique qu'elle permet de « se voir » en permanence. Les êtres uniques ne se voient que de manière très fugace, au détour d'un reflet ; ils s'imaginent plus qu'ils ne se voient, et généralement plutôt à leur avantage. Ne pas se voir dans sa réalité « vraie » autorise toutes les rêveries : le sportif qui court le 110 mètres haies sous vos yeux, c'est vous, ou bien vous vous glissez avec une étonnante facilité dans la peau de cette superbe créature en couverture des magazines. S'imaginer grand, beau, fort et intelligent est le meilleur des antidépresseurs !

Lorsque l'on vit avec son jumeau, c'est un peu moins facile puisque la distance qui sépare le rêve de la réalité n'existe pas. Avoir un jumeau, c'est se promener en permanence avec un miroir face à soi. Soi se met toujours devant soi, Soi agit en même temps que soi, Soi partage les mêmes moments, la même scolarité, la même évolution, les mêmes progrès et, plus étonnant, les mêmes comportements, les mêmes pensées et les mêmes sentiments.

Il y a là quelque chose de mystérieux et d'angoissant qui ne cesse d'intriguer les chercheurs. Ainsi, de nombreux psychiatres pour enfants en France et aux États-Unis se sont intéressés à la pathologie des jumeaux, notamment lorsque l'un d'eux est atteint d'autisme infantile. À partir d'études statistiques, ils ont constaté que le jumeau non malade présentait dans 90 % des cas des troubles graves de la personnalité, ce qui tendrait à prouver qu'il existe une certaine contamination entre les deux jumeaux. Cet exemple éclaire d'un jour nouveau les nombreuses coïncidences que l'on observe dans les pathologies les plus banales comme dans les événements de la vie quotidienne. Les jumeaux communiquent donc entre eux de manière tout à fait étonnante, et ce qu'ils soient monozygotes ou dizygotes – bien que ce soit sans doute moins frappant chez ces derniers.

En grandissant, les jumeaux jouent souvent de leurs ressemblances. Ils adorent mettre leur entourage dans l'embarras en se faisant passer l'un pour l'autre. Leurs enseignants en sont généralement les premières victimes. Les jumeaux cherchent ainsi à défier l'autorité et montrent que l'union fait la force… notamment en matière de résultats scolaires. Certains poussent la malice jusqu'à échanger leurs vêtements – si les parents ont pris la précaution de les vêtir différemment – ou à dissimuler l'infime détail qui permet de les reconnaître. Lorsque cette tendance perdure jusqu'à l'adolescence, voire jusqu'à l'âge adulte, ce sont leurs petit(e)s ami(e)s qui en font les frais. Une jeune femme mariée à un jumeau confie même qu'elle redoute les fêtes de famille, ne sachant jamais d'emblée si celui qui s'approche d'elle est son époux ou son beau-frère…

CULTIVER LES PARTICULARITÉS

Les parents que je rencontre sont généralement inquiets face à la trop grande proximité de leurs jumeaux. Mais, quoi qu'ils fassent, il y a de fortes chances pour que ceux-ci se ressemblent et se développent de manière quasi identique jusqu'à l'âge de 10, 12 mois. Alors, quel conseil puis-je leur donner pour les aider à les séparer ? Sans doute de repérer toutes les nuances dans leurs relations avec le monde : l'un est bavard et fait rapidement des progrès de langage,

l'autre est plus précoce dans la conquête de son autonomie, et naturellement l'un dessine toujours son premier bonhomme avant l'autre. Ces différences sont
souvent très ténues. De plus, chez les jumeaux, le phénomène d'imitation est si rapide qu'il donne parfois
l'impression que les deux enfants font tout en même
temps.

Je le reconnais, faire franchir à ses jumeaux l'étape
« individuation-séparation » est une tâche délicate pour
les parents. Ils doivent veiller à ce que les enfants ne
se construisent pas trop de souvenirs en commun afin
de ne pas favoriser leur proximité dans les représentations, les interprétations psychiques et donc les pensées.

Pour éviter aux jumeaux de vivre dans une fusion
dévastatrice, il convient de donner à l'un et à l'autre
l'occasion de mettre en place des représentations men-
tales personnelles. Chacun a ses idées, ses opinions,
ses rêves et ses projets. Chaque événement crée des
repères et des souvenirs propres. Les émois, les joies,
les peurs, les phobies sont alors différents. Les somati-
sations présentes chez l'un n'existent pas chez l'autre.
Une famille qui fonctionne bien doit alors privilégier
la séparation des idées et des projections imaginaires
entre les deux enfants. C'est l'imaginaire qui les protège de la réalité « terrible » d'avoir un double.

Je suis convaincu qu'une sociabilité précoce permet
de rompre la fusion « toxique » des jumeaux : ils
nouent des amitiés personnelles, sont invités séparément aux fêtes de leurs petits amis, et peuvent même
rendre visite individuellement à leurs grands-parents, à
tour de rôle. À aucun moment les parents ne doivent
cautionner la fusion, faute de quoi ces enfants risquent
de ne jamais se séparer.

LORSQUE LA DIFFÉRENCE S'IMPOSE

La relation fraternelle des jumeaux prend cependant une dimension particulière lorsque l'un d'eux souffre d'une maladie grave ou d'un handicap. Quels qu'ils soient, le jumeau sain éprouve un sentiment de culpabilité. Une question le taraude : pourquoi lui et pas moi ? Ce sentiment peut être renforcé par l'attitude des parents, qui lui demandent souvent d'aider au travail d'accompagnement de son frère ou de sa sœur.

Martin et Paulin sont deux jumeaux de 13 ans. Paulin, atteint de myopathie, souffre d'un très grave handicap moteur. Martin supporte très difficilement ce frère malade. Le mal qui les sépare le préoccupe beaucoup car tous les examens médicaux qu'il a passés montrent que lui n'est pas touché. Cette « bonne » nouvelle le conduit à se demander si Paulin est bien son frère et si lui, Martin, est bien le fils de ses parents. La non-transmission héréditaire de la maladie fait naître chez lui, de manière exacerbée, la crainte que connaissent tous les enfants de ne pas être les enfants de leurs parents. De plus, Martin se plaint auprès de moi de n'être en quelque sorte qu'un aide-soignant et un soutien médico-psychologique. Il n'a pas envie, dit-il, d'être un « porteur de frère », et il ne supporte pas notamment que ses parents lui demandent d'accompagner Paulin aux toilettes, trouvant cela « dégoûtant » !
Martin n'est pas un mauvais frère. Ses parents ne comprennent pas qu'il exprime par cette attitude les phobies de propreté habituelles chez un enfant de son âge. Ils n'ont pas été assez attentifs à cette étape normale de son développement.
Mais le plus insupportable peut-être pour lui, c'est que son frère tire des bénéfices de sa maladie. Ainsi,

Paulin, qui est parfois foncièrement méchant, n'est jamais sanctionné par ses parents, et Martin en éprouve un profond sentiment d'injustice.

Ce type de révolte est commun à presque tous les frères et sœurs d'enfant handicapé. En effet, les parents se montrent souvent incapables d'exercer leur autorité sur ce dernier, persuadés qu'il ne peut nourrir aucun mauvais sentiment, comme si le handicap préservait de la perversité et de l'agressivité.

DOMINANT, DOMINÉ

Laetitia entre dans l'adolescence. Elle suit péniblement sa scolarité et rencontre d'extraordinaires difficultés de communication. Elle me dit être angoissée, jamais sûre d'elle. Visiblement, elle n'aime pas son image, elle cache son visage derrière ses longs cheveux, elle est « emballée » dans ses vêtements davantage que vêtue.

Laetitia souffre d'un trouble de l'estime de soi. Son problème, c'est sa sœur jumelle, Émilie, parfaitement bien dans sa peau, superbement dominatrice et scolarisée dans la même classe. Laetitia est la plus fragile des deux ; en permanence dans une attitude de soumission vis-à-vis de sa jumelle, elle a perdu totalement confiance en elle.

Le simple fait de conseiller, de façon quasi expérimentale, de les séparer à la cantine va avoir l'effet d'une véritable « gémellectomie ». Sa nouvelle indépendance transforme Laetitia. Il a fallu qu'elle fasse le deuil de sa relation de dépendance pour pouvoir continuer sa route avec sérénité et réussite. Elle a si bien compris les bienfaits de cette modeste rupture que, l'année suivante, celle de l'entrée au collège, elle suggère à ses parents de l'inscrire dans un établissement différent de celui de sa sœur, même si cela complique un peu l'organisation familiale.

Les relations de domination entre jumeaux sont fréquentes, comme semblent le confirmer les statistiques : dans 80 % des couples de jumeaux dizygotes et dans 75 % des monozygotes, un enfant est dominant par rapport à l'autre. La dominance s'établit dans la première enfance, soit une fois pour toutes, soit au moins jusqu'à l'adolescence. Dans de rares cas, on constate des changements de rôle au cours de l'enfance, la dominance passant d'un jumeau à l'autre ou s'exerçant dans des domaines différents – l'un est bon élève en primaire, l'autre se révélant au collège, l'un est bon en maths, l'autre en langues, etc.

Vrais et faux jumeaux sont soumis aux mêmes règles. Dans les couples de garçons, la dominance s'établit souvent par le rapport de forces. Le plus gros, le plus costaud physiquement prend aussi l'ascendant psychologique sur son frère. Cette caractéristique est absente des couples de filles, dans lesquels c'est le facteur intellectuel et la réussite scolaire qui établissent la dominance. Lorsque les jumeaux sont de sexes différents, enfin, c'est encore le sexe dit « faible » qui l'emporte deux fois sur trois, bien que le garçon soit généralement plus fort que la fille et même si les QI sont équivalents.

Les recherches de René Zazzo expliquent la dominance des filles par les caractéristiques de leur développement : précocité de la propreté, moindre fragilité psychique, meilleure résistance aux maladies, bonnes performances scolaires et sociabilité plus développée. Le psychologue insiste plus particulièrement sur le rôle de la propreté : la petite fille abandonnant avant son frère l'usage des couches, elle le considère, souvent avec l'assentiment des parents, comme un bébé qui devient rapidement « son » bébé, sur lequel elle exerce ses pouvoirs.

Le jumeau dominant prend des initiatives, donne des ordres et s'estime supérieur. Il paraît souvent moins dépendant du couple et moins attaché affectivement à l'autre. Pourtant, il n'est pas rare de constater que, devenu adulte, c'est le dominé qui quitte le premier la famille, fuyant peut-être la prééminence de son jumeau pour fonder un couple d'un autre genre.

Les jumeaux forment un couple dont les règles de fonctionnement interne fixent le rôle de chacun par rapport à celui de l'autre. Mais le couple n'annihile pas les personnalités ; au contraire, elles se construisent en complémentarité ou en opposition. Chacun a ainsi son propre développement psychologique et établit des rapports sociaux différents. L'un et l'autre s'influencent mutuellement : l'introverti tempère la fougue de l'extraverti, qui a souvent tendance à s'exprimer au nom des deux ; le consciencieux aide le rêveur à se mettre un peu de « plomb dans la cervelle ». Toutes les études réalisées sur les jumeaux, dizygotes comme monozygotes, de même sexe ou de sexes différents, soulignent un tel mode de fonctionnement et prouvent que l'hérédité, l'environnement et le niveau socioéconomique communs ne suffisent pas à construire des personnalités identiques.

Il y a quelques années, un couple de jumeaux psychotiques fut hospitalisé à Marseille dans mon service de pédopsychiatrie. Les soins étaient dispensés conjointement par deux psychiatres, deux psychothérapeutes et deux équipes soignantes. Ces enfants avaient aussi intégré une école spécialisée à l'intérieur du service. Les équipes, pourtant rompues à ce type de cas, mirent beaucoup de temps et eurent bien de la peine à mesurer l'évolution de chaque membre du couple. Pendant de longs mois, les enseignants, les psychologues, les psychiatres et les psychothérapeutes sont restés perplexes, se posant sans cesse les mêmes questions : qui est dominant, qui est dominé ? Qui évolue, qui stagne ? Lequel des deux a les plus grandes capacités ? Comme s'il existait une contamination « extravagante » de la pathologie, les jumeaux jouant à être psychotiques tout en l'étant réellement. La solution a fini par s'imposer : il fallait différencier le traitement de chacun. Aujourd'hui, cette pratique est d'ailleurs largement suivie par les équipes soignantes.

VIVRE LES SÉPARATIONS

Le fait d'être nés ensemble, d'avoir partagé la même enfance, entretenu une complicité de tous les instants, tisse des liens affectifs forts et solides. René Zazzo les a bien analysés à partir de nombreux témoignages de jumeaux adultes. Il a d'abord constaté l'existence de modalités affectives similaires – bien que, dans le couple, l'un soit toujours plus attaché et plus aimant que l'autre. En d'autres termes, les mêmes événements produisent les mêmes réactions et émotions. Dans leur propre relation, ces émotions vont du simple plaisir physique à l'attirance amoureuse en passant par le sentiment de tendresse. Les jumeaux n'éprouvent aucune culpabilité à partager le même plaisir mais redoutent l'attirance amoureuse. La tendresse, la passion, l'amour sont autant de degrés dans les liens qui les unissent. Ceux-ci ne sont jamais simples à rompre.

Les statistiques le prouvent puisque les jumeaux se marient moins que les autres individus.

L'arrivée d'un intrus dans le couple suscite souvent une profonde jalousie. Sans dresser les jumeaux l'un contre l'autre, elle fait de l'étranger un rival de l'amour gémellaire. Le jumeau « abandonné » ne peut admettre que son frère ou sa sœur soient épris de quelqu'un – un sentiment d'autant plus fort qu'il existe presque toujours un attachement sensuel entre les jumeaux. Leur enfance, et parfois même leur adolescence, a été marquée par une proximité corporelle. Même s'ils n'ont pas dormi dans le même lit – ce qui est encore assez fréquent, notamment pour les jumeaux de même sexe –, ils ont passé leur temps à se frôler, à se respirer, à se baigner ensemble, à chahuter l'un contre l'autre. Ils ont bien sûr, comme tous les frères et sœurs d'âge proche, partagé des jeux érotiques. Une trop grande promiscuité de vie a même pu être à l'origine de relations sensuelles (mais non sexuelles) excessives. Il semble que, pour les jumeaux, à l'adolescence, le choix du sexe du partenaire le plus susceptible de favoriser une sexualité épanouie soit plus délicat que pour les autres ; les jumeaux de même sexe, notamment, ont des tendances plus affirmées à l'homosexualité et aux relations incestueuses.

Le mariage ou la vie en concubinage de son jumeau sont presque toujours vécus douloureusement. Tristesse, culpabilité et dépression marquent la rupture. Le jumeau célibataire a souvent du mal à trouver l'âme sœur. Il choisit parfois de rester seul, vivant dans l'ombre du couple de sa sœur ou de son frère. Certains jumeaux règlent le problème en épousant eux-mêmes des jumeaux pour former un « couple » à quatre membres. René Zazzo donne ainsi l'exemple extrême de deux couples de jumeaux qui se sont unis tous les quatre le même jour, ont ouvert ensemble une boutique et cohabitent tel un ménage unique. Il ajoute que les ressemblances physiques, renforcées par l'habitude de se vêtir à l'identique, sont devenues telles entre les quatre membres du « couple » que les enfants ont parfois du mal à distinguer leurs parents de leur oncle et de leur tante...

Mais il existe des séparations encore plus douloureuses : tous les jumeaux ayant vécu la mort de leur « double » témoignent de leur extrême difficulté à surmonter l'épreuve. Comme dans les situations de maladie, le jumeau survivant peut éprouver un sentiment de culpabilité : pourquoi lui, pourquoi elle, et pas moi ? L'attitude des parents valorisant à l'excès le jumeau disparu et l'idéalisant plus que de raison complique considérablement le deuil. Le souvenir de l'absent est alors trop fort pour permettre un épanouissement normal. Bien des jumeaux ne parviennent d'ailleurs à surmonter leur peine que grâce à la rencontre d'un nouveau partenaire qui aide à la reconstitution d'un couple, à condition que le souvenir du disparu se soit quelque peu atténué.

CES ENFANTS DITS « MULTIPLES »

Les triplés et les quadruplés posent encore des problèmes différents. Souvent, les parents, totalement absorbés par les difficultés quotidiennes, engendrent moins de pathologie dans le développement de leurs enfants : ils ont fort peu de temps à consacrer à l'observation de chacun et limitent donc leurs relations affectives, lesquelles sont toujours à l'origine de rivalités entre frères et sœurs.

Comme les jumeaux, les enfants multiples s'organisent en couples. S'il s'agit de triplés, deux d'entre eux forment un couple, le troisième restant à l'écart et jouant seul. Au sein des fratries de quadruplés se distinguent deux couples dont les partenaires peuvent changer selon l'âge et les affinités. Dans les deux cas, la place de chacun n'est pas figée. De même, comme les jumeaux, les « multiples » doivent être différenciés le plus tôt possible afin de favoriser l'épanouissement personnel de chacun. L'histoire de ces enfants, nés pour la plupart à la suite d'une fécondation *in vitro*, permet plus facilement de les assimiler à des frères et sœurs classiques ; ils présentent en effet les mêmes liens héréditaires que ces derniers puisqu'ils sont issus d'œufs différents. Cette origine semble aider les parents à repérer des dissemblances tant morphologiques que psychologiques. Ils observent souvent, de façon plus immédiate que dans le cas des jumeaux, des décalages dans les grandes étapes du développement. Enfin, la charge de travail que représente leur maternage favorise l'éclatement du groupe : grands-parents, oncles et tantes sont beaucoup plus souvent mis à contribution, offrant à ces enfants des expériences et des souvenirs distincts.

Les triplés et les quadruplés semblent ainsi se différencier naturellement, chacun cultivant sa propre identité. En revanche, ils opposent souvent une réaction de clan aux réprimandes des parents ou, en milieu scolaire, aux attaques des camarades de classe. L'enfant grondé est consolé, l'enfant agressé protégé par ses frères et sœurs. Leur nombre les obligeant à acquérir plus rapidement une autonomie plus grande, ils organisent leur vie entre eux, un peu à l'écart de l'autorité des parents.

Pourtant, tout n'est pas si évident dans les familles d'enfants multiples. Une étude de l'Inserm (Institut national de la santé et de la recherche médicale) indique que quatre mères de triplés sur onze, quatre ans après leur naissance, regrettent d'avoir eu des enfants multiples alors qu'elles s'étaient engagées dans des traitements contre la stérilité en étant prévenues de cette éventualité. Elles déplorent de ne pas avoir eu suffisamment de temps pour les materner, de ne pas avoir réellement profité de leur jeune âge. Mais, paradoxalement, elles souhaitent qu'ils deviennent le plus rapidement possible autonomes, comme si le temps perdu ne pouvait se rattraper. Elles disent encore avoir souffert du regard des autres, attirés par le côté extraordinaire de leur famille. Certaines d'entre elles rêvent d'un enfant unique qui serait seul susceptible de combler leur désir d'une vraie relation affective mère-enfant.

Il arrive aussi que les enfants multiples souffrent de difficultés dans le processus d'individuation-séparation, l'étape qui permet à chaque enfant de vivre hors du regard de ses parents sans se sentir abandonné. La mise en place de ce processus passe, dans les toutes premières semaines suivant la naissance, par une identification de la mère au bébé : elle devient alors capable de répondre à tous ses besoins, lui donnant l'impression qu'elle n'est là que pour lui. Ces sentiments permettent par la suite au bébé d'intérioriser sa mère et, plus tard, d'être capable de se séparer d'elle. Les mères d'enfants multiples semblent avoir beaucoup de mal à s'identifier à plusieurs enfants à la fois et manquent cruellement de temps pour tisser une relation individuelle avec chacun d'eux. Elles perçoivent leurs enfants comme une collectivité et ont tendance, dans les soins quotidiens, à s'occuper d'eux de manière totalement égalitaire. Les repas, par exemple, s'apparentent à une distribution collective de nourriture, les enfants recevant à tour de rôle une « becquée » de leur mère assise face à eux. Enfin, certaines mamans, totalement débordées, se sentent frustrées et peuvent souffrir d'états dépressifs, lesquels ne sont pas sans conséquences sur l'épanouissement psychoaffectif des enfants.

Depuis peu, les familles de multiples en difficulté peuvent trouver écoute et conseils auprès d'une équipe pluridisciplinaire regroupée au sein d'une consultation de PMI (Protection maternelle et infantile) à l'hôpital Port-Royal de Paris.

HISTOIRES EXTRAORDINAIRES

L'âge ne change rien aux relations très particulières qui unissent les jumeaux. Elles sont très différentes de celles des autres frères et sœurs. Le jumeau est le plus vrai des frères, la jumelle la plus authentique des sœurs. Avoir partagé la même gestation, parfois le même placenta, autorise tous les fantasmes. C'est ce qui a longtemps fait croire qu'il existait entre les jumeaux des phénomènes de télépathie. Qui ne serait pas étonné par les similarités observées dans les vies respectives de deux jumeaux séparés dès le berceau et élevés par deux familles adoptives distantes de milliers de kilomètres ? Comment expliquer qu'ils éprouvent les mêmes troubles, souffrent des mêmes maladies, voire fassent les mêmes rêves presque au même moment, et qui plus est se marient avec des conjoints qui se ressemblent ? Ces coïncidences ne peuvent manquer de susciter la curiosité des chercheurs, notamment américains. Leurs études les plus récentes mettent en évidence l'importance des facteurs génétiques dans un très grand nombre de phénomènes qui semblent à première vue liés à l'environnement ou au hasard. Ainsi, il semble bien que la propension d'un individu à contracter certaines maladies soit d'ordre héréditaire et que l'apparition de certains troubles, tels que l'alcoolisme, le tabagisme ou l'obésité, ait des supports génétiques. L'intelligence a également sa composante génétique. Une enquête menée sur des jumeaux australiens s'est intéressée à 50 aspects de leur vie ; pour 47 d'entre eux, les chercheurs ont pu déterminer des bases génétiques communes. Une autre étude, suédoise, montre que, chez des jumeaux, 40 % des « événements » survenus au cours de la vie, comme le départ en retraite, la mort d'un enfant ou les problèmes financiers, reposaient sur des données génétiques.

L'étude de la gémellité n'a pas fini de nous passionner, et la recherche, notamment la génétique des comportements, devrait apporter bien des réponses à des phénomènes jusqu'alors inexpliqués, en particulier chez les vrais jumeaux. Les histoires de jumeaux qui se retrouvent après que la vie les a séparés dès la naissance restent étonnantes. Et, si elles émerveillent tant, c'est sans doute parce que chacun caresse en secret l'idée un peu folle qu'il possède, quelque part dans le monde, un jumeau que le hasard lui fera un jour rencontrer. Le double, qui fascine depuis toujours, représente le compagnon idéal, celui qui comprend tout au premier regard. En fait, ce fantasme permet de se projeter dans une autre existence. Le jumeau imaginaire, à la manière d'un ange gardien, raconte l'autre vie que chacun d'entre nous a rêvée.

7

Frères et sœurs d'adoption

Josué a aujourd'hui 12 ans. Il a été adopté à l'âge de 5 ans avec une petite fille, Samantha, de deux ans plus jeune que lui. Tous deux sont d'origine brésilienne. Leur famille adoptive compte aussi deux aînés, une jeune fille de 17 ans et un jeune garçon de 18 ans, liés biologiquement et adoptés quelques années auparavant en Haïti.

Josué est en pleine « décomposition » psychique. Il fugue, vole ses parents et entretient avec Samantha des relations incestueuses. Il explique ses larcins par son besoin irrésistible de manger des bonbons, que ses parents ne lui permettent pas de satisfaire assez souvent. Le vol est pour cet enfant un mode de fonctionnement familier puisqu'il dit être un usurpateur d'affection au sein de sa fratrie. Son comportement est si difficilement supportable pour ceux qui l'entourent que l'on peut craindre qu'il ne subisse un deuxième abandon.

En fait, Josué n'a pas le sentiment d'appartenir pleinement à sa famille adoptive. D'ailleurs, sa pathologie s'organise précisément dans le but de mieux l'en exclure : l'agression de ses parents à travers ses fugues et ses vols, la rivalité fraternelle extrêmement violente qui l'oppose à ses frères et sœurs.

D'une manière générale, je pense que les parents

adoptants n'adoptent réellement leurs enfants qu'à l'adolescence. C'est en posant des problèmes majeurs que l'enfant adopté est véritablement admis. L'adolescent dit implicitement : « Plus je t'embête et te provoque, plus on verra si tu m'aimes et si je suis bien ton enfant. » Il faudrait envisager de suivre les parents adoptants lors de ces périodes charnières car ils ont très souvent besoin d'aide.

L'adoption crée nécessairement des fratries « artificielles », où chaque enfant doit trouver sa place. La vie en commun est d'autant plus compliquée que chacun apporte un peu de son passé. Suivant l'âge d'adoption, les années vécues en institution ou dans un clan familial en extrême difficulté en raison de la misère ou de la guerre marquent plus ou moins fortement le psychisme. De toute façon, quelles que soient les circonstances de son adoption, l'enfant rejeté par sa famille naturelle risque de souffrir de troubles psychiques dont la gravité varie d'un individu à l'autre. L'adaptation à ses nouveaux parents demande un effort important, et j'adhère parfaitement à l'idée de certains de mes confrères qui parlent d'une véritable « renaissance » psychologique. De fait, il semble logique que la « greffe » de l'enfant adopté dans une fratrie déjà constituée puisse parfois être problématique. De plus, l'enfant en difficulté est souvent mal jugé par ses frères et sœurs adoptifs, qui ne comprennent pas son comportement. Ils peuvent même lui reprocher son manque de reconnaissance envers leurs parents, qui ont été assez « généreux » pour l'accueillir. Le « vilain petit canard » se trouve alors pris dans un réseau de culpabilités qui ne favorise pas son évolution.

Les difficultés que rencontrent les enfants adoptés au sein de la fratrie sont très spécifiques, notamment lorsqu'ils ont partagé un passé commun. L'histoire qui suit est à ce titre tout à fait étonnante.

Léa, Valentin et Agathe sont originaires du Vietnam. Ils ont été adoptés dans le même orphelinat. Léa et Valentin, les deux aînés, sont particulièrement intelligents, mais Agathe, la petite dernière, montre très vite des difficultés de développement et souffre d'un handicap cérébral.

Léa, âgée de 9 ans, refuse d'aider sa sœur en quoi que ce soit. Elle estime, me dit-elle, qu'elle n'a pas à pâtir de son handicap et qu'après tout cette histoire est le problème de ses parents : ils n'avaient qu'à bien choisir l'enfant qu'ils adoptaient. Cette petite fille ne supporte pas l'idée que ses parents aient pu adopter d'autres enfants ayant comme elle besoin d'une famille.

Léa est donc doublement en difficulté : elle peut ne pas réussir à s'intégrer à sa famille adoptante, et elle souffre d'un trouble de l'identification. Ses parents, des personnes particulièrement bienveillantes, risquent de ne pas comprendre, voire de ne pas tolérer son attitude.

L'indifférence de cette enfant, qui peut paraître choquante, s'explique par sa crainte de souffrir des mêmes troubles du développement que sa jeune sœur, une crainte qui trouve son origine dans toute une série de souvenirs imaginaires et reconstruits de sévices, de bousculades, de bagarres subis à l'orphelinat où elle a vécu ses toutes premières années, comme sa sœur. Pour elle, cette institution représente en quelque sorte un « nid commun » susceptible d'entraîner, uniquement chez les filles, des pathologies identiques. Par son attitude, Léa se défend donc psychologiquement de contracter le même handicap que sa sœur cadette.

Dans cette situation, c'est le passé commun des enfants qui est facteur de perturbations. Le lieu où s'est déroulée leur toute petite enfance est perçu comme fédérateur, suscitant un sentiment d'appartenance à une communauté fondée sur le partage de bons et de mauvais souvenirs. Les enfants ne forment pas une fratrie biologique mais une fratrie de vie commune.

DES FRÈRES ET DES SŒURS COMME LES AUTRES

Maéva et Naomie viennent de l'autre bout du monde. Elles ont été adoptées à Tahiti. Naomie, 3 ans, est une enfant agréable, douce et sociable ; Maéva, 6 ans, est au contraire infernale. Au cours de la consultation, je dois à plusieurs reprises la rasseoir sur son siège : elle est perpétuellement agitée et ne s'intéresse absolument pas à ce qui se dit autour d'elle.

Dans la vie de tous les jours, cette enfant multiplie les bêtises et se comporte de manière tyrannique avec sa mère. Son caractère a toujours été difficile, me confie cette dernière, mais l'arrivée de sa sœur a considérablement aggravé la tension. Cette femme est à bout et reconnaît qu'elle craque de plus en plus souvent.

En réalité, Maéva est en rivalité affective permanente avec sa sœur. Elle fait en sorte d'être la plus gênante et la plus préoccupante possible, pensant ainsi mieux capter l'attention de sa mère et mobiliser son affection. Cette attitude est d'autant plus insupportable pour la mère qu'elle vit seule en France avec ses filles, son mari travaillant à Tahiti et revenant très rarement en métropole. J'ai le sentiment que cet éloignement cache les prémices d'une séparation dont Maéva est peut-être en partie responsable.

Comme toutes les fratries, celles qui réunissent des enfants adoptés connaissent le difficile partage de l'affection des parents. L'arrivée successive de nouveaux frères et sœurs crée des rivalités, sans doute d'autant plus fortes que le premier enfant adopté, dans les mois qui suivent son entrée dans la famille, effectue un travail psychique important pour s'intégrer à sa nouvelle vie. Il met en œuvre des stratégies de séduction qu'il n'a jusqu'alors jamais eu l'occasion d'expérimenter. En retour, cet enfant accueilli par un couple qui l'a tant désiré reçoit quantité de sollicitations et d'affection. En effet, les parents adoptifs sont particulièrement attentifs aux exigences de ces enfants qui ont connu un début de vie difficile ; ils sont disponibles, parfois trop proches. De la même manière, l'adoption d'un autre enfant mobilise une grande part de leur énergie, ce qui n'est pas forcément facile à accepter pour le premier, dont la crainte viscérale est d'être à nouveau abandonné.

Les rivalités habituellement spécifiques aux jeunes enfants peuvent durer si les parents continuent à les traiter comme des bébés. Ils ne les voient pas grandir et fixent leur comportement et leur démarche éducative sur l'âge des enfants au moment de leur adoption. J'ai souvent le sentiment que, s'ils refusent de prendre en compte l'évolution réelle de l'enfant, c'est sans doute parce qu'ils sont déçus de le trouver moins gratifiant qu'ils ne l'avaient souhaité. À ceux-là je veux dire que ce sont les accrocs plus que les facilités qui aident à devenir parents – un principe qui s'applique aux parents adoptifs comme aux parents biologiques.

Adopter un enfant n'est pas une tâche facile, en adopter plusieurs multiplie naturellement les difficultés. Heureusement, la grande majorité des adoptants les surmonte grâce à leur exceptionnel sentiment d'altérité et à leur prodigieuse capacité de dévouement aux autres.

TOUT SE REJOUE À L'ADOLESCENCE

Ce sont des parents complètement démoralisés que je reçois dans mon bureau. La consultation concerne Sébastien, l'adolescent de 14 ans qui les accompagne. Il a été adopté très tard, vers l'âge de 9 ans, par cette famille qui comptait déjà cinq enfants biologiques. Ces aînés, adultes, ne sont pas de vrais frères et sœurs mais plutôt des « petits parents adoptants », comme j'aime à les surnommer. D'ailleurs, ils ont eux-mêmes des enfants qui, bien que plus jeunes que Sébastien, sont ses oncles et tantes.

En pleine crise d'adolescence, Sébastien se veut fidèle à ses origines. Il est né et a grandi dans un milieu très modeste, extrêmement carencé sur le plan culturel et social, sa famille ayant même eu des démêlés avec la justice.

Ce qui a décidé ses parents à venir me voir, c'est cet incident : plutôt que de les laisser lui acheter un vélomoteur, comme ils projetaient de le faire, il a décidé d'en voler un beaucoup plus beau. Ses parents sont totalement effrayés par cette conduite asociale. Sébastien accepte que l'on se parle seul à seul, et cet entretien individuel est extrêmement révélateur de l'idée qu'il se fait de son statut d'enfant adopté : « Je me demande si mes parents n'ont pas voulu avoir un enfant de plus sans qu'il soit un bébé. » Ou, encore plus explicite : « Pourquoi ne m'ont-ils pas adopté plus tôt ? » Sébastien exprime ainsi la souffrance due à son placement prolongé, sa situation juridique n'ayant pas

permis son adoption pendant longtemps. Pourtant, son
attitude contredit ses regrets puisqu'il tend à se rappro-
cher de ses origines.

Ce cas clinique met en évidence les dures réalités
de l'adoption au moment de l'adolescence, tant au
niveau des enfants qu'à celui des parents. Dans cette
famille, les parents adoptants ne peuvent pas compter
sur l'aide de la fratrie. Les frères et sœurs estiment que
les difficultés entre les parents et ce petit dernier ne
les concernent plus vraiment et manifestent leur désintérêt ; ils ont désormais des soucis à régler avec leur
propre famille. De plus, ils considèrent que leurs
parents doivent se débrouiller seuls puisqu'ils ont
décidé d'adopter tardivement. En fait, les « grands
enfants » ont d'autant plus facilement accepté l'adoption d'un frère qu'ils s'apprêtaient à quitter la famille.
À l'inverse de leurs parents, ils n'ont pas donné à cet
accord une dimension morale.

Tout comme dans les familles recomposées, les fratries n'existent vraiment que si elles ont pu se
construire au cours de la petite enfance et si l'écart
d'âge entre les frères et sœurs n'est pas trop grand.
C'est l'histoire familiale commune qui soude les liens
entre des enfants qui ont chacun leur tempérament. En
revanche, lorsque les fratries composées d'enfants
adoptés sont solidement établies, il n'est pas rare
d'observer une attitude protectrice de la part des frères
et sœurs lorsque l'un d'eux a des difficultés. Souvent,
si ces difficultés sont de nature délictueuse, les parents
adoptants choisissent une position de défense qui peut
paraître ambiguë : ils se refusent à critiquer ouvertement le comportement asocial de l'enfant.

Les vols pathologiques sont assez fréquents chez les
enfants adoptés. Il s'agit souvent de conduites régressi-

ves. Le vol est un défi envers les parents, une provocation qui les somme de montrer que leur amour est si grand et si inconditionnel qu'ils sont capables de garder toute leur affection pour leur enfant, même s'il commet un acte répréhensible.

Si l'adoption légale se fait presque toujours dans la petite enfance, c'est au fil des années que se créent les liens d'une véritable parenté, celle de l'adoption affective. Les parents pensent toujours que leur amour et leurs principes éducatifs gommeront les caractères héréditaires et biologiques de l'enfant adopté. Pourtant, l'adoption ne se réalise vraiment qu'à l'adolescence. L'adolescent peut tout faire ou presque pour tester la résistance de ses parents : vont-ils le rejeter ou au contraire l'aiment-ils suffisamment pour le supporter même quand il se montre odieux ? Les parents adoptants rencontrent de la part de leurs enfants adolescents plus d'opposition, doivent subir plus de conflits, plus de défis à leur autorité et à leur affection que les autres parents.

La crainte la plus répandue chez les parents adoptifs est que l'inné ne l'emporte sur l'acquis, que l'hérédité, qu'ils jugent toujours négative, ne resurgisse. Cette appréhension doit être chassée au plus vite, d'abord parce qu'elle est infondée, ensuite parce que l'adolescent risque de penser que ses parents attribuent ses perturbations à ses origines. Dans ce cas, la rupture est consommée : comment avoir confiance en des personnes qui, finalement, doutent de ses capacités d'adaptation ?

À l'adolescence, la phase normale de « désillusion des images parentales », au cours de laquelle l'adolescent commence à déceler des défauts, réels ou imaginaires, chez ses parents, est évidemment spécifique pour les enfants adoptés. Et c'est naturel puisque les parents ne sont pas biologiques. L'adolescent doit négocier l'abandon d'images parentales de substitution, ses parents adoptifs, tout en sachant qu'il a lui-même été abandonné. De plus, les adolescents adoptés ont beaucoup de mal à repérer des failles chez ces parents qu'ils ont tellement idéalisés : c'est grâce à eux qu'ils ont connu le bonheur.

AÎNÉ GRÂCE À LA SCIENCE

Raphaël est ravi d'avoir deux petites sœurs jumelles. Lui a été adopté, elles sont des enfants de la science, conçues grâce à une fécondation in vitro. Il accueille ces petites filles comme un extraordinaire cadeau et se montre très fier, car on lui a expliqué que c'est son adoption qui a permis à ses parents d'accéder à une fécondité jusqu'alors impossible. Mais cet événement fait aussitôt naître en lui la question délicate et fondamentale de sa naissance : il ne comprend pas le bonheur de sa mère adoptive d'avoir des enfants alors que la sienne n'a pas voulu le reconnaître.

Ce que ressent Raphaël est fréquent dans ce type de situation. Il devient à la fois frère et parent. En effet, c'est sa présence auprès de ses parents qui a permis la naissance naturelle d'un enfant. On sait, sans vraiment pouvoir l'expliquer, que le fait de devenir parents par adoption libère de certaines tensions et autorise psychiquement certains couples à concevoir des enfants : grâce à l'adoption, ils se transforment en parents, ce qui les incite à l'être encore davantage. L'adoption est la prolongation du désir d'enfant, elle n'est surtout pas son deuil. C'est d'ailleurs le profond désir d'enfant qui conditionne la réussite de toute adoption.

La fécondité retrouvée des parents renvoie l'enfant adopté à des interrogations fondamentales sur ses origines. Son passé resurgit alors qu'il vient d'entrer dans la fraternité. Ce questionnement est souvent doublement douloureux et peut créer des perturbations psychiques si l'enfant ne se voit pas offrir la possibilité d'exprimer ce qui le bouleverse.

Pour réussir une adoption et, par la suite, pour constituer une fratrie unissant enfant adopté et enfant de sang, je crois qu'il est indispensable de dire la vérité à chacun de la manière la plus naturelle possible, et l'adoption d'enfants typés favorise encore plus ce langage. Il ne faut rien cacher. Avec l'âge naîtront, chez les uns comme chez les autres, les questions portant sur les origines. Des réponses claires et précises permettront à l'enfant adopté de se sentir parfaitement intégré à la famille, et à l'enfant biologique de le considérer comme un parent à part entière, un vrai frère ou une vraie sœur. Tous deux doivent comprendre que l'enfant adopté n'a pas été rejeté par sa famille naturelle, qui l'a aimé, mais que ce sont des circonstances matérielles qui ont conduit à le confier à une autre famille.

Pour que le message soit bien reçu, il convient d'attendre que les enfants aient un bon accès au langage. Ainsi, la période œdipienne, vers 3, 4 ans, est propice aux révélations puisque les enfants posent alors quantité de questions sur leur naissance. D'ailleurs, à cet âge, le mensonge est particulièrement dévastateur pour le présent et pour le futur. À l'adolescence, d'autres questions surgissent : l'enfant adopté veut connaître les circonstances de son abandon, découvrir l'origine de ses parents biologiques, savoir s'ils sont vivants et s'il a des frères et sœurs biologiques – des renseignements qu'il peut facilement trouver dans son dossier à l'Aide sociale à l'enfance. Il les partagera d'ailleurs souvent avec ses frères et sœurs d'adoption. Ces principes sont en effet fondamentaux pour préserver leurs liens d'affection : c'est en se connaissant parfaitement que l'on s'apprécie vraiment.

Le cas clinique qui suit est un véritable conte de fées. Il montre, s'il en était besoin, que les fratries constituées dans un contexte d'adoption peuvent être merveilleuses, et représente l'un de ces cas qui font date dans la carrière d'un pédopsychiatre.

Il était une fois un homme et une femme stériles qui souhaitaient adopter un enfant. Ils décidèrent d'arracher de son hospice-orphelinat une petite fille roumaine. La démarche n'était pas facile car l'enfant, alors âgée de 18 mois, était décrite comme souffrant d'un autisme infantile. Après de longues hésitations, ils ramenèrent finalement la petite fille en France et la firent examiner dans un service spécialisé. Les médecins diagnostiquèrent une forme d'autisme due à l'« hospitalisme » : il s'agit d'une perturbation psychique provoquée par les carences affectives et l'isolement d'une vie en institution.

En fait, par un processus mal connu, ce couple qui se pensait stérile conçut un enfant au cours du voyage en Roumanie. Neuf mois plus tard naquit une petite fille, qui grandit parfaitement et dépassa bien vite son aînée adoptée. Les deux enfants s'entendaient à merveille, sans doute parce que rien du passé de l'une ni de l'autre ne leur était tu. Ainsi, la plus jeune savait que c'était l'adoption de sa sœur qui était à l'origine de sa naissance et que, si celle-ci était malade, c'était en raison d'une petite enfance douloureuse.

Aussi, la plus étonnante des guérisons se produisit : la plus jeune, tout à fait naturellement, favorisa le développement de son aînée. Elle la tira littéralement vers le haut en jouant constamment avec elle, en partageant patiemment ses premiers apprentissages. Elle devint une véritable thérapeute et le « traitement » eut des résultats miraculeux. Aujourd'hui, elle achève des études de médecine et sa sœur est en deuxième année de droit.

CONSERVER SA « FRATRIE DE SANG »

Certains enfants adoptés ont eu auparavant une vie de famille. Ainsi, ils peuvent être nés au sein d'une fratrie constituée de frères et de sœurs biologiques, ou encore de demi-frères et de demi-sœurs ayant la même mère mais un père différent. Au moment du placement de ces enfants, tout est possible. Si le placement est transitoire, certains peuvent quitter la famille tandis que d'autres restent. L'éclatement de la fratrie est alors de courte durée et déterminé par les besoins de chacun. En revanche, si le placement est définitif, la loi, renforcée par la Convention internationale des droits de l'enfant, exige que frères et sœurs ne soient pas séparés – une règle parfois difficile à respecter lorsque, par exemple, plusieurs enfants d'une même famille doivent être confiés à une institution spécialisée.

Mais il est des cas dans lesquels le maintien de la fratrie peut être discuté, par exemple lorsque les enfants sont battus ou abusés sexuellement. Il semble que, dans ces situations très douloureuses, le placement des frères et sœurs dans une même famille d'accueil ne favorise pas toujours la cicatrisation des blessures psychiques. En effet, la présence permanente d'un frère ou d'une sœur témoins des malheurs passés tend à raviver constamment les mauvais souvenirs. Aussi un certain nombre de professionnels préconisent-ils le placement dans des familles d'accueil différentes et l'aménagement de moments réguliers de regroupement entre les enfants de la fratrie. Bien sûr, la profondeur des sentiments qui les unit est un facteur déterminant dans la décision. On évalue alors la qualité du lien fraternel : combien de temps les frères et sœurs ont-ils vécu ensemble ? Le fait d'avoir un frère ou une sœur a-t-il une signification pour les enfants ? La relation est-elle entretenue par une histoire familiale commune ?

Depuis quelques années, une structure originale existe pour recevoir tous les enfants d'une même famille sous le même toit et sous la responsabilité d'une « maman-éducatrice » : les villages d'enfants, mis en place par l'association SOS Villages d'enfants. Malheureusement, ils sont encore trop peu nombreux compte tenu de la fréquence des situations de ce type.

Au bout de quelques mois, plus souvent de quelques années, certains enfants placés deviennent adoptables, soit parce que leurs parents les ont totalement oubliés, soit parce qu'ils ont été déchus de leurs droits sur décision judiciaire. Comment, alors, la fratrie survit-elle ?

Si elle est réunie sous le même toit et si tous les enfants sont adoptables, le service d'adoption tente d'éviter la séparation en cherchant une famille d'accueil unique. La tâche n'est pas aisée : les fratries réunissent en principe des enfants d'âges différents ; or les demandes d'adoption concernent le plus souvent des enfants petits, ce qui tend à exclure les aînés.

La situation juridique de chacun des enfants de la fratrie peut poser un vrai casse-tête. Ainsi, il n'est pas rare que les enfants soient de pères différents. Ceux-ci entretiennent parfois avec eux des liens de parenté (lettres, communications téléphoniques) qui rendent leur adoption impossible. Enfin, lorsque les enfants ont été placés séparément dans des familles d'accueil, il est fréquent que celles-ci, très attachées à l'enfant dont elles ont la garde, souhaitent l'adopter. Récemment, la loi sur l'adoption les a rendues prioritaires.

Adopter plusieurs enfants à la fois requiert de la part de la famille une énorme disponibilité, pratiquement multipliée par le nombre d'enfants car ce n'est pas un groupe que l'on adopte mais des êtres uniques qui ont chacun leurs exigences. Une période de découverte mutuelle s'étale sur les mois qui suivent l'arrivée des enfants dans le foyer. Chacun doit y trouver une place et nouer des relations particulières avec ses parents adoptifs. La demande affective est énorme et difficile à répartir entre les enfants. La majorité d'entre eux traversent, au cours du processus d'intégration, une phase de régression qui s'exprime de manière différente selon leur âge et leur personnalité. Les parents doivent faire face, accepter et accompagner. La tâche est si lourde qu'ils ont souvent besoin d'être aidés.

Lorsqu'une famille adopte, elle connaît obligatoirement la situation familiale de l'enfant qui lui est confié. Grâce au dossier d'adoption, elle sait s'il a des frères et sœurs, quelle est sa différence d'âge avec eux et s'ils ont fait ou non un bout de chemin ensemble. Mais, comme le veut la loi, l'adoption plénière substitue totalement la filiation adoptive à la filiation biologique : tous les liens entre les différents membres de la famille d'origine sont annulés, et notamment les liens fraternels. Les parents adoptifs sont donc seuls à même de décider si l'enfant adopté doit garder ou non des relations avec ses frères et sœurs – une question délicate car elle peut conduire l'enfant à vivre une rivalité entre deux filiations, entre ses parents biologiques et ses parents adoptifs, entre son ancienne et sa nouvelle fratrie.

Une question se pose toujours : l'enfant souffre-t-il de la rupture avec sa fratrie ? Il n'est pas simple d'y répondre. En effet, l'expérience a montré que, dès les premiers contacts avec ses parents adoptifs, l'enfant souhaite ardemment s'inscrire au plus vite dans sa nouvelle filiation. Sa facilité d'intégration est souvent déconcertante. Il donne l'impression d'avoir toujours vécu dans ce foyer, au point que, si la famille compte déjà des enfants, ceux-ci peuvent se sentir en « péril affectif ». Les plus petits sont les plus fragiles, les grands étant généralement actifs dans la démarche d'intégration.

En pratique, les enfants adoptés, lorsqu'ils sont petits, ne cherchent jamais à savoir s'ils ont des frères et sœurs biologiques. Le travail psychique nécessaire à leur intégration dans leur nouvelle famille exige de leur part une telle énergie qu'ils ne s'en préoccupent pas. Même s'ils ont croisé des frères et sœurs avant leur adoption, ils ne les réclament pas. Parfois, leurs aînés, qui, eux, ont gardé des souvenirs, souffrent de cette indifférence. En revanche, à l'adolescence, l'enfant adopté qui part à la recherche de ses origines est souvent heureux de retrouver des frères et sœurs. Même si la vie les a séparés pendant plusieurs années, ils renouent avec plaisir des relations qui ne peuvent être réellement qualifiées de « fraternelles » : leurs souvenirs et leurs habitudes de vie sont différents, leurs liens sont plus symboliques que réels. Le temps a désuni ce que la biologie avait uni.

8

Avoir un frère ou une sœur handicapés

Avoir un frère malade ou une sœur handicapée transforme profondément les relations fraternelles. Les rivalités et les jalousies se jouent alors sur un tout autre registre. L'enfant handicapé ou malade est souvent idéalisé par les parents, en particulier par la mère, qui se sent engagée sur le plan narcissique : il lui donne en effet l'occasion d'être une mère parfaite, aimante et soignante. Car dans la tête de toutes les mères sommeille le rêve d'être aussi une infirmière.

Les situations familiales varient considérablement selon le rang de l'enfant handicapé ou malade, le type d'affection dont il est atteint et sa gravité et l'âge des autres membres de la fratrie. Toutes ces données ont une influence sur les représentations que se font les enfants sains des difficultés de leur frère ou de leur sœur différents et sur la manière dont ces derniers s'intègrent dans la famille. Car je pense que l'intégration intrafamiliale est parfois plus compliquée que l'intégration sociale régie par la loi.

LE HANDICAP MARQUE LES DIFFÉRENCES

Quand on s'appelle Robin, on ne peut que devenir le défenseur des opprimés ! Une mission que ce petit garçon de 6 ans a immédiatement prise à cœur pour « protéger » sa grande sœur de 16 ans, gravement handicapée. Il se bat régulièrement avec un petit voisin, qu'il traite d'ailleurs de « couillon » sous prétexte qu'il aurait dit des « mots » à sa sœur, mais il a tendance à se montrer belliqueux avec tous ceux qui n'appartiennent pas à sa famille. En fait, il fait le « couillon » à son tour !

En analysant la situation, je découvre le mécanisme psychologique à l'origine de son trouble. Il y a quelques mois, le petit Robin a été très troublé par la disparition du chat de la maison. Il se demande s'il doit croire ses parents, qui lui ont raconté qu'il était parti retrouver d'autres chats et qu'il vivait maintenant plus heureux qu'avant, ou s'il est mort. Au cours de notre entretien, les propos de l'enfant reviennent sans cesse sur le thème de la mort. Il associe notamment la disparition du chat à celle d'un arrière-grand-père décédé de façon très naturelle à l'âge de 104 ans.

En fait, dans l'esprit du petit garçon, ces disparitions sont liées au décès éventuel de sa sœur aînée. Si Robin s'identifie si bien au « couillon » qui dit des méchancetés à sa sœur, c'est parce que ces propos accordent sa juste place à la pathologie dont elle souffre, qui est totalement gommée et occultée par la famille. En effet, si la mère est assez consciente des risques importants de mortalité que court sa fille, le père, lui, refuse de voir l'évolution fatale de la situation. Ainsi, seul Robin traite la maladie de manière brutale, sans doute, mais normale.

Ce petit garçon a besoin d'une aide psychologique.

*Au long des mois de prise en charge, il apparaît totale-
ment abandonné affectivement par ses parents, qui
consacrent toute leur énergie à soigner leur fille handicapée. Mais petit à petit son état psychique s'améliore
de façon singulière dès lors que ses parents peuvent
d'abord envisager la mort de sa sœur, puis parler avec
lui de la mort de façon abstraite et non plus en faisant
référence aux difficultés de la jeune fille. J'ai particulièrement insisté auprès d'eux pour qu'ils trouvent des
temps individuels avec l'enfant et n'hésitent pas à évoquer avec lui des événements dramatiques de la vie.*

Je constate que le déni de la maladie est une réaction assez fréquente chez les parents. Parfois il s'explique par un manque d'informations médicales, mais
plus souvent il constitue une protection contre la tristesse et la dépression face à une situation où l'on se
sent impuissant. Ce silence provoque presque toujours
l'incompréhension chez les autres enfants de la famille.
Ils voient bien que leur frère ou leur sœur vont régulièrement chez le médecin ou à l'hôpital, qu'ils suivent
un traitement spécifique, que leurs parents leur sont
totalement dévoués, mais ne savent pas réellement
pourquoi, ni combien de temps tout cela va durer. Cette
ignorance ne peut qu'être source d'angoisse et de
jalousie, auxquelles s'associent des fantasmes de disparition souvent accompagnés d'un sentiment de
culpabilité – la culpabilité d'être bien portant, d'avoir
de mauvaises pensées, parfois les deux à la fois. Le
secret d'une maladie ou d'un handicap fait partie des
secrets de famille, et je crois qu'il est bon que tous
le partagent.

*Marjolaine vient me consulter en raison de son
extrême agressivité. À 6 ans, elle bat ses camarades de*

classe, ses cousins et ses cousines. Elle refuse catégoriquement de se séparer de ses parents, et à la maison
elle vit accrochée à sa mère. Cette dernière, qui est
médecin, comme son mari, est épuisée, d'autant plus
qu'elle doit aussi s'occuper de son autre petite fille,
Pauline, qui souffre d'une histiocytose, une affection
qui se manifeste par des problèmes dermatologiques.

Marjolaine adore dessiner des pharaons « malades », et c'est avec un certain plaisir qu'elle s'installe
sur un coin de mon bureau pour réaliser une de ses
œuvres. Dans son sarcophage, le roi est couvert de
boutons, des taches de couleur sombre comme les pla-
ques qui envahissent parfois le corps de Pauline. Le
dessin est l'occasion de la faire parler de sa petite
sœur malade. Marjolaine voudrait bien avoir la même
maladie pour que ses parents s'occupent d'elle comme
ils le font avec sa cadette. Mais elle va plus loin : si
sa sœur disparaissait, elle n'aurait plus à souffrir de
cette jalousie qui la dévore. Marjolaine a le sentiment
que ses parents médecins sont beaucoup trop pris par
les soins que requiert cette affection.

L'agressivité de Marjolaine et son hyperaffectivité
vis-à-vis de sa mère sont les manifestations d'une
dépression. Plus elle nourrit de mauvais sentiments
envers sa sœur, plus elle se cramponne à sa mère qui
la supporte de moins en moins bien et l'isole chez ses
grands-parents. Les relations entre la mère et la fille
se dégradent ainsi de semaine en semaine.

Pour calmer les choses, je conseille aux parents
de séparer les deux enfants en les faisant séjourner
alternativement chez leurs grands-parents. Cette technique est toujours utile lorsque les relations familiales
sont tendues car les grands-parents apportent souvent
un soutien individuel de grande qualité. Pour éviter
que l'enfant séjournant chez eux n'ait le sentiment

d'être abandonné, les parents sont invités à aller y déjeuner à tour de rôle, ce qui permet une rencontre individuelle avec la petite fille isolée.

Marjolaine a ainsi guéri de son état dépressif, Pauline de sa maladie et la rivalité qui opposait les deux petites filles a été gommée.

La maladie mobilise toujours toutes les compétences des parents, et les soins infirmiers comme affectifs prodigués à l'enfant malade le sont le plus souvent au détriment des autres enfants, qui peuvent le vivre comme un abandon. Certains expriment leur souffrance par la tristesse ou l'agressivité, toujours teintées d'une note dépressive.

Il est fréquent que la maladie impose à la famille certains choix financiers : le cadet doit accepter de ne pas partir en vacances à la neige parce que son frère handicapé moteur a besoin d'une thalassothérapie, l'aîné doit renoncer à son ordinateur personnel parce qu'il faut cette année changer le fauteuil roulant de sa petite sœur. Très souvent encore, les parents demandent aux enfants sains de devenir autonomes le plus vite possible afin de les libérer d'un temps précieux qu'ils souhaitent consacrer à l'enfant malade : tel enfant doit apprendre à se passer de sa mère pour faire ses devoirs afin qu'elle puisse accompagner son frère ou sa sœur à leurs séances de rééducation, tel autre rentre seul de l'école dès l'âge de 7 ans car il est hors de question de laisser son frère ou sa sœur sans surveillance à la maison. Toutes ces contraintes, toutes ces brimades entretiennent l'idée que les parents ont des préférences, qu'il y a au sein de la fratrie un chouchou, un « petit chéri » qui est naturellement jalousé. Ces sentiments sont souvent renforcés par l'attitude des parents qui idéalisent l'enfant malade : il est le plus affectueux, le plus intelligent, le plus gentil, comme si la maladie ou le handicap gommaient tous les défauts et tous les travers. Certains enfants sains vont même jusqu'à envier le sort de leur frère ou de leur sœur atteints.

Les rivalités sont très différentes selon le type de maladie qui frappe le frère ou la sœur, et ce quel que soit son rang de naissance. Les enfants classent les maladies en deux catégories : les « sympathiques » et les « antipathiques ». Par exemple, l'enfant souffrant d'un abcès, d'une ostéochondrite – maladie de l'os qui entraîne des lésions purulentes – ou ayant été amputé d'un membre éveille peu la rivalité fraternelle. En revanche, face à un frère ou une sœur leucémiques fortement idéalisés par leurs parents, bénéficiant lors de leurs hospitalisations de la visite de clowns ou de musiciens, l'enfant sain peut souhaiter être atteint d'une maladie semblable pour recevoir de telles attentions.

On est toujours interloqué d'entendre l'aîné ou le cadet d'un enfant cancéreux déclarer qu'il voudrait aussi un cancer mais « à condition qu'il guérisse ». Le pronom personnel « il » a ici un double sens, désignant à la fois le cancer et le malade : l'enfant souhaite avoir la maladie de son frère ou de sa sœur mais pas en mourir, tout comme il espère qu'il ou elle en guérira. Il est donc soumis à un double mouvement psychique contradictoire : la manifestation d'une agressivité et son annulation. L'enfant sain s'identifie à l'enfant malade mais en faisant abstraction de la fatalité du mal.

La jalousie exprimée par les frères et sœurs, leur désir préconscient d'être eux aussi malades et handicapés apparaissent comme centraux dans leur organisation psychique ultérieure. Bien que courants, voire systématiques, ces sentiments sont très mal perçus par les parents. Ceux-ci souhaitent en réalité que leur enfant sain se transforme en un « petit parent » d'enfant handicapé qui comprendrait toutes leurs difficultés. Ils veulent lui faire partager leurs soucis en lui demandant de supporter en silence un frère instable de caractère ou de jouer avec une sœur qui se comporte comme un bébé. Ils interprètent ses réticences comme un « contre-transfert », un refus de se conformer au modèle qu'ils représentent.

Pourtant, il m'arrive de rencontrer des enfants, souvent des adolescents ou de jeunes adultes, entièrement dévoués à leur frère ou à leur sœur en difficulté.

Jérémie et Kévin, qui ont environ dix-huit mois de différence, sont aujourd'hui âgés de 23 et 21 ans. Jérémie est devenu hémiplégique à la suite d'un accident de moto. Le drame s'est produit il y a plus d'un an alors que les deux frères revenaient ensemble d'un anniversaire. Jérémie, qui conduisait, a été gravement blessé alors que Kévin s'en est sorti avec quelques égratignures. Depuis, le cadet ne quitte plus son frère et lui est entièrement dévoué. Étudiants tous les deux, ils partagent le même appartement et les mêmes amis. Kévin ne sort jamais sans Jérémie. Ils sont presque aussi proches que des frères siamois.

Kévin est tout à fait conscient du fait que c'est la culpabilité qui l'unit à son frère : il se sent d'abord coupable d'avoir insisté pour qu'ils aillent à cette fête en moto, mais aussi d'être sorti indemne de l'accident. Heureusement, Kévin n'était que passager : quelle aurait été sa douleur s'il avait été le conducteur ! Étudiant en droit, il a décidé de se spécialiser en droit commercial pour monter une entreprise avec son frère, qui est en dernière année d'école de commerce.

Il n'est pas rare que certains aînés parviennent à sublimer le malheur qui frappe leur fratrie. Ainsi, il y a quelques années, une étude portant sur les motivations des étudiants en psychomotricité et en orthophonie à la faculté de Marseille a montré l'importance de leurs histoires personnelles dans ce choix professionnel. En effet, un grand nombre d'entre eux avaient un frère ou une sœur handicapés. La sublimation du handicap peut même se produire très tôt dans une famille.

Emmanuel fête aujourd'hui ses 13 ans. Autour de la table, ses trois sœurs et ses parents l'encouragent à souffler ses bougies. Qui aurait pu imaginer le voir un jour ainsi, heureux au milieu des siens ? Emmanuel a été terriblement désiré car il venait interrompre une lignée de filles, mais la fatalité a voulu qu'il naisse autiste.

C'est sa famille qui l'a « sauvé », qui lui a permis d'échapper à une évolution dramatique de la maladie. Emmanuel a un père très présent, une mère incroyablement solide et d'un optimisme inébranlable, mais surtout des sœurs extraordinaires. Toutes trois ont compris qu'il représentait la « gloire de la famille », à la fois parce qu'il était né garçon et parce qu'il souffrait d'un handicap grave sur le plan de la communication. Elles sont alors entrées en rivalité affective, entre elles et avec leur mère, partageant le même optimisme sur l'évolution de l'affection de leur frère. Elles ont organisé ensemble une cothérapie familiale et se sont réparti les rôles, l'une jouant avec Emmanuel, l'autre l'assistant dans ses gestes quotidiens, la troisième l'accompagnant au centre de rééducation ou à la piscine.

Ces attentions se sont révélées très efficaces puisque Emmanuel a réussi à intégrer une école mater-

nelle. Et, chose incroyable, avec l'aide de ses parents, il s'est aussi fait un ami, autiste comme lui. Une amitié extrêmement profitable aux deux enfants, qui leur a permis de réduire leurs troubles de communication. Ils ont ensuite eu la chance d'intégrer la même classe d'une école spécialisée où cette évolution positive s'est poursuivie. Emmanuel a révélé de grandes capacités en arithmétique et des faiblesses en français, à l'inverse de son ami, plutôt doué en français et moyen en arithmétique. Tous deux ont progressivement accédé au langage.

Il semble que l'autisme d'Emmanuel ait évolué vers une psychose infantile lui permettant de vivre une vie de famille. Il doit bien sûr toujours être suivi médicalement, mais il a été convenu qu'il ne viendrait en consultation de pédopsychiatrie qu'une fois par an — une bonne nouvelle que le petit garçon a salué d'un : « Merci de ne plus me voir », montrant ainsi qu'il avait effectué son véritable passage dans la vie. Quant à ses sœurs, elles se sont toutes dirigées vers des carrières de soignantes, l'une envisageant de devenir psychosomaticienne, l'autre psychologue et la troisième pédopsychiatre.

LES MALADIES HÉRÉDITAIRES

Les maladies héréditaires posent d'autres questions aux frères et sœurs. C'est le cas par exemple de la myopathie. Si elle se déclare chez un aîné de 9 ou 10 ans, le cadet s'inquiétera très naturellement : « Est-ce que cela va m'arriver plus tard ? Suis-je porteur de la même maladie ? Et, sinon, suis-je bien l'enfant de mes parents ? Ce frère malade est-il bien mon frère ? »

A contrario, les maladies héréditaires peuvent renforcer le sentiment d'appartenance à une famille. Ainsi, si l'un des membres de la famille est atteint de diabète, tous les autres doivent être dépistés. Lorsque la gravité de la maladie est plus forte chez l'un des enfants, elle tend à le rapprocher du parent « transmetteur », renforçant ainsi sa filiation et sans doute ses attaches affectives.

De même, au sein d'une fratrie, des alliances peuvent naître autour d'un trouble commun. Si, dans une famille, deux enfants sur trois sont atteints de la même maladie génétique, ils développeront une certaine complicité en partageant les mêmes examens et les mêmes traitements ; le troisième, lui, sera quelque peu exclu. Il pourra même ne pas être reconnu comme faisant vraiment partie de la famille. Des sentiments croisés de jalousie se noueront alors : l'enfant sain sera jaloux de la maladie des deux autres et des avantages qu'ils en retirent sur le plan affectif tandis que ces derniers feront « jalousie commune » face à la santé du troisième.

Anthony est âgé de 10 ans, il est hémophile. Il a une petite sœur, Margot, âgée de 6 ans. Les deux enfants se disputent beaucoup et en viennent souvent aux mains. La mère s'interpose toujours en faisant remarquer à la fillette que, lorsqu'elle sera la maman d'un petit garçon, elle en fera tout autant. Ces propos n'apaisent en rien Margot qui cherche régulièrement à battre son frère, sachant pertinemment que ses coups provoquent chez lui des hématomes. De plus, elle a décidé de s'inscrire dans un cours de judo après avoir été refusée en boxe française. C'est un vrai garçon manqué.

Lors de la consultation, l'entretien individuel montre qu'elle a des difficultés d'identification sexuelle, marquées notamment par sa peur face à son désir de maternité. Elle me dit : « Je n'aurai pas d'enfant, ça fait mal au ventre et surtout, après, ils sont malades. » Plus tard, elle veut être enseignante. La mère est extrêmement blessée par les propos de sa fille. Elle les comprend d'autant moins qu'elle a été elle aussi sœur d'un frère hémophile.

Les ennuis de santé d'Anthony imposent une hospitalisation dans une institution. Margot veut le suivre. Puisque c'est bien sûr impossible, elle arrête de travailler en classe alors qu'elle était jusqu'alors bonne élève. Lorsqu'elle évoque la situation de son frère, elle dit que l'institution, c'est mieux que l'école puisque son frère a un éducateur rien que pour lui. Elle ajoute qu'au fond il vaut mieux être malade, « comme ça on s'occupe plus des enfants ».

La fatalité de la transmission de la maladie héréditaire – l'hémophilie touche les garçons mais ce sont les femmes qui la véhiculent – est à l'origine des difficultés dans cette relation mère-fille. Le placement d'Anthony en internat a plutôt eu tendance à les aggraver : en effet, la jalousie était presque devenue un médiateur, un mode de communication, un moyen de lutter contre la dégradation de ces rapports. La question qui obsède Margot est de savoir si sa mère, qui a transmis une « tare » à son frère, le préfère à elle, sa fille, qui va la transmettre à son tour. Il semble que, dans ce cas clinique, la petite fille exprime clairement le souhait de voir mourir son frère en le battant, donc en mettant consciemment sa vie en danger. Si elle ne supporte pas son éloignement en internat, c'est qu'elle redoute encore plus le face-à-face avec sa mère, qui lui rappelle en permanence le poids de son hérédité.

Dans d'autres cas, le cadet sain réagit beaucoup mieux à la maladie de son ou de ses aînés.

Rémy et Sylvain, son cadet, sont tous deux atteints de la même maladie génétique, une « fragilité du chromosome X ». Elle se manifeste par une instabilité motrice et des troubles du langage. Dans la plupart des cas, on craint que les symptômes ne s'aggravent avec l'âge.

Les deux frères sont suivis par un institut médico-pédagogique et extrêmement entourés par des parents « combatifs ». La façon dont le diagnostic a été établi a des répercussions paradoxales sur leurs relations : Rémy se sent coupable de l'état de Sylvain alors que la maladie a d'abord été diagnostiquée chez ce dernier et que c'est le retard de développement de Rémy qui a fait supposer qu'il était aussi atteint.

Les deux garçons sont en conflit permanent et montrent beaucoup d'agressivité. Ils évoluent très différemment : Rémy s'intègre plutôt bien dans un centre d'aide au travail et acquiert une certaine autonomie ; Sylvain, en revanche, n'évolue pas très bien, il reste fragile, extrêmement sensible, comme si la blessure narcissique due à sa maladie était plus importante que son handicap chromosomique.

Près de dix ans après la naissance de Sylvain, les parents décident d'avoir un autre enfant : c'est une petite fille, Anaïs. Elle est porteuse de l'anomalie génétique mais celle-ci ne se déclare pas chez les filles. Anaïs ravit ses parents car elle se développe parfaitement. Elle est même particulièrement bien équipée sur le plan psychomoteur et psychologique. Rémy et Sylvain en souffrent et sont extrêmement jaloux. Ils la bousculent, la pincent, volent ses jouets et empruntent son biberon. Ils manifestent une incroyable régression, deviennent insupportables et souffrent de troubles du comportement. Les parents craignent qu'ils ne devien-

nent dangereux pour le bébé. Mais Anaïs ne se laisse pas faire : à peine âgée de 3 ans, elle se défend bec et ongles contre ses frères. En grandissant, elle devient de plus en plus autoritaire. Aujourd'hui, à 6 ans, c'est une véritable « petite commandante » qui fait filer doux ses frères.

Toutes les maladies héréditaires bouleversent l'équilibre des familles par leur caractère transgénérationnel et aléatoire. Dans certains cas, un seul gène déficient suffit pour qu'apparaisse la maladie, dans d'autres, deux gènes déficients doivent se rencontrer pour qu'elle se manifeste. L'hémophilie, par exemple, pose le délicat problème de savoir quelles sont, parmi les filles de la famille, celles susceptibles de transmettre la maladie, car toutes ne sont pas forcément porteuses. Quoi qu'il en soit, il me paraît impensable de traiter un enfant souffrant de troubles de la personnalité, porteur d'une maladie héréditaire ou d'une quelconque affection sans tenir compte des retombées de cette situation sur ses frères et sœurs en bonne santé.

LE DON D'ORGANE ENTRE FRÈRES ET SŒURS

Lorsque je reçois Laurence, je suis assez impressionné par cette jeune fille brillante, élève en khâgne. Elle vient de perdre son frère, tout juste âgé de 21 ans. Frédéric, atteint de leucémie, n'a pu être sauvé malgré une greffe de la moelle, don de sa sœur aînée Claire. Laurence aussi aurait pu être la donneuse puisqu'elle était compatible, mais les médecins ont jugé qu'elle était un peu trop jeune.

Laurence me raconte qu'au moment du décès de son frère, elle était en stage aux États-Unis. Ce sont

donc ses parents et sa sœur aînée qui l'ont accompa-
gné dans la mort. Laurence a appris la nouvelle par
ses hôtes américains, qui, à la suite d'un malentendu,
ont cru devoir se charger du douloureux message. Elle
a eu bien sûr beaucoup de peine, mais elle a fait son
deuil normalement.

Pourtant, quelques mois plus tard, elle vient en
consultation car elle se sent dans un état dépressif.
Elle parle de tous ces événements avec facilité et dit
comprendre que ses parents lui aient caché l'agonie de
son frère pour ne pas la faire rentrer des États-Unis
en catastrophe. Mais cette indulgence ne chasse pas le
sentiment de culpabilité qu'elle éprouve vis-à-vis de
son frère, qu'elle a toujours considéré comme étant le
préféré de la famille. Surtout, elle regrette de n'avoir
pu le sauver. Elle en veut aussi à sa sœur d'avoir été
choisie pour ce faire, et ajoute : « Après tout, c'était
mon frère autant que le sien. » Laurence souffre
aujourd'hui d'une rivalité avec sa sœur, mais aussi
avec son frère à titre posthume.

Dans les situations de don d'organe, il est fréquent
de rencontrer chez le donneur un sentiment de culpabilité lorsque son don a été inutile, mais c'est beaucoup
plus rare chez les autres membres de la fratrie, non
donneurs. Le donneur se reproche en fait de ne pas
avoir été suffisamment performant médicalement, de
ne pas avoir suffisamment aimé son frère ou sa sœur
receveurs pour le ou la sauver.

Donner un peu de moelle, donner un rein, c'est bien
autre chose que donner son sang. Quelle liberté de
décision les parents laissent-ils au donneur ? Car donner une partie de son corps n'est jamais évident, que
ce soit pour un étranger ou pour un frère ou une sœur
– un élément que beaucoup de parents oublient de

prendre en compte tant ils sont persuadés que le corps de leur enfant, issu de leur propre chair, leur appartient. Le donneur peut avoir le sentiment d'être un objet dont ses parents réclament l'usage, que son corps leur est dû pour venir en aide à un enfant malade souvent idéalisé. Ce partage n'est-il pas en réalité imposé ?

Tout donneur doit être parfaitement consentant mais, en pratique, dans la fratrie, le refus est impossible : comment serait vécu, dans le cas d'un enfant néphropathique, le refus de son frère ou de sa sœur de lui donner un rein alors que la nature leur a « fait cadeau » de cet organe en double ? Bien des donneurs envisagent certainement de dire non, mais ils savent qu'en refusant ce sacrifice ils détruisent leur famille. C'est un vrai drame cornélien ! Le don d'organe renvoie au fonctionnement de la famille. Pour les parents, le raisonnement est simple : « Je t'ai fabriqué, j'ai fait ton corps, donc j'en suis un peu le propriétaire. Comment pourrais-tu refuser de sauver ton frère ou ta sœur en leur donnant un morceau de ce corps puisque nous sommes une famille et que l'amour nous unit ? »

Les difficultés surgissent au moment de la décision, elles s'aplanissent sans doute quand la greffe prend, mais elles décuplent en cas d'échec. Quel que soit l'âge du donneur, il ne manque pas d'être persuadé que ses hésitations secrètes sont à l'origine du décès de son frère ou de sa sœur. En bref, il l'aurait tué(e) ! L'échec du don d'organe entre frères et sœurs est toujours particulièrement douloureux et exige l'accompagnement et le suivi psychologique du donneur. Celui-ci peut souffrir d'un profond sentiment de culpabilité. À l'inverse, lorsque la greffe réussit, le donneur veut être reconnu comme un être honorable, voire comme un véritable héros puisque son dévouement et la force de son corps ont permis de sauver son frère ou sa sœur.

Les dons d'organe n'ont pas tous la même valeur ni les mêmes conséquences psychiques : offrir un morceau de son foie est plus compliqué que donner un rein, le sacrifice d'une cornée n'est pas comparable au partage d'un peu de moelle. Certains dons sont impossibles : ainsi, il est impensable qu'un homme donne son sperme à son frère stérile pour qu'il ait un enfant avec sa belle-sœur alors qu'une femme donnera avec bonheur un ovule à sa sœur pour qu'elle devienne mère comme elle. Il y a donc une gradation ahurissante des dons d'organe, sur des bases exclusivement psychopathologiques.

La problématique du don d'organe dans la fratrie a encore une autre facette : quelle peut être la réaction des frères et sœurs d'un adolescent mort accidentellement et dont les parents autorisent le prélèvement des organes ? De façon tout à fait étonnante, on constate qu'ils craignent à tout moment de croiser celui ou celle qui a reçu un peu de leur frère décédé, qu'ils ne peuvent imaginer en morceaux. Ces fantasmes sont encore plus perturbants s'ils ne s'entendaient pas bien avec lui. On comprend mieux ainsi pourquoi il est important, pour l'équilibre psychique des personnes et pour celui de la société, que le don d'organe respecte l'anonymat du donneur, faute de quoi le receveur pourrait s'imaginer être un peu le frère ou la sœur du donneur et de sa fratrie – des relations impossibles à vivre sur le plan psychique.

La science du vivant a le pouvoir extraordinaire de lancer sans cesse de nouveaux débats. Les fécondations *in vitro* posaient déjà le problème de frères et sœurs jumeaux ou triplés dont la naissance à des dates éloignées organisait des rangs de fratrie. Voici maintenant que, grâce au diagnostic préimplantatoire, il est possible de faire venir au monde un enfant dans le but de soigner son frère ou sa sœur malades.

Régulièrement, la presse nous conte de drôles d'histoires de famille. Il s'agit le plus souvent de couples vivant aux États-Unis (car de nombreux autres pays se sont dotés de lois bioéthiques interdisant ce type de pratiques) qui conçoivent des bébés-éprouvette et demandent aux médecins biologistes d'effectuer une analyse génétique afin de leur permettre de choisir, parmi les embryons, celui compatible avec l'enfant malade qu'ils veulent soigner. D'autres couples, dans une démarche comparable, conçoivent un enfant de manière naturelle, font très rapidement établir un diagnostic prénatal et, si le fœtus n'a pas les propriétés requises, ont recours à une interruption volontaire de grossesse.

Il y a quelques années, aux États-Unis, les parents de Molly, une petite fille souffrant d'une forme rare de leucémie, ont trouvé une équipe médicale acceptant leur projet et tenté cette aventure avec succès. Conçu par fécondation *in vitro* et sélectionné parmi une quinzaine d'autres embryons, Adam a donné un peu de sa moelle à sa sœur pour la guérir. Le fait divers a pris des allures de conte de fées puisque les deux enfants, posant dans les bras de leurs parents rayonnants, ont fait la une d'un grand nombre de magazines à travers le monde entier. L'histoire ne nous dit pas encore sur quelles bases Molly et Adam bâtissent leur relation fraternelle. Adam vit-il bien sa situation d'« enfant-médicament » ? Molly supporte-t-elle de vivre en permanence avec celui à qui elle doit la vie ? Et que serait-il advenu de ce petit garçon si la greffe n'avait pas pris, si, « par sa faute », Molly n'avait pas survécu, bref, s'il ne s'était pas montré à la hauteur de la mission que lui avaient imposée ses parents ? Avant même sa naissance, le destin d'Adam était tout tracé ; à peine conçu, il était déjà privé de liberté.

LE DÉCÈS DE L'ENFANT MALADE

La disparition d'un enfant est toujours un événement tragique. Les parents doivent accepter l'inacceptable et supportent généralement très mal le bouleversement de l'ordre générationnel de la vie. La mort d'un enfant, même si elle survient à la suite d'une longue maladie, est toujours injuste ; l'émotion est intense, difficilement contrôlable. Les parents, enfermés dans leur deuil, négligent le reste de la fratrie ou la contaminent par leur tristesse. L'idéalisation de l'enfant disparu donne à ses frères et sœurs le sentiment qu'ils ne pourront jamais l'égaler, ni sur le plan des performances intellectuelles, ni dans le cœur de leurs parents.

Comme toutes les disparitions, celle d'un enfant malade réorganise la famille, modifie la place de chacun dans la fratrie. Le décès d'un aîné pousse d'un cran l'enfant du milieu ou fait du cadet un enfant unique. Pourtant, dans l'idéal, il faudrait que chacun conserve son rang afin que le disparu garde une place symbolique dans la famille.

Bien que certaines disparitions soient prévisibles en raison de la gravité d'une maladie, rares sont les enfants capables de l'anticiper. L'idée de mort chez l'enfant est le résultat d'une longue évolution. Avant 5 ou 6 ans, il pense qu'elle est réversible et que la personne disparue reviendra un jour. Cela ne justifie pas pour autant de lui cacher la mort d'un proche : l'enfant petit doit « savoir », comprendre à l'aide de mots simples, pouvoir poser des questions et obtenir des réponses. Cette méthode est souvent la plus simple pour lui expliquer la dure réalité de la mort. En perdant un frère ou une sœur, l'enfant en bas âge perd un camarade de jeux, voire un modèle s'il est le cadet ; s'il est l'aîné, c'est un complice, un confident qu'il regrette. La sublimation de souvenirs communs et le temps l'aideront à surmonter sa peine.

Quelles qu'en soient les circonstances, la disparition d'un enfant provoque presque toujours chez ses frères et sœurs des réactions de culpabilité. En effet, qui peut se targuer de n'avoir jamais, en prise à des sentiments de jalousie, souhaité la mort de son cadet ou de son aîné ? Un désir souvent enfoui, caché au plus profond de soi, mais parfois aussi clairement exprimé en des termes vengeurs. Comment vivre avec un tel remords ? Comment ne pas croire à la magie de ses pensées ?

Une part non négligeable de mes consultations de pédopsychiatrie concerne des aînés ayant perdu un frère ou une sœur par mort subite du nourrisson.

Salomé, 6 ans, est une enfant dépressive. Ses parents sont persuadés que son état est la conséquence de la mort de son petit frère, victime de la mort subite du nourrisson il y a quelques mois. Selon eux, elle ne parviendrait pas à faire le deuil de ce cadet. Pourtant, la cause de son trouble est ailleurs.

Salomé, comme la plupart des aînés à l'arrivée d'un nouvel enfant, a souhaité, consciemment ou inconsciemment, la mort de son petit frère. Elle a imaginé qu'il se noyait dans la baignoire ou s'étouffait à force de pleurer – des scénarios catastrophe normaux et d'une grande banalité. Mais voilà, le hasard a voulu qu'ils deviennent réels, que la vraie vie rattrape sa pensée. Ainsi, bien qu'elle n'ait jamais eu l'intention de tuer son frère, elle se trouve dans la situation fan-tasmatique d'être sa meurtrière.

Le traitement psychothérapique de tels cas est passionnant. Il consiste à dire à ces enfants, les yeux dans les yeux, en l'absence de leurs parents, qu'ils souhaitaient la mort de leur frère ou de leur sœur et que ces pensées sont tout à fait normales. Ce sont des propos qu'ils acceptent d'entendre dans un entretien individuel. En effet, seul le psychiatre peut formuler de telles vérités ; les parents sont trop engagés dans leur deuil pour être capables de dire des choses aussi « terribles ». L'enfant se sent mieux dès lors qu'il comprend que ce qui le rend malheureux, c'est son sentiment de culpabilité et non sa culpabilité.

Généralement, je reçois ces aînés en consultation deux à trois ans après l'événement, alors que leurs parents viennent d'avoir un nouvel enfant. Ce cadet, comme le précédent, fait bien sûr resurgir des désirs de mort chez l'aîné, qui ne supporte pas l'idée que ses pensées puissent à nouveau tuer. C'est alors seulement qu'il manifeste des troubles psychiques visibles. Je pense qu'il serait utile de mettre en place des soins psychologiques pour ces enfants au moment même du drame.

Dans certaines circonstances, ce sont les enfants sains d'une fratrie qui aident les parents en difficulté. Mais parfois la jalousie se fige, s'organise sur un mode psychopathologique ou pervers. Elle occasionne dans les constellations familiales des blessures irrémédiables qui se reproduisent souvent de génération en génération. Les salles d'attente des psychiatres sont peuplées de frères et de sœurs sains mais qui se posent les mêmes questions que leurs parents et vivent les mêmes souffrances. Il est fondamental, et passionnant pour les pédopsychiatres, de faire de ces enfants en difficulté des alliés thérapeutiques.

9

Les fratries recomposées

Nicolas a 9 ans et demi, il suit brillamment sa classe de CM 1. Ce petit garçon m'est adressé par son médecin généraliste. Il a parfois des migraines, très souvent des maux de ventre, et son angoisse face à tout changement imprévu s'exprime par une énurésie. Ces perturbations ont commencé au moment de la séparation de ses parents alors qu'il avait 2 ans et demi.

La fratrie de Nicolas est plutôt compliquée. Il a un frère biologique, Olivier, de 8 ans et demi, qui est aussi en CM 1, un demi-frère, Alban, de 4 ans et demi, né du second mariage de sa mère, et une demi-sœur, Lara, de 8 mois, issue de la troisième union de sa mère. Il dit ne pas avoir vraiment de problèmes avec ses frères et sœurs bien qu'aussitôt après il reproche à Olivier d'être turbulent et à Alban d'être une incroyable pipelette. Seule Lara n'est pas égratignée. Il juge donc ses frères comme des compagnons de vie fatigants alors que sa petite sœur, grâce à leur grande différence d'âge, apparaît comme un « ange » rédempteur des deux autres.

Nicolas me confie que « le problème, c'est pas tellement eux mais peut-être mes parents ». Je lui demande s'il aurait souhaité que ses parents restent unis. Sa réponse est clairement négative : « Déjà, divorcés, ils se disputent, qu'est-ce que ce serait s'ils n'étaient pas séparés ! » Nicolas évoque à ce propos un dernier sou-

venir : le mois dernier, il s'est luxé le poignet en faisant le « poirier », ce qui a provoqué entre ses parents un important conflit.

Cet exemple montre qu'un enfant est capable de somatiser, voire d'aller jusqu'à l'accident, pour exprimer ses difficultés au sein de sa fratrie. Son traitement se fera en deux temps : une médiation corporelle avec relaxation lui permettra d'entreprendre ensuite une psychothérapie efficace.

Laurent présente à 11 ans toutes les caractéristiques d'une dépression infantile. Il ressent une profonde anxiété due à la séparation de ses parents, qu'il a, me dit-il, « mal digérée ». C'est un enfant qui a des idées noires et ne se sent mieux que lorsqu'il est avec sa mère. Il doit réussir à mettre fin à cette trop grande fusion qui l'empêche véritablement d'entrer dans l'adolescence.

Mais son histoire n'est pas si simple. Il y a un an, il a été opéré d'une malformation cardiaque diagnostiquée tardivement. Cette intervention a accentué son état dépressif car il se sent coupable d'être né ainsi. De plus, la situation très particulière dans laquelle se trouve sa petite sœur de 5 ans et demi le perturbe aussi profondément. En effet, cette enfant est rejetée par son père, qui pense qu'elle n'est pas de lui. Pendant longtemps, lorsque Laurent allait en visite chez son père, il était interdit de parler d'elle. Il a fallu que sa mère fasse procéder à des tests génétiques pour que son ex-mari en accepte la paternité et soit contraint à lui donner le même nom de famille que Laurent. Ce jeune garçon entretient donc avec sa sœur des relations fraternelles compliquées fondées à la fois sur l'attraction

*et la répulsion. On comprend mieux ainsi pourquoi son
équilibre psychique est si fragile.*

Ces deux cas cliniques mettent bien en évidence les
difficultés que fait naître, presque inévitablement, la
séparation des parents. Même si le divorce est préparé
et bien organisé, si les enfants sont laissés en dehors
du conflit, ils le subissent toujours, quel que soit leur
âge. Les parents, d'ailleurs, ne s'y trompent pas : ils
sont de plus en plus nombreux à venir me consulter
juste après avoir pris la décision de se séparer et à
souhaiter mettre en place une action de prévention psychologique pour éviter que leur rupture n'occasionne
des troubles chez leurs enfants.

En effet, le bouleversement affectif des enfants à
la suite d'une séparation est majeur puisqu'ils doivent
apprendre à vivre avec maman et sans papa, ou inversement. La présence de frères et sœurs ne peut être considérée comme un soutien car chacun vit ses propres
difficultés. La communication dans la fratrie est
d'autant plus difficile que chaque enfant a tendance à
s'isoler, à se replier sur soi, tout particulièrement les
plus petits, et à se demander s'il n'est pas la cause du
désaccord parental. Certains enfants peuvent manifester leur trouble par une grande instabilité, qui bien évidemment perturbe les relations avec leurs frères et
sœurs.

Lorsque les membres de la fratrie évoquent ensemble la séparation de leurs parents, ce sont les plus jeunes qui questionnent leurs aînés sur l'éventualité du
divorce à plus ou moins long terme et sur ses conséquences pratiques. Les interrogations restent limitées
et permettent tout au plus d'extérioriser les angoisses.
Ce n'est qu'à partir de 7 ou 8 ans que les enfants peu-

vent comprendre les raisons de la séparation, sans pour autant parvenir à l'admettre.

Cela fait maintenant quatre ans que les parents de Noël sont séparés. Il était alors âgé de 5 ans. Il a perdu en même temps son père et son frère aîné, Tanguy, de sept ans plus âgé que lui. En effet, Tanguy, ne supportant pas d'être séparé de son père, est parti avec lui. Il n'est revenu vivre avec Noël et sa mère que trois ans plus tard, et pour une année seulement.

Je reçois Noël à la demande de sa mère. C'est un enfant triste à la maison, dépressif à l'école. Il a de bonnes capacités relationnelles puisqu'il s'entend bien avec le compagnon de sa mère et la compagne de son père, mais il aimerait s'entendre mieux aussi avec son frère. Ils ne se disputent pas, mais c'est pire puisque Tanguy l'ignore, ou presque. En fait, cet adolescent passe son temps devant sa console de jeux vidéo. Il ne parle plus à sa mère depuis le divorce et communique le moins possible avec sa famille. Je pense que ses jeux lui permettent de s'isoler, de couper tout lien avec sa mère, et donc de lutter contre la souffrance due à la séparation de ses parents.

Noël, finalement, est plus cohérent : il est heureux d'avoir un frère et souhaite entretenir avec lui des relations normales. Mais il ne sait plus quoi faire. Il a même l'impression d'avoir perdu le goût de la fraternité, et c'est compréhensible puisque son frère aîné se comporte en enfant unique, statut qu'il a connu longtemps avant la naissance de Noël : il rejette sa mère, lui reproche implicitement de lui avoir donné un petit frère et fuit chez son père pour redevenir enfant unique. Noël doit malheureusement s'adapter au mieux à cette situation. Il a besoin de l'aide d'un tiers pour exprimer régulièrement sa souffrance.

Aujourd'hui, près de quatre mariages sur dix échouent et se terminent par un divorce, ce qui signifie qu'un grand nombre d'enfants subissent cette séparation. En France, un million d'entre eux vivent ainsi séparés d'un de leurs parents. Encore ces statistiques ne tiennent-elles compte que des enfants nés à la suite d'un mariage officiel rompu par un acte juridique. Il faut donc leur ajouter ceux nés de couples concubins, dont la séparation passe inaperçue si elle ne pose pas de problèmes particuliers en matière de partage de la garde des enfants et de répartition des biens, c'est-à-dire si elle se fait à l'amiable entre les parties.

Les divorces sont de plus en plus fréquents, notamment dans les quatre premières années de vie commune, au moment où le couple vient tout juste de fonder une famille. Mais le divorce touche aussi les couples plus mûrs, ceux dont les enfants entrent dans l'adolescence. À noter que, depuis quelques années, les grands-parents eux-mêmes divorcent, faisant perdre aux enfants une importante référence familiale historique.

LE COUPABLE EST PARMI NOUS

Le divorce ou la séparation du couple parental créent des problèmes originaux dans la fratrie. Chaque enfant vit ce bouleversement de manière différente. Beaucoup de paramètres entrent en ligne de compte : l'âge, bien sûr, le tempérament, le rang dans la fratrie et l'histoire personnelle au sein de la famille.

La séparation d'un couple chargé de famille ne survient jamais brutalement. Elle est le résultat d'une période plus ou moins longue de conflits ou fait suite à l'absence prolongée de l'un ou de l'autre, que les enfants interprètent souvent comme soudaine et incompréhensible. Ils ne sont pas dupes des explications fournies par leurs parents. Ce climat délétère fait presque toujours naître un sentiment d'insécurité dans la fratrie : les enfants constatent que les relations entre leurs parents se détériorent, ils sentent que quelque chose change mais sont incapables de prévoir jusqu'où cette mésentente peut aller et quelles en seront les conséquences. Même si beaucoup d'entre eux connaissent le mot « divorce » grâce à leurs petits camarades de classe, ils en ignorent les tourments affectifs.

Souvent, dans un premier temps, en réaction aux disputes parentales et aux absences inexpliquées, les liens affectifs entre frères et sœurs se renforcent, comme s'ils essayaient de recréer entre eux le sentiment de sécurité que le couple parental ne peut plus assurer. Mais cette solidarité dans l'adversité ne résiste pas toujours à la dégradation des relations conjugales, notamment lorsque la rupture est consommée. De nouvelles rivalités fraternelles peuvent alors s'exprimer.

Cédric et Sarah sont en conflit permanent. Ils s'entendent comme chien et chat. Leurs parents se sont séparés immédiatement après la naissance de Sarah. Tous deux vivent avec leur mère et voient leur père régulièrement au domicile des grands-parents paternels.

Le jugement de Cédric est clair : sa sœur est infernale, elle l'embête en permanence. Mais, surtout, sa mère s'occupe davantage d'elle que de lui. La preuve : elle fait à Sarah des câlins interminables avant le coucher alors qu'elle le gronde lorsqu'il vient lui dire bonsoir et le dispute toujours parce qu'il ne dort pas. Cédric est persuadé que toutes ces remontrances sont dues à sa sœur. Sa mère reconnaît qu'elle est assez autoritaire avec lui parce que, dit-elle, elle se retrouve en lui : il a le même caractère et lui ressemble beaucoup physiquement.

Cédric surveille en permanence les faits et gestes de sa mère envers sa sœur, mais il se montre aussi fin observateur, voire espion, pour mesurer l'affection de sa sœur pour sa mère. Déjà, lorsque sa mère était enceinte, il ne voulait pas avoir de sœur. Il tapait sur son ventre et bousculait le berceau encore vide. Il disait préférer avoir une petite cousine qui aurait le même âge que lui car elle, au moins, n'habiterait pas avec lui. Aujourd'hui, il avoue avec beaucoup d'émotion être persuadé que, si ses parents ne vivent plus ensemble, c'est à cause de sa sœur « puisqu'ils se sont séparés à son arrivée ».

Je rencontre assez souvent des situations similaires à celle-ci. Ainsi, il est fréquent que le plus jeune de la famille, parfois conçu pour « recoller » le couple, soit perçu par les aînés comme le symbole de son échec. Les enfants connaissent très tôt le principe de cause à effet, c'est lui qui gouverne leur existence : lorsqu'ils sont gentils, ils ont une récompense, lorsqu'ils font des bêtises, ils sont punis. La séparation de leurs parents, vécue comme une punition ultime, est donc logiquement imputable à l'un des membres de la fratrie. Ils aiment trop chacun de leurs parents pour le désigner comme coupable. D'ailleurs, aucun parent ne fait l'aveu de sa culpabilité à ses enfants.

Tout phénomène nouveau ou incompréhensible pour eux donne alors lieu à des interprétations abusives qui se transforment en preuves. La naissance d'un autre enfant, toujours dérangeante, est l'événement idéal pour faire naître toutes les suspicions. Les enfants remarquent que, depuis que le dernier-né est là, leur mère n'est plus tout à fait la même : elle est moins attentive, plus triste, s'énerve plus vite... Ils ne peuvent comprendre que cet état dépressif est « normal » après une naissance, ni imaginer que cette morosité est due à la mésentente du couple. S'appuyant uniquement sur la concomitance des faits, ils tiennent donc le « petit dernier » pour responsable de la séparation des parents – un jugement qui semble confirmé par l'attitude du cadet qui, en raison de son âge, paraît moins souffrir qu'eux.

Car la souffrance due à la séparation s'exprime de façon variable en fonction de l'âge des enfants. Les plus petits manifestent leur anxiété par l'inhibition, le repli sur soi ou, au contraire, par une forte agressivité dont les frères et sœurs sont les victimes toutes trouvées. Les enfants plus âgés peuvent éprouver des sentiments de honte et de culpabilité ; mal dans leur peau, ils entretiennent des relations difficiles avec leurs frères et sœurs.

Cependant, le temps atténue en partie la douleur car, malgré l'évidence de la séparation, les enfants d'une même fratrie gardent longtemps l'espoir que tout redevienne comme avant – une manière inconsciente de se rassurer.

Ségolène ne sait pas réellement pourquoi elle vient me voir. Ses parents, eux, se plaignent de sa tendance à la fabulation et de ses mauvais résultats scolaires. Sa mère souligne qu'elle a des difficultés de concentration.

Ségolène est ravissante et, bien qu'elle n'ait que 10 ans, sait précisément ce qu'elle fera plus tard : elle sera comédienne. Elle est la benjamine de deux sœurs, l'une de 20 ans qui a interrompu ses études pour tra-

vailler, l'autre de 16 ans qui redouble sa seconde en raison de difficultés scolaires. Ni son père ni sa mère n'ont fait d'études supérieures. Ségolène porte donc toutes les ambitions intellectuelles de la famille. Croyant bien faire, ses parents l'ont placée dans un établissement réputé pour son haut niveau, et c'est sans doute ce qui explique ses difficultés du moment : sa scolarité étant moyenne depuis longtemps, elle s'est retrouvée assez rapidement en échec.

En revanche, sa mythomanie et ses problèmes de concentration sont dus à un autre événement : depuis près d'un an, ses parents vivent quasi séparés. Son père ne parvient pas à décider s'il veut rester ou refaire sa vie : il part, revient quelques jours, repart, réapparaît... Face à cette séparation à « éclipses », Ségolène doit imaginer à longueur de temps l'évolution de sa famille et mobiliser toute son énergie intellectuelle pour entretenir l'illusion que ses parents vont revivre ensemble. Ses rêves et ses fantasmes accroissent sa tendance naturelle à la fabulation.

Ségolène doit donc être aidée psychologiquement pour supporter le deuil que représente la perte de la parentalité. Peut-être ensuite trouvera-t-elle le dynamisme nécessaire pour se concentrer sur la poursuite de ses études.

Toutefois, avec le temps, les enfants doivent se faire une raison : jamais plus leurs parents ne revivront ensemble. Ils sont obligés de faire le deuil de leur vie de famille en organisant leur amour de manière différenciée. Les uns se sentent plus proches de leur mère alors que les autres ont plus d'affinités avec leur père. De violentes rivalités peuvent même éclater si les frères et sœurs prennent parti pour un parent au détriment de l'autre. À l'adolescence, notamment, les cliva-

ges sont forts en raison de la réactivation de la problématique œdipienne.

CHOISIR SON CAMP ET SON PARENT

La désunion des parents entraîne les enfants dans
une succession de situations familiales plus ou moins
transitoires. La plupart d'entre eux vivent d'abord avec
un seul parent, formant une famille « monoparen-
tale ».

De fait, la majorité des divorces laisse l'un des
parents dans une situation d'isolement qu'il subit et
dont il souffre. Certains traversent une période de
dépression qui a bien sûr un retentissement sur la vie
de toute la famille. Les frères et sœurs peuvent s'accu-
ser mutuellement d'être à l'origine de ce trouble, ou
encore considérer que l'un d'entre eux ne fait pas assez
d'efforts pour aider le parent en difficulté.

*Les parents d'Aurélie et Amanda sont séparés
depuis trois ans. Cette rupture tardive est très mal supportée par la mère des deux jeunes filles, qui a atteint
la cinquantaine. Elle ne parvient pas à faire face et sa
tendance dépressive est marquée par une grande tristesse et un manque total de projets d'avenir. Aurélie,
l'aînée, après avoir terminé ses études supérieures, a
quitté sa mère et sa sœur il y a six mois pour faire une
spécialisation dans une université à l'étranger. Depuis
son départ, Amanda, qui est en terminale, ne travaille
plus, préférant sortir presque tous les soirs et rentrant
fort tard dans la nuit. C'est en la voyant ainsi saboter
sa scolarité que sa mère me demande de la recevoir.*

*Notre entretien en tête à tête permet à la jeune fille
d'exprimer ce qu'elle ne peut dire à sa mère. Mainte-*

nant qu'elle vit seule avec elle, il lui faut en permanence l'entendre se plaindre et essayer de lui redonner
goût à la vie. Lorsque sa sœur était là, toutes deux se
partageaient la tâche, mais, aujourd'hui qu'elle doit
s'en charger seule, elle n'en peut plus et fuit la tristesse de sa mère. Surtout, Amanda en veut beaucoup à
Aurélie. Elle considère que sa spécialisation à l'étranger n'a été qu'un prétexte pour s'éloigner et vivre
enfin normalement, et elle refuse de devoir tout supporter.

L'une des grandes difficultés lorsque l'un des
parents reste seul avec ses enfants, c'est qu'il tend à
les transformer en confidents, les obligeant à partager
sa déception amoureuse. Les enfants sont alors en
situation de devoir consoler alors qu'ils ont besoin eux-
mêmes d'être rassurés sur l'amour du parent qui s'est
éloigné. Cependant, j'ai souvent constaté que les
enfants choisissent le camp du parent qui leur semble
le plus fragile et participent activement à sa défense.

Le divorce des parents peut aussi bouleverser la
répartition des rôles dans la fratrie. Ainsi, l'absence
d'un parent accentue souvent la responsabilité de
l'aîné : les filles pallient l'absence maternelle tandis
que les garçons prennent le relais de l'autorité paternelle disparue.

Une fois le divorce prononcé et la séparation
consommée, la vie des enfants s'organise entre deux
foyers. Il est rarissime qu'une décision de justice ou
même la volonté des parents entraînent l'éclatement de
la fratrie, et c'est d'ailleurs une bonne chose car la
séparation des frères et sœurs dans ce cadre signe souvent la fin de relations fraternelles normales.

Je reçois Lise dans le cadre d'une expertise juridi-

que car elle refuse de voir sa mère dont elle vit sépa-
rée. Il faut dire que son histoire est assez singulière.

Huit ans plus tôt, ses parents se séparent. Ils ont
deux enfants : Lise, 9 ans, Basile, 2 ans. Leur père ne
supporte pas l'idée de la séparation ; il est dépressif et
menace de se suicider si sa femme quitte le domicile
conjugal. Pour l'aider à surmonter sa solitude, la mère
décide que Lise restera avec lui et que Basile la suivra
chez ses parents où elle trouve refuge. Lise se voit ainsi
imposer le double rôle d'infirmière psychiatrique et
d'épouse de substitution.

Le temps passe, et Lise ne voit pratiquement plus
son frère ni sa mère.

Aujourd'hui, cette dernière se manifeste et souhaite
reprendre contact : elle veut se voir accorder un droit
de visite qu'elle n'avait pas demandé au moment du
divorce. Mais voilà, Lise refuse catégoriquement de la
revoir, ainsi que son frère, qu'elle nie faire partie de
sa famille.

Lise a plusieurs raisons pour adopter une telle atti-
tude. Non seulement elle s'est sentie abandonnée affec-
tivement, mais l'éloignement de sa mère l'a placée vis-
à-vis de son père dans une situation incestueuse au
plan affectif et non sexué. Si elle rejette aussi son frère,
c'est parce que, comme il était très jeune au moment
de la séparation, elle ne l'a pas vu grandir et ne par-
tage avec lui ni souvenir ni lien familial d'aucune
sorte. La séparation des parents a ainsi rendu impossi-
ble l'élaboration de relations fraternelles ; elle a effacé
les sentiments de fraternité.

La mère de Lise ne comprend pas l'attitude de sa
fille. Pourtant, celle-ci se comporte « normalement »
puisqu'elle veille sur son père fragile ; comme il n'a
pas refait sa vie, elle remplace aussi l'épouse partie.

Le plus souvent, au-delà des divergences et des rancœurs, les parents, tout comme les juges, sont convaincus de l'intérêt affectif de la fratrie et manifestent leur
volonté de préserver sa cohésion malgré le divorce. La
fratrie bénéficie ainsi plus qu'à tout autre moment
d'une image idéalisée qui l'encourage à se resserrer.
Elle est le contrepoids nécessaire à l'éclatement du
couple.

Le divorce implique toujours une « perte ». C'est le
plus souvent celle du père, puisque la justice confie
la garde des enfants à la mère dans la majorité des
séparations. Le droit de visite accordé au parent qui
n'a pas la garde ne peut suffire à combler l'absence au
quotidien. En outre, on assiste souvent à ce que
j'appelle le « syndrome OK Corral » (du nom d'un
centre de loisirs proche de Marseille) : du jour au len-
demain, le père se montre très disponible pour partager
des jeux et des loisirs avec ses enfants alors qu'avant
le divorce il ne l'était jamais.

Bon nombre d'enfants ont du mal à accepter l'éloignement du parent qui a décidé de quitter le foyer. Ils
refusent même parfois vigoureusement de lui rendre
visite. Les filles semblent plus « rancunières » que les
garçons. Depuis de nombreuses années, je participe
aux expertises réclamées par les juges en cas d'opposition d'un enfant à l'exercice du droit de visite parental.
En observant la situation des adolescentes refusant de
rencontrer leur père, j'ai très souvent mis en évidence
chez elles un trouble de l'identité sexuée. Si le couple
parental ne s'était pas séparé, elles auraient sans doute
souffert d'autres troubles phobiques de l'image masculine. Le divorce ne fait en réalité que révéler des perturbations psychologiques plus anciennes. Trop souvent dans ces situations, la mère est accusée à tort de

manipulation alors que la résistance se situe au niveau de l'adolescente.

La rencontre du parent « absent » dans le cadre d'un droit de visite, le temps d'un week-end ou pour quelques semaines de vacances, ne permet pas toujours aux enfants d'exprimer pleinement leur amour ni de recevoir toute l'affection qu'ils réclament. Ces heures comptées favorisent les jalousies. Les comparaisons pour déterminer quel membre de la fratrie en a le plus et le mieux profité sont source de frustrations. Et c'est encore plus vrai lorsque l'un des enfants refuse de se soumettre à ces visites : le frère ou la sœur qui ont pris beaucoup de plaisir à retrouver le parent absent deviennent à ses yeux des traîtres à la cause fraternelle ! L'intensité de cette désapprobation est bien sûr étroitement dépendante de l'état des relations du couple parental.

Je pense que les nouvelles dispositions légales permettant au parent qui n'a pas la garde de rester responsable de l'éducation de ses enfants devraient aider notamment les pères à entretenir avec eux une plus grande proximité et éviter qu'ils ne « démissionnent ». Il est important qu'ils restent un pôle d'identification et un agent de séparation entre la mère et ses enfants afin d'empêcher qu'une trop grande fusion, éventuellement renforcée par la désillusion amoureuse, ne s'installe.

Par ailleurs, l'instauration officielle de la garde alternée, qui prévoit que les enfants vivent pour des périodes identiques chez l'un puis chez l'autre parent, devrait garantir le maintien des relations affectives avec les deux parents au-delà du divorce. Bien que ce système présente un certain nombre de contraintes – la bonne entente des parents, leur proximité géographique et l'achat de nombreux objets en double, comme le matériel scolaire –, il me semble être le plus adapté à l'équilibre psychique des frères et sœurs.

Toutefois, la garde alternée apparaît trop souvent comme une solution idéale. Ne pourrait-on pas plutôt proposer l'*alternance* ? En d'autres termes, permettre au parent qui n'a pas la garde « officielle » (c'est-à-dire chez lequel l'enfant n'est pas officiellement domicilié) de voir son enfant toutes les semaines, par exemple le mardi et le mercredi, plutôt que pendant les week-ends (selon la formule 1-3-5, le premier, le troisième et le cinquième week-end du mois) et la moitié des vacances ?

INTÉGRER UNE NOUVELLE FAMILLE

Dans 85 % des cas, cette vie partagée entre deux familles monoparentales ne dure pas. Quelques mois ou quelques années après la séparation des parents, les enfants connaissent les « joies » de la famille recomposée. Papa, maman ou les deux retrouvent une âme sœur, se remarient ou deviennent concubins et reconstruisent une famille. C'est ainsi que naissent de nouvelles fratries, composées de demi-frères et de demi-sœurs, parfois même de « faux frères » ou de « fausses sœurs » lorsqu'il y a multiplicité des unions – et des séparations – parentales. Avec le temps, il peut être difficile de trouver sa place dans les ramures d'un arbre généalogique parfois impressionnant.

Tentons de résoudre ce petit problème de fratrie : Thierry et Véronique se marient, ils ont deux enfants puis se séparent. Thierry épouse Hélène qui a deux enfants. Véronique rencontre Étienne qui a deux filles. Ces nouveaux couples ont chacun un enfant ensemble, mais se défont. Thierry rencontre Cécile, qui a un enfant, et Véronique se remarie avec Gérard, père de deux enfants. De ces unions naissent deux enfants. De leur côté, Hélène et Étienne retrouvent chacun un partenaire qui a un enfant.

Combien cette famille compte-t-elle d'enfants, et combien sont demi-frères ou demi-sœurs[1] ?

Les familles recomposées ne sont pas vraiment une nouveauté. Dans des temps plus reculés, elles se constituaient généralement après la disparition d'un des parents. Le survivant se remariait et fondait une nouvelle famille. Le nouveau père prenait le nom de « beau-père », la nouvelle mère celui de « belle-mère », et elle se transformait parfois en « marâtre » lorsque les relations avec les enfants du « premier lit » se dégradaient. Il était rare que la totalité des enfants vive sous le même toit : ceux issus du premier mariage étaient le plus souvent envoyés en nourrice ou en pension pour éviter une cohabitation difficile.

L'un des plus beaux tableaux de famille recomposée « à l'ancienne » est offert par le conte de Charles Perrault, *Cendrillon*. Il commence ainsi : « Il était une fois un gentilhomme qui épousa, en secondes noces, une femme la plus hautaine et la plus fière qu'on eût jamais vue. Elle avait deux filles de son humeur, et qui lui ressemblaient en toutes choses. Le mari avait, de son côté, une jeune fille mais d'une douceur et d'une bonté sans exemple. »

Cette jeune fille, c'est Cendrillon, qui devient la servante de ses deux « fausses sœurs » – je dis bien

« fausses sœurs », car elle n'a avec elles aucun lien de sang. Cendrillon supporte leurs brimades et leurs remontrances sans broncher. Elle les aide même à se préparer pour le grand bal qu'organise le prince et les regarde partir en pleurant. Pourtant, la jeune fille, dans son malheur, a une alliée, une fée que sa mère bien avisée lui a donnée pour marraine. C'est elle qui permet à Cendrillon, réduite à l'état de souillon, de devenir en un coup de baguette une jolie jeune femme capable de séduire le prince et de faire valoir son droit au bonheur malgré les mauvaises intentions de ses deux mégères de sœurs.

Cette version est celle de Charles Perrault, mais voici la lecture qu'en font les psychiatres, et notamment Bruno Bettelheim.

Les deux sœurs de Cendrillon, rongées par la jalousie, mettent tout en œuvre pour exclure la pauvre fille de sa nouvelle famille. Les enfants que leur droit de visite conduit à rencontrer les nouveaux enfants du parent qui a refait sa vie et dont ils vivent séparés craignent toujours qu'une telle situation ne s'installe : le fils unique d'un couple séparé aura en effet le sentiment que la nouvelle fille de son père lui est préférée puisqu'elle vit en permanence avec lui.

La marâtre de Cendrillon la domine de son autorité et veut rivaliser de beauté avec elle. Il faut noter que, dans les contes, la mauvaise mère porte toujours ce nom afin que le lecteur ne puisse la confondre avec la mère, à l'image protectrice et bénéfique. De même, l'animosité mise en scène dans *Cendrillon* comme dans de nombreux autres contes s'exprime toujours entre des enfants de lits différents ; les auteurs cherchent ainsi à prouver implicitement qu'une telle haine est inconcevable entre frères et sœurs biologiques.

Jamais Cendrillon ne se rebelle ; elle se laisse

copieusement malmener par ses demi-sœurs. Sa doci-
lité est sans doute le résultat d'un sentiment de culpabilité : elle constate qu'elle n'a pas été capable de garder
sa mère auprès d'elle, et elle souffre du refoulement de
son attirance tout œdipienne pour son père. Elle a donc
mérité son mauvais sort.

Cendrillon est non seulement en butte à une rivalité
fraternelle, mais aussi à une rivalité sexuelle avec sa
marâtre ; en effet, son père la dit aussi belle que sa
première épouse… Ainsi, outre les thèmes de l'abandon, de la douleur du placement et des sévices physiques, le conte met en valeur celui des risques
d'inceste ; c'est pourquoi Cendrillon cache sa beauté
sous la saleté et se voit chargée des corvées les plus
dégradantes.

Cendrillon est une enfant parfaite, tant dans l'exécution des tâches qu'on lui confie que dans le culte de sa
mère disparue, sans oublier sa totale soumission à sa
belle-mère et à ses demi-sœurs. Pourtant, personne
autour d'elle ne semble s'en apercevoir. Ce sentiment
de ne pas être jugé à sa juste valeur est éprouvé par
tout enfant confronté à la rivalité fraternelle : il estime
que son mérite n'est jamais reconnu.

La vie de Cendrillon, assise dans le foyer et couverte de cendres, évoque à la fois l'époque heureuse
vécue aux côtés d'une mère chaleureuse et sa mort. Le
temps qui passe est symbolisé par le rameau de noise-
tier que Cendrillon plante sur la tombe de sa mère et
qui se transforme en arbre grâce à ses larmes. Mais
Cendrillon a d'autant plus de mal à faire le deuil de sa
mère que son souvenir est ravivé chaque fois qu'elle
croise le regard de sa marâtre.

L'arbre grandit, devient protecteur et doué de magie.
Les larmes fertiles de Cendrillon montrent que le souvenir de sa mère est vivant et que, à mesure que l'arbre

se développe, elle l'intériorise davantage. L'arbre devient fort, tout comme Cendrillon. Mais cela n'a été possible que parce que son père lui a offert la première branche. Ainsi, il approuve le rapprochement entre la mère et la fille, qui, en conséquence, s'éloigne de lui et peut maintenant tourner ses sentiments vers un autre homme. À partir de cet instant, les rivalités fraternelles n'ont plus de prise sur elle car, en sublimant son malheur, elle devient capable d'accéder au bonheur. Seul un prince pourra le lui offrir.

Le moment clé du dénouement de l'histoire est bien celui de l'essayage de la pantoufle de vair. Cet accessoire dans lequel se glisse une partie du corps en s'y adaptant parfaitement peut être considéré comme un symbole vaginal. De même, la matière précieuse dont est fait le soulier est fragile comme un hymen. Et, si Cendrillon s'enfuit du bal, c'est bien pour protéger sa virginité. Elle souhaite ardemment que le prince vienne la chercher pour lui passer la pantoufle au pied et, par la même occasion, la bague au doigt.

Cet épisode contient quelques scènes mémorables de rivalités fraternelles. Les demi-sœurs de Cendrillon sont prêtes à tout pour l'empêcher de réaliser son rêve. En se battant pour la pantoufle, elles se déchirent en fait pour obtenir les faveurs sexuelles du prince. Elles n'hésitent pas même à se mutiler pour réussir à glisser leur pied dans le soulier minuscule, exprimant ainsi l'un des aspects du complexe féminin de castration si cher aux théories freudiennes. La pantoufle étroite qui reçoit le petit pied de Cendrillon confirme sa féminité éblouissante. Les grands pieds de ses sœurs les font apparaître au contraire masculines et peu séduisantes.

Le prince trouve en Cendrillon une femme « non castrée » qui apaise sa propre angoisse de castration et peut donc lui offrir des relations conjugales parfaitement satisfaisantes. Cendrillon accepte d'épouser le prince parce qu'il reconnaît son désir de pénis. En glissant son pied dans la pantoufle, elle affirme aussi qu'elle aura un rôle actif dans leurs relations sexuelles. Les deux demi-sœurs, elles, seront punies ; leur aveuglement face aux qualités de Cendrillon leur coûtera la vue.

Le thème de l'enfant malheureux repoussé par ses demi-frères et demi-sœurs est présent dans de très nombreux contes, mais je pense qu'il n'est plus représentatif des relations fraternelles dans les familles recomposées d'aujourd'hui. Les difficultés rencontrées par les enfants qui connaissent ce type de situation portent essentiellement sur le partage de l'amour des parents. D'ailleurs, de nos jours, dans la grande majorité des familles recomposées, les parents biologiques sont vivants et exercent une autorité parentale commune. Les parents séparés doivent s'efforcer de continuer à décider ensemble de l'avenir de leurs enfants, et leurs nouveaux partenaires doivent être considérés comme des pères et des mères d'accueil.

LA FRATRIE DES DEMI-FRÈRES ET DES DEMI-SŒURS

Certaines familles comptent une multitude de frères et sœurs. Ceux-ci ne vivent pas nécessairement ensemble mais se retrouvent à l'occasion des fêtes de famille. Certains enfants peuvent se découvrir des affinités, d'autres vivre leurs nouvelles relations fraternelles dans l'indifférence. Il est en fait assez fréquent que des enfants ayant peu de gènes communs se lient d'amitié, voire d'affection : ils trouvent dans cette fratrie élargie un ou deux garçons qui deviennent de vrais frères, plus proches que leur frère biologique, ou partagent l'affection d'une ou deux filles qui prennent dans leur cœur la place de leur sœur de sang. Les enfants prouvent ainsi qu'ils possèdent de remarquables capacités de socialisation, lesquelles s'expriment de façon précoce *in situ*, au sein des familles.

Toutefois, il ne faut pas oublier que les situations de conflit sont de loin les plus fréquentes, notamment lorsque les enfants sont encore petits ou traversent les bouleversements de l'adolescence. Le partage imposé de l'environnement est le facteur déclenchant, mais les rivalités entre demi-frères et demi-sœurs reflètent presque toujours le difficile partage de l'affection des parents. Les oppositions qui mettent nécessairement en jeu la passion se colorent parfois de haine.

Toutes ces perturbations affectives expliquent la forte agressivité qui peut s'exprimer vis-à-vis de celui ou de celle qui remplace le parent absent. Elle peut s'adresser directement à lui ou se retourner contre un parent biologique avec lequel les relations deviennent orageuses. Je pense que la séparation avec l'un de ses parents est toujours une épreuve, même si les études sociologiques affirment que les enfants peuvent s'épanouir au sein d'une famille recomposée.

Joséphine, 15 ans, est la deuxième d'une fratrie de quatre enfants. Elle s'entend plutôt bien avec ses deux cadets, un frère et une demi-sœur de 2 ans. En revanche, elle est en grande rivalité avec sa sœur aînée âgée de 17 ans, et leurs disputes sont extrêmement violentes.

Joséphine a perdu son père dans un accident de voiture il y a maintenant deux ans. Sa mère a refait sa vie avec le frère de son père, c'est-à-dire son oncle, qui est aussi son parrain. Ensemble ils ont eu une petite fille, Floriane. Les relations entre Joséphine et sa mère ont commencé à se dégrader dès l'annonce de la grossesse, l'adolescente refusant l'idée que sa mère ait des enfants d'un deuxième mariage. La jeune fille s'entend aussi très mal avec son « beau-père-oncle » car elle vit son union avec sa mère comme une trahison vis-à-vis de son père.

Le plus étonnant dans cette situation, c'est que Joséphine adore sa petite sœur. Elle trouve même beaucoup de réconfort à s'occuper du bébé quand elle ne va pas bien, comme si Floriane l'aidait à surmonter ses difficultés.

Je suis toujours surpris de constater à quel point les parents fondant une nouvelle famille sont persuadés que leurs enfants aimeront la personne dont eux-mêmes sont épris et pour laquelle ils ont rompu leur première union. Sans compter qu'ils leur demandent aussi, comme si cela allait de soi, d'aimer de la même façon les enfants de ce nouveau conjoint, avec lesquels ils vivent en permanence alors qu'ils ne voient les leurs que le temps d'un droit de visite. L'illusion de ces parents est énorme, et je me dois de leur révéler ce que pense, par exemple, un enfant séparé de son père par le divorce : « Papa élève un enfant de mon âge qu'il voit tous les jours, alors qu'il me voit, moi, si peu, et il faudrait que j'aime cet enfant ! » De telles situations créent inévitablement des modèles de rivalité.

Les adultes estiment toujours que leurs enfants doivent accepter leurs manières de penser et leurs positions ; ils ne voient pas qu'ils sont en *construction*, et non en *reconstruction*, comme eux, au niveau familial. En effet, en quelques années, les enfants ont établi des repères et des références identitaires dans leur famille biologique ; l'intégration dans une nouvelle famille leur demande nécessairement un effort supplémentaire. Tout est à refaire face à ces nouvelles représentations, qui peuvent d'ailleurs bousculer ce qui semblait acquis. Un faux frère peut être plus « admirable » qu'un vrai frère, une fausse sœur plus sympathique que la sœur biologique, ou encore une fausse grand-mère plus affectueuse que la vraie.

Aujourd'hui, bien des adultes croient pouvoir se contenter de dire la vérité à leurs enfants pour que tout aille bien. Mais les explications, voire les justifications, ne peuvent pas tout résoudre. La parole n'est pas magique, car derrière chaque mot il y a un sens qui varie en fonction du stade de développement de l'enfant. En réalité, il faut inverser le raisonnement : c'est aux parents de savoir où en sont leurs enfants dans leur développement pour comprendre les sentiments qui les bouleversent. On s'intègre pas à pas dans une nouvelle famille avec des difficultés différentes selon que l'on traverse la crise œdipienne, la phase de latence, ou encore que l'on entre dans l'adolescence. Une petite fille de 3 ou 4 ans qui voit son père s'installer avec une femme autre que sa mère et avec une enfant de son âge souffrira sans doute beaucoup et entretiendra des relations chaotiques avec ces nouvelles venues. De même, certains adolescents occupés à lutter contre leurs désirs incestueux supportent avec douleur le départ de leur mère qui souhaite vivre une nouvelle aventure amoureuse.

Fabrice et Juliette, âgés de 10 et 12 ans, traînent les pieds chaque fois qu'ils doivent aller en vacances chez leur père. Celui-ci, divorcé depuis quelques années, vit avec une femme mère d'une petite fille, Manon. Lorsque le frère et la sœur viennent en visite chez leur père, Manon leur prête gentiment sa cham-

bre. Mais, justement, le problème est là : Fabrice et Juliette ne supportent pas qu'elle laisse ses posters aux murs, et voudraient même qu'elle déménage sa chambre ! Cette attitude, qui peut paraître prodigieusement capricieuse, révèle une haine profonde envers Manon, qui a le seul tort de partager quotidiennement la vie de leur père.

Ce n'est pas un hasard si les difficultés se cristallisent souvent autour du problème du partage de la chambre. Pour l'enfant comme pour l'adolescent, la chambre est un lieu privé au milieu d'un espace collectif. Elle offre un domaine privilégié pour les jeux, le travail scolaire, les rêveries, le repos et l'intimité. Pour toutes ces raisons, c'est un lieu difficile à partager.

Dans de nombreuses familles recomposées, la chambre est attribuée de manière rationnelle en fonction du temps de présence effective de chacun. Mais la répartition est parfois très délicate. Les familles qui n'ont pas de problème d'espace offrent l'avantage de permettre à chaque enfant de garder sa chambre même lorsqu'il s'absente. En conservant son territoire, il a le sentiment de ne pas être en « visite » mais bien chez lui, même s'il n'est pas souvent là.

Néanmoins, il arrive que les enfants bouleversent l'ordre établi : ils font des échanges, se regroupent, provoquant l'éclatement des associations logiques par fratrie ou par âge. Lorsque, à certaines périodes, tous les enfants sont présents en même temps, ils peuvent soit se mélanger sans considération d'appartenance, constituant au gré de chacun une fratrie recomposée, soit au contraire ressouder les fratries biologiques. Ces mouvements géographiques et affectifs contredisent souvent l'idée bien établie que se font les adultes, parents et beaux-parents, de l'organisation de la vie au sein de la famille recomposée.

Toutefois, cette cohabitation doit être gérée avec beaucoup d'attention. Il est en effet important que les frères et sœurs biologiques gardent des moments privilégiés avec chacun de leurs parents. Les enfants ont besoin de manifestations affectives personnelles, de se sentir aimés pour eux-mêmes, de retrouver aussi leurs grands-parents. Bref, ils veulent se savoir intégrés à un clan, à une famille avec laquelle ils partagent des valeurs et des souvenirs.

La naissance d'affinités entre demi-frères et demi-sœurs est loin d'être évidente. On ne peut les comparer à des amis, puisqu'ils ne se sont pas choisis, et pourtant ils doivent beaucoup partager ensemble.

La consultation réunit une mère et ses deux enfants, Mario et Lorette. Le petit garçon souffre d'instabilité et cède régulièrement à de violentes colères. Quant à Lorette, dès les premiers instants, elle monopolise l'espace et l'attention : elle parle à tout le monde, s'agite, tandis que son frère, tranquillement assis sur son siège, la regarde.

Cette famille est recomposée : Mario est né d'une première union et voit son père assez régulièrement ; Lorette, elle, est issue du deuxième mariage de sa mère. Les enfants ont vécu six mois séparés avant que cette dernière ne reprenne la garde de son aîné.

Brusquement, au cours de la consultation, Lorette se tourne vers sa mère et prétend que Mario a pleuré. Face aux dénégations de son frère, elle insiste ; lui se défend et s'énerve. Perdu, il finit par en appeler à l'arbitrage de sa mère. Mais, sans attendre sa réponse, la fillette se rapproche d'elle et lui parle dans le creux de l'oreille. La colère du petit garçon redouble de vio-

lence. « C'est tous les jours comme ça, explique la mère. Dès que ma fille s'approche de moi, il se met dans tous ses états. Et c'est la même chose avec mon mari. »

En fait, la petite fille s'amuse à provoquer des conflits avec son frère, puis à parler à l'oreille d'un de ses parents comme si elle lui livrait un secret. Et cela met Mario dans des colères noires : que peut-elle lui dire qu'il ne doit pas entendre ?

Par son attitude, Lorette montre à son frère qu'elle a avec ses parents une proximité que lui n'a pas, qu'elle a, contrairement à lui, un vrai papa et une vraie maman à qui se confier. Mario, lui, doit partager ses secrets entre ses deux parents, dont un père qu'il ne voit qu'à l'occasion des droits de visite. Sa sœur l'exclut de la famille « normale ». Or Mario est un petit garçon particulièrement sensible qui a beaucoup souffert de l'incarcération de son père pendant quelques mois.

Lorette utilise donc ses parents pour révéler sa rivalité fraternelle. En fait, ce n'est pas son demi-frère qui a besoin d'aide psychologique, mais elle, qui manifeste une attitude perverse à son égard. Lui ne peut que réagir par la colère. Cette enfant, « perverse polymorphe », comme le disait saint Augustin, pourra-t-elle renoncer aux bénéfices secondaires tirés du conflit qu'elle alimente ? Le remède à ces difficultés familiales passe nécessairement par les parents, qui doivent interdire à Lorette de leur parler à l'oreille en présence de Mario.

La vie quotidienne des familles recomposées exige une bonne organisation en raison de la complexité de la double résidence des enfants. La famille peut être nombreuse à certaines périodes et ne compter qu'un enfant unique à d'autres. Il est donc impossible de définir un modèle précis de famille recomposée tant les variantes sont légion. La fratrie recomposée peut être constituée de deux entités – les enfants nés d'une première union et les enfants communs au nouveau couple – ou de trois – les enfants nés précédemment de part et d'autre et les enfants communs. Tout ce petit monde se côtoie, à temps plein ou à temps partiel, au gré des visites.

Pour les enfants, les allées et venues et les passages d'un lieu à un autre sont souvent associés à des changements de mode de vie et à une nouvelle organisation de l'espace. Mais ils connaissent surtout des bouleversements dans les relations qui les unissent aux adultes et aux autres enfants. Ces mouvements, souvent déstabilisants, peuvent être vécus dans l'inquiétude. En fonction de leur âge et de leur caractère, certains s'adaptent, d'autres en souffrent. Mais, dans tous les cas, ils ont besoin d'un « sas », d'un espace-temps de transition qui leur permette de perdre les habitudes du foyer d'où ils viennent pour adopter celles du foyer où ils entrent.

Parfois, l'arrivée dans une famille « mosaïque » provoque un changement de rang, et donc de statut dans la fratrie. L'enfant peut le vivre comme un désagrément ou comme une chance. Mais certains ont bien du mal à trouver une place « confortable » dans chacune des familles.

De plus, l'enfant doit aussi, en changeant de lieu, passer d'un mode d'exclusivité parentale à un autre puisque la relation particulière qu'il avait avec ses deux parents n'existe plus. Il établit deux nouvelles formes de complicité marquées par des interactions différentes selon l'importance du temps passé chez l'un ou chez l'autre. Mais, quoi qu'il en soit, les recompositions familiales s'accompagnent toujours de processus psychologiques complexes en raison de la mise en place de liens affectifs nouveaux. Certaines étapes du développement psychologique des enfants et des modalités nouvelles dans la structure des relations familiales peuvent être à l'origine de troubles passagers ou de véritables crises. Mauvaise humeur, colères, inhibition, médiocres résultats scolaires, fugues, agressivité ou petits larcins en sont les manifestations les plus visibles.

Lucie vit une adolescence difficile. À 16 ans, elle a déjà fait cinq tentatives de suicide en s'ouvrant les veines. Elle souffre aussi d'hallucinations ; tout en restant immobile, elle a parfois l'impression de changer de pièce ou d'entendre des voix. Sa mère m'explique que ces comportements ont commencé avec le départ de son dernier frère, qui a quitté la famille pour se marier. Elle me raconte, assez joliment, que Lucie a eu « trois papas et deux mamans » – c'est ainsi qu'elle désigne les enfants qu'elle a eus d'un premier mariage et qui ont plus de seize ans d'écart avec sa dernière fille.

Lucie, en revanche, ne réussit pas à considérer son père comme tel. Bien qu'il soit relativement âgé (plus de 70 ans), elle voit davantage en lui, dit-elle, un frère avec lequel elle fait beaucoup de jeux de société et se dispute en permanence sur le choix des programmes de télévision. Je crois que, si Lucie, déjà fragile psychiquement avant le départ de son frère, a vu son état se dégrader par la suite, c'est parce que ce dernier, dont elle craignait l'autorité et qui lui ressemblait physiquement, était un pôle de stabilité dans sa vie, un peu comme un père.

Le comportement des parents joue un rôle primordial dans l'art et la manière de bien vivre au sein d'une fratrie recomposée. C'est à eux d'organiser des périodes de regroupement afin d'unir une fratrie régulièrement cassée par les droits de visite des uns et des autres. Ils susciteront ainsi le besoin de se rapprocher, le sentiment d'appartenir à un seul et même groupe, et feront naître chez les enfants l'envie d'être réunis. Car c'est la fréquence des contacts entre eux qui leur donne le sentiment d'avoir des relations en continu, un peu comme dans une famille sans histoires. Le repas, par exemple, est un temps fort dans la vie de ces familles : il symbolise avant tout un partage d'instants et de parole. Les nouveaux parents doivent chercher à optimiser ces moments communs qui sont entièrement consacrés aux enfants. Tous trouvent là l'occasion d'échanges, tant dans les conversations que dans les tâches domestiques.

Les demi-frères et les demi-sœurs n'ont le sentiment d'appartenir à la même fratrie que s'ils partagent les temps forts de leur enfance. En toute circonstance, la fratrie se construit par la mise en commun d'événements intimes. Grandir ensemble, faire des progrès côte à côte, recevoir la même éducation, tout cela cimente une fratrie faite de personnalités différentes et d'individus qui ont préalablement vécu une histoire originale. Plus les enfants se rencontrent jeunes, plus ils partagent de moments et plus ils instaureront entre eux une véritable relation fraternelle. La fratrie est alors riche d'expériences uniques réalisées dans le cadre de cette communauté. À l'inverse, plus les rencontres sont tardives et les écarts d'âge importants, moins les relations fraternelles sont fortes et solides. Ces relations se forment en effet essentiellement dans la petite enfance, lorsque les capacités d'élaboration psychique sont faibles, lorsque le « faire ensemble » est important. Plus tard, le développement de la personnalité nécessite une distance entre les êtres et les choses.

En l'absence de liens biologiques, seules la proximité et la vie commune renforcent les sentiments de sympathie, de rivalité ou d'agressivité.

Clément et Florian sont demi-frères et vivent seuls avec leur mère. Florian, âgé de 9 ans, se montre particulièrement agressif avec son aîné depuis qu'il a perdu son père, qui vivait avec eux. Comme Clément a deux ans de plus que lui et qu'il est grand et fort, Florian lui tend des pièges dans la maison. Il se montre même machiavélique en sciant les pieds de son lit, en posant des objets au-dessus des portes, en savonnant le plancher de sa chambre, etc. Bref, il essaie par tous les moyens de le faire tomber ou de lui faire mal.

Florian tient des propos inquiétants : « J'ai l'impression que quelque chose me commande de lui faire mal », avoue-t-il. S'il était plus grand, son comportement serait qualifié d'« organisation délirante de la personnalité ». Pourtant, l'origine de son trouble est tout autre.

L'événement important est concomitant à la mort de son père. En effet, au moment même où il est devenu orphelin, Clément a retrouvé son père biologique, qui s'était toujours désintéressé de lui. Cette situation a déclenché chez Florian une incroyable rivalité fraternelle qui n'existait pas auparavant. Il exprime parfaitement son désarroi, avec fatalité et résignation, en disant : « Non seulement j'ai perdu notre père, mais Clément, lui, a retrouvé le sien. »

Les frères s'entendaient bien tant qu'ils considéraient l'homme qui vivait avec eux (père biologique de Florian et père d'accueil de Clément) comme leur père.

La dissociation des deux rôles a été insupportable pour Florian et a rendu son deuil impossible. Le père de Clément lui rappelle en permanence la douceur d'avoir un père.

Le lien biologique entre enfants provoque des réactions fondamentalement différentes. Rencontrer les enfants de son beau-père ou de sa belle-mère, avec lesquels n'existe aucun lien de sang, est sans conteste plus facile que d'accepter de partager sa vie avec un ou plusieurs enfants issus du même père ou de la même mère. Les rivalités avec les « faux frères » et les « fausses sœurs » sont sans comparaison avec celles qui opposent les demi-frères et les demi-sœurs !

Je pense que les enfants uniques qui deviennent des aînés dans le cadre d'une recomposition familiale traversent une épreuve particulièrement difficile. Lorsqu'un deuxième enfant est annoncé, aux sentiments de jalousie classiques qui bouleversent alors tout enfant s'ajoute celui d'appartenir au passé sombre, conflictuel et plus ou moins enfoui de ses parents. Le bonheur et la joie qui entourent la nouvelle naissance plongent l'aîné dans le plus grand désarroi : ce n'est déjà pas facile de devenir aîné, mais dans ces conditions, c'est encore pire ! Il faut alors que les adultes, « vrais parents » comme « beaux-parents », fassent preuve de beaucoup d'attention pour aider ces enfants à s'intégrer dans une fratrie et à en apprécier les plaisirs.

Certains enfants vivent des situations encore plus perturbantes. Faute d'avoir gardé des relations suivies avec un de leurs parents, ils découvrent tardivement l'existence, jusqu'alors tenue secrète, d'un demi-frère ou d'une demi-sœur. Ils ont alors le sentiment d'avoir été trahis et abandonnés par ce parent qui ne les a pas suffisamment aimés pour leur faire partager cet événement majeur de sa vie. Impossible dans ces circonstances d'imaginer une quelconque relation fraternelle. De même, aucun sentiment bienveillant ne peut naître chez des enfants qui savent qu'ils ont un demi-frère ou une demi-sœur qu'ils n'ont jamais rencontrés. Ce sont souvent eux qui refusent tout contact, jugeant ce face-à-face déloyal envers le parent avec lequel ils partagent leur vie.

D'une manière générale, lorsque la séparation des parents a été conflictuelle ou mal expliquée aux enfants, ceux-ci évitent de s'investir dans d'autres relations familiales, que ce soit avec des adultes ou avec des enfants. Quant aux enfants qui naissent de la nouvelle union, ils sont extrêmement jalousés car ils ont, eux, un père et une mère présents à la maison. Ils apparaissent comme le ciment du nouveau couple, un ciment supposé beaucoup plus « efficace » que celui que formaient les enfants nés de la première union « ratée ».

La reconstitution d'une nouvelle famille et le maintien du lien parental au-delà de la rupture conjugale dépendent beaucoup des relations qu'entretiennent les conjoints séparés. Il est trop facile de dire que le divorce ne pose pas de problèmes à l'enfant et ne modifie en rien les relations au sein de la fratrie. Ainsi, un enfant en difficulté avec l'un de ses parents peut trouver son « beau-parent » plus à l'écoute et donc tirer bénéfice de la séparation de ses parents. En revanche, une fillette qui a une excellente relation avec son père et doit s'éloigner de lui trouvera probablement son beau-père insupportable. Ainsi, le divorce se joue aussi sur le plan de l'histoire de l'enfant, et pas uniquement sur l'historique des sentiments parentaux.

Enfin, à mes yeux, les parents n'ont pas nécessairement à expliquer à leurs enfants que, bien qu'ils se séparent, ils se sont aimés et les ont désirés. D'abord parce que ce n'est pas toujours vrai, mais surtout parce qu'ils plongent leurs enfants dans la perplexité : que peuvent-ils comprendre lorsqu'ils entendent des personnes parler d'amour mais ne les voient se manifester que de la haine ?

10

Qu'est-ce que la fratrie ?

Les relations qui unissent les frères et sœurs sont le résultat d'une grande intimité qui n'est pas choisie mais imposée par les parents. Les enfants savent très tôt que leurs parents leur ont donné ce ou ces partenaires pour la vie. J'aurais tendance à comparer la fratrie à une maladie chronique, avec ses moments de crise et ses précieux instants de répit. Mais, parmi les maladies infantiles, elle présente une particularité étonnante : elle se déclare avant même que l'enfant ne rencontre l'agent déclenchant. Une situation tout à fait exceptionnelle en médecine ! En effet, l'irruption chez l'enfant de sentiments contrastés, que rien ne laisse prévoir – il réclame même un frère ou une sœur pour jouer –, s'observe dès qu'il apprend que ses parents ont décidé de lui faire partager sa vie avec un autre enfant. Il est vrai que l'enfant unique, centre de la famille, voire du monde familial s'il est le premier des petits-enfants, ne peut imaginer l'ampleur du séisme affectif que représente le fait de devenir aîné.

Les parents m'amènent assez régulièrement des enfants qui les épuisent par leur caractère difficile et autoritaire et en ne vivant qu'accrochés à eux. Ils pensent rarement à me dire d'emblée qu'ils ont mis en route un nouveau bébé. Le comportement de ces enfants, la plupart du temps âgés de 3 ou 4 ans, me met assez vite sur la piste d'une rivalité fraternelle anticipée. Ils doivent être suivis psychologiquement de manière préventive car ils entretiennent presque toujours une relation trop exclusive avec leurs parents. Souvent, ils dominent et manipulent extrêmement bien les adultes grâce à un tempérament fort. Il faut les préparer au choc de la fraternité, faute de quoi ils risquent de souffrir d'une jalousie féroce lorsqu'ils devront partager l'amour de leurs parents avec un vrai bébé, déjà tellement imaginé.

Les troubles du « mal fraternel » sont souvent faits de jalousies, de rivalités, d'hyperactivité et d'agressivité. Les parents se plaignent aussi de nuits agitées et de repas mouvementés. Ces manifestations de « mal-être » sont les plus insupportables, mais aussi les plus faciles à diagnostiquer. D'autres révèlent moins clairement leur origine. Ainsi, il m'arrive très souvent de rencontrer des enfants qui souffrent de mutisme, c'est-à-dire ne veulent parler à personne. Je réalise alors quel drôle de métier j'exerce pour que l'une de mes tâches soit de faire parler les muets et les muettes ! Mon secret, c'est d'aborder avec eux le sujet de leur fratrie. Dès que je leur demande : « Est-ce ton frère ou ta sœur qui est le plus casse-pieds ? », les enfants qui manifestent leur rivalité fraternelle par le mutisme me regardent droit dans les yeux et me répondent sans hésiter : « Mon grand frère ! » ou : « Ma petite sœur ! »

Moi qui suis plutôt volubile, j'ai une tendresse particulière pour ces enfants, car je pense qu'il faut beaucoup souffrir pour en arriver à refuser d'exprimer ses opinions et ses sentiments au point de ne plus être compris par son entourage. Les enfants mutiques paraissent parfois souffrir de troubles psychiques graves alors que, en réalité, la seule chose qui leur manque pour avoir le courage de dire à leurs frères et sœurs tout le mal qu'ils pensent d'eux, c'est de prendre la parole.

La fratrie est une maladie d'amour faite de rivalités et de complicités. Ces deux aspects sont parfois tellement mêlés qu'ils me donnent l'impression de me trouver face à des phénomènes de contagion, qui se rencontrent plus fréquemment dans les fratries de jumeaux, vrais ou faux, et dans celles composées de deux enfants du même sexe. Ainsi, dans ma clinique, j'ai le souvenir d'une situation de contagion étonnante. Il s'agissait de deux sœurs adolescentes d'âge très proche qui « s'échangeaient » leurs pathologies : l'une devenait boulimique quand sa sœur souffrait d'anorexie, et inversement ; lorsque l'une faisait une fugue, l'autre ne tardait pas à l'imiter, etc. Naturellement, les parents étaient totalement désemparés, et seule la séparation temporaire des deux sœurs a permis de rompre ce cycle infernal.

FRÈRES ET SŒURS DE SANG

Les situations, la puissance des liens qui unissent les frères et sœurs sont tellement variables qu'une définition de la fratrie en quelques mots est impossible. Un seul fait est incontestable : les membres d'une fratrie issus des mêmes parents ont un patrimoine génétique commun, mais avec des variantes puisqu'il existe des gènes s'exprimant chez certains enfants et non chez d'autres. Ainsi, dans une famille, tous les enfants n'ont pas la même couleur ni la même nature de cheveux, les mêmes yeux, la même forme de visage, etc. En fait, si nous accordons tant d'importance aux ressemblances physiques dans une famille, c'est parce qu'elles rappellent que le groupe a bien un lien de chair et de sang. Il est d'ailleurs intéressant de constater que ces ressemblances sont d'abord notées par les personnes extérieures à la famille. Les parents, le plus souvent, les confirment : rares sont ceux qui, dans le cadre d'une famille classique, osent affirmer que leurs enfants ne leur ressemblent pas. En revanche, peu de frères et sœurs déclarent spontanément qu'ils se ressemblent.

Enfin, mon expérience m'a permis de constater la relativité du poids de l'hérédité dans les liens fraternels. Ainsi, je rencontre assez souvent dans le cadre de mes consultations des fratries dans lesquelles l'un des enfants est atteint d'une maladie génétique alors que ses frères et sœurs en sont indemnes. Chez les vrais jumeaux eux-mêmes, pourtant porteurs d'un patrimoine génétique rigoureusement identique, le hasard du développement crée des dissemblances importantes.

Octave et Alex, 6 ans, sont jumeaux. Alex est autiste et Octave, comme 90 % des jumeaux d'autiste, souffre de troubles de la personnalité qui se manifestent par des difficultés de langage et de communication.

La relation entre les jumeaux est tout à fait singulière. Octave ne parle jamais d'Alex et, lorsque sa mère le mentionne, il lui dit d'un ton autoritaire : « Tais-toi. » Ses dessins ne représentent jamais son jumeau mais Arthur, son grand frère. En fait, il a « annulé » Alex, ce frère trop proche, ne lui empruntant que ses troubles du langage et ses rires pathologiques. À l'évidence, Octave doit être soutenu psychologiquement pour mieux poursuivre son développement.

Aujourd'hui, dans les familles, les liens de sang deviennent de plus en plus relatifs sur le plan biologique. Les couples éclatent et les fratries se recomposent une ou plusieurs fois. Ainsi, la famille nombreuse n'existe pratiquement plus que dans le cadre des familles recomposées. Les épaules fragiles des enfants ont parfois bien du mal à porter les histoires compliquées des couples parentaux, et la solidarité fraternelle ne suffit pas à soulager les souffrances individuelles.

Je me souviens d'un petit garçon séparé de son père et qui menait la vie dure à sa mère. Celle-ci avait décidé d'organiser des rencontres fréquentes avec son demi-frère aîné, croyant ainsi offrir à son fils le soutien d'une fratrie. Mais cette aide ne fut d'aucune efficacité car l'enfant était persuadé qu'en tyrannisant sa mère il irait vivre avec son père. Par son comportement, il essayait en fait de maintenir intacte l'image du couple parental dissous.

La science bouscule aussi les liens familiaux. De plus en plus de couples deviennent parents grâce à la procréation médicalement assistée. Selon la technique médicale mise en œuvre pour satisfaire ce désir d'enfant, le père et la mère ne sont pas parents au même titre. Par exemple, le traitement de la stérilité par un don de gamète crée une brèche dans la filiation. *A contrario*, seule la fécondation *in vitro* garantit à cent pour cent que le père et le géniteur d'un enfant sont bien la même personne. Mais cette façon originale de faire des enfants pose parfois des problèmes psychologiques tant aux parents qu'aux enfants qui composent ces nouvelles fratries.

Hugo est un enfant de la science. Il est né à la suite d'une fécondation in vitro *à partir des gamètes de ses parents. Sa grand-mère maternelle est décédée pendant la grossesse de sa mère, provoquant chez elle une grave dépression. À l'âge de 2 ans, Hugo a eu un petit frère, William, enfant « surprise » puisque sa mère était devenue féconde. Puis la fratrie s'est encore* agrandie avec Suzanne, une petite fille ressemblant beaucoup à sa grand-mère disparue, et Justine.

Justine, âgée de 2 ans, est la seule avec qui Hugo s'entend bien. Il la prend souvent sous sa protection, jouant ainsi parfaitement son rôle d'aîné. En revanche, il a de grosses difficultés relationnelles avec ses autres frères et sœurs. En particulier, régulièrement, il mord sauvagement son frère William – une agressivité qu'il dirige aussi parfois contre sa mère.

Au cours de notre entretien, Hugo me dit vouloir devenir « étudiant en crocodiles ». Lorsque j'évoque avec lui les événements qu'a connus sa famille, il me raconte de manière très fine la souffrance de sa mère à la mort de sa grand-mère. Il ajoute qu'il aimerait rejoindre cette dernière pour être uni avec elle dans l'amour de sa mère. Quant à ses frères et sœurs, il les verrait bien au réfrigérateur en compagnie du sperme paternel.

Ce futur étudiant en crocodiles vit une rivalité fraternelle qui trouve son origine dans les circonstances de sa naissance. Il est, avec sa grand-mère, celui qui a permis à ses parents de surmonter leurs problèmes de fécondité. À ce titre, il est en fait le responsable de cette famille nombreuse qui lui vole l'attention de ses parents. Ainsi, il a choisi de se faire remarquer par une attitude régressive, la morsure, un grand classique de la communication entre nourrissons et un geste naturel pour lui qui se sent si proche des crocodiles.

À CHACUN SON PARENT

Alors, hormis quelques gènes, qu'est-ce que les frères et sœurs ont donc en commun ? L'éducation ? Ce n'est pas certain, car les parents n'ont pas les mêmes comportements tout au long de leur parcours éducatif ; ils évoluent au contact de leurs enfants. De plus, chaque enfant affiche, dès sa naissance, des compétences plus ou moins marquées, se construit différemment sur le plan psychique, et les interactions qu'il établit avec ses parents et ses proches sont originales. Les proximités, les distances qui s'installent au cours de l'enfance peuvent représenter pour chaque enfant une chance ou une malchance. Ainsi, l'existence d'affinités psychiques et affectives avec l'un des parents, si elle paraît à première vue plutôt sympathique, est parfois à l'origine de perturbations que seule une séparation symbolique peut résoudre.

J'ai déjà évoqué la particularité du métier de pédopsychiatre. En voici un autre exemple. Il y a quelque temps, j'ai soigné une fillette en conseillant à ses parents de lui acheter un chat. Elle souffrait de troubles du sommeil et d'une peur panique de la mort dus à une trop grande proximité affective et intellectuelle avec sa mère, elle-même psychiquement malade. Fait intéressant, lorsque la petite fille était en vacances chez sa grand-mère, elle dormait bien car elle partageait sa chambre avec elle. Pour retrouver le sommeil, cette enfant avait à l'évidence besoin d'une présence protectrice. L'idée du chat s'est imposée à moi car j'étais convaincu qu'il lui apporterait une aide précieuse. Le chat est avant tout un dormeur qui aime les couettes et les édredons, mais aussi un adepte des fugues nocturnes. Son apport thérapeutique serait déterminant puisqu'il apprendrait à la fillette à s'accommoder d'un

« protecteur » parfois infidèle. Surtout, j'avais choisi cet animal parce que la mère le détestait ; sa présence permettrait ainsi de bien marquer la séparation mère-fille et de limiter les risques de contamination névrotique dus à leur trop grande symbiose.

Tous les frères et sœurs que je rencontre connaissent des parcours scolaires, intellectuels, professionnels, relationnels et affectifs différents. Le vieux débat sur l'inné et l'acquis me semble clos : si l'inné pèse pour 80 % dans le devenir de chaque individu, ce sont les 20 % d'acquis qui lui donnent sa personnalité. Le développement du cerveau sur le plan neurologique est certes identique chez tous les enfants mais l'ensemble des recherches mettent en évidence l'importance majeure des stimulations précoces, qui doivent être nombreuses et variées. Ce sont elles qui rendent le cortex performant et développent les capacités sensorielles, puis les capacités d'apprentissage. Ainsi, aucun être n'est identique, dans le cadre des fratries tout comme entre pairs du même âge.

LA FORCE DES SOUVENIRS

Je crois que ce qui unit les membres d'une fratrie, ce sont les souvenirs qu'ils ont partagés, et d'abord la mémoire des objets, ceux qui passent de l'aîné au deuxième et du deuxième au troisième. Souvent, les frères et sœurs ont dormi dans le même berceau, ont eu les mêmes jouets, les mêmes vêtements. Ces « trésors » d'une époque révolue dorment dans un coin de grenier comme si la fratrie n'était pas encore au complet. Dans certaines familles, on conserve ainsi le berceau qui a vu grandir les frères et sœurs et accueillera plus tard leurs enfants.

la cuisine, la salle de bains, le séjour – est souvent l'occasion de conflits. Ainsi, certains tiennent par-dessus tout à conserver leur place à table. Tous se battent aussi pour la meilleure place dans la voiture familiale. Dans les familles qui comptent trois enfants, la place la moins confortable est celle du passager assis au milieu de la banquette arrière. Bien des parents sont obligés d'instituer des tours, et j'en ai même rencontré qui procédaient à un tirage au sort !

En matière de partage de l'espace, je suis profondément convaincu de l'importance, pour chaque frère et sœur, d'avoir un lieu intime ; si cela ne peut être une chambre, il faut au moins prévoir un placard, un tiroir que l'on puisse fermer à clef. L'idée de devoir tout partager met la fratrie en danger. Les parents doivent favoriser l'« isolat ».

Les frères et sœurs vivent ensemble de nombreuses années, et pourtant chacun d'entre eux garde de cette période un souvenir qui lui est propre, un souvenir intime bien qu'il soit construit sur des bases communes. Je prendrai pour exemple les souvenirs de vacances en famille, qui sont souvent les plus vivaces. Après quelques années, chacun en conserve une mémoire différente. Les uns auront été marqués par le lieu, les autres par leurs progrès dans une activité sportive ou encore les premiers émois d'une rencontre amoureuse. Faites l'expérience en famille, vous constaterez que le partage du temps et de l'espace n'a pas pour tous les frères et sœurs la même valeur.

Par ailleurs, les enfants d'une fratrie sont des êtres uniques qui n'appréhendent pas le monde de manière identique ni au même rythme. Chacun a des dons, des sensibilités, des sensations et des souvenirs différents ; surtout, le hasard de la vie veut que chacun se

Le partage des objets renvoie obligatoirement à la notion de don. Dans la fratrie, le don est presque toujours imposé par les parents. Ce geste, même consenti, entraîne une faille, plus ou moins profonde selon les circonstances. L'aîné qui a donné son lit, l'un de ses jouets ou de ses vêtements en garde à jamais la nostalgie. Longtemps, en voyant son cadet l'utiliser ou le porter, il pense : c'était à moi quand j'étais petit, maintenant c'est à lui. L'objet usé, plus ou moins délaissé, est réactualisé, voire idéalisé par le souvenir. Mais le regret a aussi un côté positif car il signifie que l'aîné a grandi, qu'il a changé. J'espère, toutefois, que les parents savent reconnaître les choses qui ne se donnent pas car trop personnelles : l'ours en peluche qui a aidé à terrasser les monstres de la nuit, la première petite voiture offerte par un grand-père chéri et disparu, le pull tricoté par une grand-mère gâteau... Quoi qu'il en soit, tout don d'objet personnel doit être négocié avec son propriétaire afin de ne pas abîmer les souvenirs ni réveiller les rancœurs.

À l'adolescence, le partage des objets prend une autre signification. Les frères et sœurs qui s'empruntent ou se piquent mutuellement les vêtements souhaitent en fait se mettre un peu dans la peau de l'autre. Puisqu'ils ont les mêmes gènes, les mêmes parents, ils aiment à partager les mêmes apparences. Ce type de fraternité dépasse d'ailleurs le cadre des frères et sœurs puisque les adolescents échangent aussi leurs vêtements avec leurs amis. C'est une manière d'affirmer qu'ils appartiennent à un groupe, à une bande. Si les joueurs de rugby ou de football ont le même maillot, c'est d'abord pour marquer qu'ils sont membres d'une même équipe, partagent le même combat.

Dans une fratrie, les enfants vivent aussi dans un même espace. Le partage des lieux de vie communs –

construise à partir d'événements marquants qui lui sont propres.

Je suis persuadé que la qualité des relations fraternelles tient à la magie de revivre ensemble des moments poétiques, dramatiques ou drôles partagés dans le passé. Les évocations commencent presque toujours par les mêmes mots. « Il était une fois » devient dans la bouche des frères et sœurs : « Tu te souviens ?... » Mon expérience clinique me conduit à penser que, dans les fratries, certains sont de meilleurs porteurs de souvenirs que d'autres. Ils sont en quelque sorte les garants d'une intimité perdue. Ils collectent et conservent non seulement leurs souvenirs, mais aussi ceux de leurs frères et sœurs. C'est souvent le rôle des aînés. Cette mémoire active leur donne une force et un pouvoir extraordinaires puisqu'ils sont capables de remonter le temps et de fournir aux autres des références historiques que leur jeune âge ne leur a pas permis de retenir : « Tu étais trop petit pour te souvenir, mais ce jour-là... » Par leur voix, le souvenir rejoint la vraie vie tant il est répété. La réalité est presque induite par celui ou celle qui a le pouvoir de se souvenir.

L'UNION DES DIFFÉRENCES

C'est une drôle d'affaire que d'être le frère ou la sœur de quelqu'un. La fratrie repose sur plusieurs socles identiques : le socle biologique, le socle héréditaire, le socle chromosomique et un socle familial fait d'événements partagés. Mais, en dépit de ces bases communes, tous les frères et sœurs sont différents. Pour moi, ces caractères propres sont bien la preuve que l'analyse et le ressenti des événements façonnent les hommes.

Puisque chaque être est unique, puisque l'individu prime le groupe, il est logique que les relations fraternelles s'établissent toujours sur des comparaisons qui soulignent des différences, acceptées ou non par les protagonistes et par les parents. Les familles obéissent aux mêmes lois que la nature : c'est le meilleur qui gagne. Les parents ont beau, par amour, faire preuve d'une certaine indulgence ou d'une certaine sollicitude, c'est un leurre de croire qu'ils vont accepter leur enfant dans l'échec. Malheureusement, dans le groupe que constitue la fratrie, l'un des membres est toujours en échec par rapport à l'autre ou aux autres.

Mes consultations concernent très souvent l'échec scolaire, et cela n'a rien d'étonnant. L'école est une énorme machine à trier et à évaluer, et bien des troubles psychiques se manifestent d'abord par des résultats scolaires médiocres. Or les mauvaises notes attirent fort bien l'attention des parents, tous les enfants le savent. Un autre domaine est propice aux comparaisons, celui du sport, notamment lorsque deux frères ou deux sœurs pratiquent la même discipline. L'un est toujours plus doué, a plus de souffle, plus d'adresse, plus d'astuce que l'autre. Parfois, c'est d'abord l'aîné qui domine en raison d'une plus grande force physique et d'une meilleure maturité, mais il est bientôt rattrapé par son cadet, qui tire avantage de son jeune âge.

Les parents croient souvent que l'enfant le plus doué peut tirer l'autre vers le haut, l'aider à réussir, or je ne l'ai pratiquement jamais constaté dans ma pratique. Il est bien rare de voir un bon élève en mathématiques se donner la peine de livrer à son frère le secret de sa réussite ; il aurait trop peur qu'un jour ce dernier ne soit capable de le mettre en difficulté. C'est la même chose en sport. Imaginons un adolescent bon skieur qui éprouve une réelle volupté à dévaler les pis-

tes noires. Pensez-vous qu'il s'arrêtera pour attendre sa
sœur qui rêve de passer la flèche de bronze et peut-
être ne l'obtiendra jamais ? Non, il ne l'attend pas et,
si elle tombe, il s'arrange pour lui remettre ses skis de
travers ou serrer un peu trop les crochets de ses chaus-
sures.

Il entre souvent une certaine dose de perversité dans
l'assistance que s'apportent entre eux les frères et
sœurs. Gardons toujours à l'esprit que faire tomber un
petit frère en le bousculant, comme si de rien n'était,
est une grande jouissance ! Dans les fratries, chaque
sexe a son propre moyen de pression : les garçons frap-
pent, les filles pincent. Je demande souvent aux petites
filles, en tête à tête, si elles pincent leur cadet(te), et
elles me répondent toujours : « Comment tu le sais ? »
Les rivalités fraternelles peuvent être aussi un prétexte
pour mettre en évidence un caractère difficile où opposition, rigidité et agressivité dominent. Rivalités et
jalousies, finalement, ne sont pas de vilains sentiments
mais les manifestations d'une souffrance, des appels à
l'aide et à la bienveillance de l'adulte.

Les familles composées de deux enfants sont celles
où les comparaisons sont les plus évidentes, et celles-
ci sont notamment renforcées lorsque les enfants ont
le même sexe. La famille nombreuse, à l'inverse, offre
une protection aux enfants plus faibles, « différents » ;
ils trouvent presque toujours une alliance, une proximité, une ressemblance au sein du groupe. « Dilués »
dans la masse, les parents les remarquent et les stigma-
tisent moins.

TROUVER SA PLACE DANS LA FAMILLE
ET DANS LA SOCIÉTÉ

Une famille se structure autour de trois grands
axes : les relations conjugales du couple parental, les

relations des parents avec chacun de leurs enfants et les relations frères-sœurs. Le fait de vivre en compagnie d'un frère ou d'une sœur joue un rôle très particulier dans la construction de la personnalité. Chacun des membres de la fratrie doit, pour exister au sein du groupe, trouver sa « niche » afin de bien se différencier des autres. Être soi est indispensable à l'équilibre psychique de toute personne.

Comme dans de nombreux rapports sociaux, la relation fraternelle prend d'abord la forme d'une frustration, la première étant celle de devenir aîné. Cette frustration essentiellement affective entraîne chez l'enfant des sentiments de jalousie qu'il est incapable de reconnaître comme tels. À ce stade de la petite enfance, il ne peut envisager le partage et voit son cadet comme celui qui le dépossède. Il sait qu'il souffre et tente, par le biais de divers comportements, d'atténuer sa douleur. En identifiant l'agression et l'agresseur, il prend conscience de l'existence de l'autre. Par la suite, il faudra bien « faire avec »…

Toute fratrie a un caractère particulier déterminé par la succession des naissances, la répartition des sexes et le nombre d'enfants qui la compose. À ces données comptables s'ajoutent d'autres éléments liés à la constitution et au tempérament de chaque enfant – sain ou malade, timide ou coléreux, entreprenant ou suiveur… Entrent aussi en jeu l'idée que se font les parents de chacun de leurs enfants et du fonctionnement d'une fratrie, ainsi que leurs projections d'identification et leurs exigences pour l'avenir. Ces conceptions sont sous la dépendance du « surmoi » parental et souvent liées à leur propre expérience fraternelle.

Boris vient d'avoir un petit frère. À 6 ans, il n'a qu'un objectif dans la vie : devenir footballeur. Je commence par trouver cet enfant assez triste mais notre entretien me prouve qu'il n'est pas dépressif. Il est simplement anxieux et se sent coupable.

Comme je le fais toujours, j'évoque avec ses parents leurs propres souvenirs d'enfance et les rapports qu'ils entretenaient avec leurs frères et sœurs respectifs. Son père avoue avoir toujours eu des difficultés relationnelles avec son aîné. Il préfère ne pas trop en parler pour ne pas raviver de mauvais souvenirs. La mère de Boris, enfant du milieu, s'entendait plutôt bien avec sa cadette mais avait avec son aînée des relations empreintes de jalousie. J'en conclus que Boris a une lourde hérédité de rivalité fraternelle. D'ailleurs, lorsque ses parents me décrivent certains de ses comportements, je ne suis pas très étonné : par exemple, pendant la grossesse de sa mère, Boris le footballeur prenait un malin plaisir à shooter violemment dans sa direction.

Maintenant que son frère est là, ses parents s'inquiètent aussi de ses fréquentes activités de masturbation. Il se frotte notamment le sexe dans une sorte de jeu avec son ours. Son père ne supporte pas de le voir faire et le gronde. Quant à sa mère, elle ne sait quelle attitude adopter car elle-même a eu ce type de pratique de manière très tardive. D'ailleurs, Boris a bien compris sa gêne et profite des moments où il est seul avec elle pour se livrer à son jeu sexuel favori, en particulier lorsqu'elle donne le sein à son petit frère.

À mes yeux, il est évident que Boris peine à s'installer dans le statut d'enfant aîné. Spectateur de l'érotisation des relations entre sa mère et son petit frère nourri au sein, il a orienté sa régression vers la sexualité et la masturbation, qui lui permet d'éprouver des sensations de plaisir. Boris a donc du mal à grandir. Pour *l'aider à devenir un grand footballeur, je crois qu'il faut favoriser au maximum ses relations avec son père.*

APPRENDRE L'AUTRE

Tout petit, l'enfant vit ses relations fraternelles à travers sa relation avec ses parents. C'est un travail d'élaboration psychique, plus ou moins long, plus ou moins lent, qui lui permet de se détacher de l'omnipotence parentale pour se tourner vers son ou ses pairs, c'est-à-dire ses frères et sœurs. La réussite de ce processus d'individuation-séparation dépend beaucoup du comportement des parents, notamment de celui de la mère : ils peuvent, consciemment ou non, l'encourager ou le gêner.

Il existe entre les enfants un système d'interactions indépendantes de celles établies avec les parents. Tout comme avec les enfants rencontrés à l'extérieur de la famille, à la crèche ou à la halte-garderie, les premières relations fraternelles sont faites d'un vécu commun d'émotions sensuelles, de contacts peau à peau, d'odeurs, de goûts et de vocalises avant l'acquisition du langage. La construction de la pensée offre ensuite la possibilité de partager des émotions psychiques. Ainsi, c'est le partage des situations affectives qui permet aux enfants de ressentir chez les autres des attitudes complémentaires.

Entre 9 mois et 3 ans apparaissent de manière significative les réactions de sympathie et de jalousie. Celle-ci a une double origine : d'une part, l'enfant ne comprend pas que chacun a son rôle dans les événements de la vie (il ne comprend pas qu'il y a un grand et un petit, par exemple) ; d'autre part, il ne conçoit pas que ces événements puissent aussi avoir une cause extérieure. Ainsi, l'aîné qui regarde son cadet téter le sein de sa mère n'a aucune idée de la diététique infantile et se moque bien des questions immunitaires. Il ne se pose qu'une question : pourquoi je ne suis pas à sa place dans les bras de maman ? Les relations fraternelles partagées dans l'intimité de la famille sont donc un apprentissage des relations sociales.

La psychanalyse confirme que la fratrie joue un rôle primordial dans le développement affectif de chacun. Elle considère les relations fraternelles comme des formes issues du complexe d'Œdipe, voire comme un doublet des relations parentales.

Anna Freud, partant de l'analyse d'enfants et des reconstructions élaborées à partir d'analyses d'adultes, pense que la relation de l'enfant avec ses frères et sœurs est sous la dépendance totale et directe de la relation qu'il a avec ses parents. Pour elle, les rapports entre les enfants au sein d'une même famille sont fondés sur des attitudes de rivalité, d'envie, de jalousie et de compétition pour gagner et garder l'amour des parents. Ainsi, les relations fraternelles ne seraient qu'accessoires à côté de la relation triangulaire œdipienne : l'enfant, la mère et le père. Les réactions violentes de jalousie entre frères et sœurs, l'observation pointilleuse de tout signe qui pourrait être interprété comme la manifestation d'une préférence ne seraient que le reflet du besoin de toute-puissance du bébé vis-à-vis de sa mère.

Je crois quant à moi que le fait d'affirmer que le frère « rival » est un représentant par déplacement du père œdipien et de considérer l'investissement de la sœur pour son bébé de frère comme un substitut des premières relations vécues avec la mère risque de faire perdre aux relations fraternelles leur spécificité. Or l'une des caractéristiques très particulières de la fratrie

tient à ce qu'elle entraîne des rivalités affectives immé-
diates dans la vie de l'enfant. Sauf en cas de séparation
des parents – un petit garçon devient alors très souvent
extrêmement jaloux du nouveau conjoint de sa mère –,
les jalousies précoces ne sont que fraternelles. En quelque sorte, Œdipe n'est pas jaloux de son père, il est
amoureux de sa mère ; en revanche, il peut être jaloux
de son frère.

SE SOUMETTRE AUX RÈGLES DU GROUPE

Parmi les auteurs qui font référence dans l'étude
des relations fraternelles, j'estime que la réflexion de
Melanie Klein apporte une notion intéressante, celle de
justice. À ses yeux, l'arrivée du second introduit la justice dans la famille car les parents se trouvent
contraints d'établir des jugements, de procéder à des
partages, à des négociations. Le deuxième enfant institue aussi une sorte de « tribunal de famille » : l'aîné
ne peut plus tout avoir, tout garder ; il doit apprendre
le partage, comprendre les situations quotidiennes pour
faire des compromis. Il est obligé de consentir à amé-
nager son espace et même sa manière de penser en
fonction de son cadet. Le deuxième enfant apporte
finalement dans la famille la « loi » : celle-ci régit le
fonctionnement du groupe, mettant au second plan les
relations passionnelles qui lient l'enfant unique à ses
parents.

De fait, la fratrie permet d'apprendre la différence.
Les parents eux-mêmes s'aperçoivent que leurs enfants
ne pensent pas la même chose – mais surtout qu'ils ne
pensent pas comme eux. Or je crois qu'il est toujours
enrichissant sur le plan de la démocratie de vivre à
proximité de quelqu'un qui ne pense pas comme soi.

Les enfants, eux, apprennent rapidement la tolérance grâce aux prises de décision collectives, au partage des dons et à l'égalité des chances.

L'un des principaux intérêts de la fratrie est aussi d'empêcher une trop grande fusion parents-enfant, qui perturbe toujours le bon développement de ce dernier. Le partage obligé de la disponibilité des parents aide encore chacun des enfants de la famille à gagner assez rapidement son autonomie. Les parents ne sont jamais mécontents de constater que les plus grands se débrouillent sans eux, leur permettant d'être attentifs aux plus petits.

Chaque enfant offre aux parents une nouvelle opportunité de vivre une parentalité différente, dans laquelle interviennent de nombreux paramètres tels que son caractère ou encore les circonstances de sa naissance. Je pense que les couples qui font plusieurs enfants se donnent plus de chances de réussir la difficile carrière de parents. Ainsi, une fratrie fonctionne bien lorsque chacun de ses membres a accepté un système de références qui permet à tous de vivre correctement ensemble même si l'on ne s'entend pas forcément très bien. La fratrie est une mini-société ; comme elle, elle a besoin de règles qui évitent de se laisser dominer par ses pulsions. Cela ne signifie pas que les pulsions destructrices n'existent pas dans la fratrie. Simplement, elles sont contrôlées par la loi familiale et sociale.

LE LIEN FRATERNEL À L'ÉPREUVE DU TEMPS

Le lien fraternel s'installe dans la continuité et dans le temps. Sa longévité est d'ailleurs bien plus grande que celle du lien filial : on est généralement plus longtemps frère ou sœur que fils ou fille. À mon sens, il faut considérer que la fraternité est un temps partagé et non un temps donné. Un parent peut dire : « Je te permets de vivre », mais un frère ou une sœur dira : « Je te permets de partager le même temps que moi. »

D'ailleurs, la notion de temps est fondamentale dans les rapports entre frères et sœurs. C'est le temps partagé qui détermine la formation des groupes, établit les rapports de force, institue un leader, attise ou apaise les conflits, les disputes, les relations empreintes d'agressivité. En réalité, c'est la vie au sein de la fratrie qui permet à chacun de s'essayer à la socialisation avant de vivre ses propres expériences avec les autres enfants dans le cadre de la crèche, de la halte-garderie ou de l'école. C'est encore le temps qui « guérit » les rivalités normales entre frères et sœurs. Incontestablement, pour les échanges entre les groupes, pour l'ouverture à la vie sociale, la fratrie est plus enrichissante que la vie d'enfant unique.

Sur la durée, des clans naissent parmi les frères et sœurs. Ils ne suivent pas obligatoirement la logique de l'âge. En effet, ce qui compte, c'est l'état objectif de l'évolution et de la maturation de chacun, mais aussi la façon dont les autres le perçoivent. Ainsi, dans une fratrie de quatre, les deux enfants du milieu, moins idéalisés que l'aîné ou le petit dernier, peuvent nouer des rapports de grande qualité et fonder un sous-groupe sur un mode relationnel plus naturel. De même, les relations d'un frère aîné avec sa sœur, troisième enfant de la famille, peuvent être plus apaisées qu'avec son cadet immédiat, auquel il reproche certainement d'avoir bousculé sa tranquillité d'enfant unique. L'alliance avec sa sœur lui fournit un appui qui, si besoin est, l'aidera à régler ses comptes.

Parfois, avec le temps et en fonction du caractère de chacun, les statuts qu'établissent les rangs de naissance peuvent être bouleversés. J'ai rencontré par exemple un cadet devenu un véritable médiateur en communication au profit de son grand frère en difficulté. Âgé de 5 ans, il favorisait la socialisation de son aîné de 6 ans de manière tout à fait remarquable. Pourtant, cette assistance *a priori* sympathique avait un revers : elle freinait la prise d'autonomie du plus grand, qui vivait trop sous la dominance du plus petit. Pour que la relation reste parfaite entre les deux frères, il fallait donc aider l'aîné à grandir.

Je constate aussi que le fait d'avoir un frère ou une sœur permet l'ouverture en direction de la famille élargie. Un semblant de vie communautaire s'instaure souvent entre cousins et cousines, oncles et tantes, les adultes affichant des préoccupations proches et les enfants des stades de développement similaires. Les familles se retrouvent au grand complet pour un repas chez les grands-parents ou partagent quelques jours de vacances dans la maison familiale. Mais les rivalités et les jalousies ayant pour enjeu l'amour et l'attention des grands-parents existent aussi...

L'adolescence est sans aucun doute la période à laquelle la fratrie est la plus fragile. Les différences d'âge entre frères et sœurs prennent alors toute leur importance. Comment, à l'âge de l'entrée au collège, être l'ami de son frère s'il fait ses premiers pas en maternelle ? Les risques de rupture sont également grands plus tard, au moment où l'un entre en faculté tandis que l'autre se « traîne » encore au lycée. De même, les groupes fraternels résistent mal à l'intrusion du « meilleur ami » ou de la « bonne copine », qui supplantent assez facilement le frère ou la sœur. Toutefois, il arrive que, pour certains membres de la fratrie, l'éloignement soit bénéfique.

Je suis Maud depuis presque un an. Cette jeune fille de 14 ans souffre d'une anorexie mentale qui nécessite un suivi médical constant. Orpheline de mère, elle est élevée par son père avec son frère aîné et son frère cadet.

C'est la troisième fois que nous nous rencontrons. Comme à chaque consultation, elle pleure en me voyant car elle sait que je vais la mettre face à son trouble psychique, qu'elle persiste à nier.

Ainsi que je le fais toujours dans ce type de situation, j'essaie de trouver le facteur déclenchant de l'anorexie, et pour cela j'interroge Maud et son père sur les relations qu'entretient la jeune fille avec ses frères. Il apparaît que Simon, l'aîné, âgé de 16 ans, a mal supporté la naissance de sa sœur et a choisi de la considérer avec mépris, la traitant de « grosse » en permanence. Les choses se sont arrangées depuis qu'il a une petite amie. Ils se voient moins, et surtout Simon semble mieux comprendre les femmes. En fait, suite à la mort de sa mère, il en voulait à la gent féminine tout entière.

Maud a sans doute attaché trop d'importance aux réflexions de son aîné mais je crois que, si celles-ci sont devenues psychiquement perturbantes, c'est parce qu'il existait un terrain favorable. Le décès de sa mère l'a placée dans la difficile situation d'être la seule femme de la famille. Aujourd'hui, en niant son corps de femme, c'est tout ce qui est féminin qu'elle rejette. Elle reste ainsi fidèle à sa mère qu'elle ne veut pas supplanter.

Son suivi psychothérapique devrait lui permettre de venir à bout de sa pathologie à plus ou moins long terme. Dans l'immédiat, pour la persuader de s'alimenter correctement, je lui assure que, si elle ne grossit pas, elle ne grandira pas non plus et restera toute

petite. Parfois, les adolescentes anorexiques souhai-
tent grandir...

LES RELATIONS FRATERNELLES À L'ÂGE ADULTE

Je crois que les relations frères-sœurs laissent une plus grande liberté de rupture que les liens filiaux. On pense généralement que ceux-ci doivent être préservés coûte que coûte, alors que les « divorces » ou les séparations avec les frères et sœurs sont infiniment plus faciles. Paradoxalement, les relations fraternelles peuvent parfois être beaucoup plus fortes que celles avec les parents, qui reposent sur le seul lien de filiation. À mes yeux, devenir à l'âge adulte l'ami(e) de son frère ou de sa sœur représente l'évolution idéale de la relation fraternelle, car un ami se choisit alors qu'un parent se subit.

Les premières relations sexuelles, qui éloignent les désirs incestueux entre frère et sœur, marquent souvent la prise de distance quand elle n'a pas encore eu lieu. Quitter sa famille pour poursuivre ses études ou entrer dans le monde du travail est encore une autre étape ; à la distance psychique s'ajoute l'éloignement géographique. Chacun vit comme il l'entend, organise son temps sans tenir compte de ses frères et sœurs et trouve ses références ailleurs que dans la fratrie.

Un nouveau pas est franchi avec l'installation en couple de l'un des membres de la fratrie. (Il faut noter au passage que le mariage, jusqu'à une date très récente, séparait officiellement les sœurs de leur frère puisqu'elles devaient abandonner leur patronyme au profit de celui de leur époux.) Les relations fraternelles s'enrichissent avec plus ou moins de bonheur de l'apport des beaux-frères et des belles-sœurs. Elles se compliquent doublement, notamment par leur marque incestueuse, lorsque les unions se croisent entre frères et sœurs. À ce stade, ce ne sont plus les liens du sang qui unissent les familles mais ceux de la conjugalité, dont la fonction première est d'écarter les risques d'inceste. Les relations entre frères et sœurs se jouent alors sur l'opposition entre la solidarité liée au sang et celle, choisie, avec le conjoint.

Bien souvent, l'arrivée d'une « pièce rapportée » dans la fratrie change la donne. Si les affinités entre frères et sœurs peuvent se renforcer ou au contraire s'atténuer sous l'influence des belles-sœurs ou des beaux-frères, les animosités, en règle générale, sont ravivées. Le nouveau venu dans la famille, qui n'a guère d'autre choix que d'embrasser le parti de son conjoint, se prend au jeu de le protéger ou de le défendre. La nature des liens qui unissent chacun des deux membres du couple à leurs parents respectifs est également importante dans la construction de cette fratrie élargie. Parents et beaux-parents peuvent être des fédérateurs ou des séparateurs. Je crois par exemple qu'une belle-fille détestée par sa belle-mère ne risque pas de devenir amie avec la sœur de son mari, de même qu'un père ayant peu d'affinités avec son fils aura sans doute du mal à trouver sa bru sympathique.

Chaque membre de la fratrie apporte à son conjoint une mémoire collective de sa famille. Elle est faite d'habitudes, de coutumes, de gestes, d'expressions que les frères et sœurs ont acquis et intégrés au cours de leur enfance partagée. C'est de la fusion de cette « mémoire constituée » que naît la communauté de valeurs symboliques qui unit un couple. Les frères et sœurs mariés établissent donc, chacun de leur côté, sur des bases identiques, des couples ayant des valeurs originales. La fratrie élargie à l'ensemble des beaux-frères et des belles-sœurs fonctionne d'autant mieux que tous partagent des mémoires familiales dont les normes et les codes sont proches.

Enfin, la mutation de la fratrie s'achève lorsque frères et sœurs fondent une famille. Les relations peuvent devenir difficiles si l'un d'eux souffre de stérilité. Je crois par exemple qu'une aînée qui essaie désespérément d'avoir un enfant aura du mal à choisir pour meilleure amie sa cadette mère de plusieurs enfants. Ces situations psychiques sont douloureuses mais pas toujours insurmontables puisque les dons d'ovules entre sœurs sont relativement fréquents.

La solidité du lien entre frères et sœurs à l'âge adulte est généralement déterminée par la qualité de leurs relations dans le passé. Comme souvent, c'est l'histoire qui permet de comprendre le présent et de bâtir l'avenir. La survivance des liens permet d'évaluer ce que chacun des membres de la fratrie en a retiré d'enrichissant ou de contraignant. Loin des chicanes dues au partage de la vie quotidienne, les relations deviennent le reflet du sentiment d'appartenance à un groupe où le fantasme prend plus de place que le vécu. Les occasions de se rencontrer se raréfient et les disputes aussi. Pourtant, certains frères et sœurs continuent à se chamailler toute leur vie, mais ces querelles, plus ou moins vives, s'apparentent alors à un véritable mode de communication.

Des études sociologiques permettent de mieux connaître la fréquence des relations fraternelles à l'âge adulte. Près de deux tiers des frères et sœurs se voient une fois par semaine s'ils habitent à moins de vingt kilomètres l'un de l'autre, mais seulement une fois par an si l'éloignement est de plus de cinq cents kilomètres. Il semble encore que les relations soient plus régulières entre les habitants des campagnes qu'entre ceux des grandes villes. Globalement, les frères et sœurs ont entre eux des relations moins fréquentes qu'avec leurs parents. Il semble que le rythme des visites soit intimement lié à la durée de la cohabitation sous le même toit familial et au nombre de frères et sœurs. Les relations sont plus étroites dans les fratries restreintes, et les frères et sœurs du même sexe se retrouvent plus souvent. Si l'entente n'est pas parfaite entre eux, les membres de la fratrie maintiennent des contacts par obligation, se disant : « C'est quand même mon frère (ou ma sœur), je dois prendre de ses nouvelles. » Enfin, la disparition des parents distend les liens tandis que la naissance des enfants les resserre.

En tout état de cause, s'ils se voient peu, presque tous les frères et sœurs se téléphonent et s'échangent leurs photos de famille. Sur le plan psychique, la photo stimule et organise l'idée d'appartenance à un même groupe. Elle aide à constater les vraies ressemblances et à en imaginer de moins évidentes. Les cousins et cousines, en se voyant grandir sur papier glacé, ressentent une certaine proximité et peuvent avoir envie de se rencontrer plus souvent.

Les fratries se visitent le week-end ou le temps d'un déplacement professionnel ; elles se recomposent aussi parfois pour quelques jours de vacances, le prétexte étant de permettre aux cousins et cousines de mieux se connaître. Mais les frères et sœurs se rencontrent surtout au domicile des parents à l'occasion de fêtes organisées (fêtes de fin d'année, anniversaires de dates symboliques). Les échanges sont alors de nature variable. Les informations banales sur la santé des enfants et les projets de carrière masquent souvent des rancœurs et des regrets plus ou moins conscients. Les vraies confidences se mêlent parfois aux manifestations d'affection sincères. Là encore, l'évocation des souvenirs aide à resserrer des liens devenus trop lâches. Les études sociologiques montrent aussi que les divergences idéologiques et morales divisent davantage les fratries que les écarts de situation économique. D'ailleurs, l'entraide fraternelle est fréquente en cas de difficultés financières, ou encore pour donner un coup de main dans la recherche d'un logement ou d'une activité professionnelle.

Pourtant, dans certaines familles, les relations fraternelles s'étiolent avec le temps, chacun campant dans une situation de repli qui ne peut qu'aboutir à une prise de distance. Très souvent, les frères et sœurs perdent contact les uns avec les autres sous le prétexte d'une activité professionnelle prenante ou d'un éloignement géographique contraint. Tout dépend alors des parents, du pouvoir qu'ils ont de rassembler leurs enfants ; c'est à eux qu'incombe le respect d'un certain nombre de traditions familiales, et c'est à eux de devenir la « puissance invitante ».

Dans d'autres familles, la situation est encore plus extrême : l'un des frères, l'une des sœurs vivent isolés de la fratrie, soit de leur fait, soit parce qu'ils ont été rejetés par les autres. « On ne le voit plus, on ne se parle plus. » Les parents souffrent alors beaucoup en silence, ils interprètent cette rupture comme la preuve de l'échec de leur parentalité. Mais, en réalité, ce type de séparation est toujours le résultat de la volonté des enfants.

Les relations fraternelles constituent la famille au même titre que les relations du couple. Les frères et sœurs ne se sont pas donné la vie mais ils s'échangent leurs références sociales. En cela, je crois que l'on peut trouver l'équivalent d'un frère ou d'une sœur parmi ses cousins, ses voisins de quartier ou ses camarades de classe. Ces « frères de cœur » ou ces « sœurs d'affection » sont particulièrement utiles en cas de coup dur affectif. Ainsi, j'ai reçu un jour en consultation un adolescent déjà perturbé par le divorce de ses parents et qui venait d'apprendre la séparation de ses grands-parents, lesquels représentaient pour lui un véritable pôle de stabilité. Il avait trouvé refuge auprès d'une « famille d'accueil » bien organisée, celle d'un ami de son âge qu'il qualifiait d'ailleurs de « frère ».

Les enfants uniques connaissent bien ces fratries un peu spéciales. On a longtemps et beaucoup dit que ces enfants avaient des personnalités particulières pour la simple raison qu'il leur manquait un frère ou une sœur. Je m'inscris en faux contre une telle affirmation car tous les enfants, pour grandir, ont besoin de pairs qui leur permettent de se différencier, d'échanger, de partager, de communiquer et de s'opposer. Si les enfants uniques ont une originalité, c'est celle de pouvoir choisir leurs frères et sœurs parmi leurs cousins ou leurs amis. Ils développent en leur compagnie tout le jeu des relations sociales, et, je le crois, de façon aussi harmonieuse et complète que ceux qui ont une fratrie. L'enfant unique qui rencontre d'autres enfants à la crèche ou au square ne se comporte pas autrement que les frères et sœurs qui cohabitent et jouent ensemble. Les attitudes d'entraide, de coopération, d'identification et d'amitié comme celles d'autorité, de prise de pouvoir et d'agressivité sont rigoureusement les mêmes. Je n'ai jamais entendu d'enfant unique se plaindre réellement de ne pas avoir de frère ou de sœur ; lorsqu'il évoque sa solitude, c'est pour regretter de ne pas avoir un petit copain ou une petite copine en permanence avec lui pour jouer quand il en a envie. Mais les frères et sœurs ont-ils toujours cette disponibilité ?

Je voudrais dénoncer une autre idée reçue qui veut que les enfants uniques compensent leur manque de fratrie en s'inventant des compagnons imaginaires. Presque tous les enfants passent par ce stade de développement vers 3 ou 4 ans, qu'ils aient ou non des frères et sœurs, qu'ils soient ou non scolarisés. Ce comportement les rassure sur ce qu'ils découvrent du monde et sur leur propre valeur. L'ami imaginaire permet de verbaliser tout ce que l'on a sur le cœur sans danger ; il peut aussi entendre tout le mal que l'on pense de ses frères et sœurs !

Qu'est-ce qu'un frère, qu'est-ce qu'une sœur ? Ces mots renvoient d'abord à un lien de filiation, puis à un lien d'analogie vraie ou figurée. Le *Petit Robert* en donne des synonymes : « ami », « camarade », « compagnon »… « Nous sommes tous des frères », dit la Bible, indiquant ainsi que nous sommes tous issus du même Dieu et que nous nous devons aide et solidarité.

Qu'est-ce que la fraternité ? Le *Larousse* écrit : « Lien de solidarité et d'amitié entre des êtres humains, entre les membres d'une société. »

Qu'est-ce que la fratrie ? Remplaçons la définition un peu décevante du *Larousse* – « Ensemble des frères et sœurs d'une famille » – par celle-ci : « Fraternité autour d'un souvenir partagé. »

Bibliographie

Articles

« Moi mon frère, moi ma sœur », *Dialogue*, n° 114, Érès, 1991.

« Frères et sœurs », *Le Groupe familial*, Fédération nationale des écoles des parents et des éducateurs, n° 81, 1997.

« La jalousie fraternelle », *Lieux de l'enfance*, Privat, n° 16, 1998.

« Liens fraternels », *Enfances et psy*, n° 9, Érès, 1999.

« La Dynamique fraternelle », *Dialogue*, n° 149, Érès, 2000.

Ouvrages

ANGEL Sylvie, *Des frères et des sœurs : la complexité des liens fraternels*, Paris, Robert Laffont, coll. « Réponses », 1996.

BETTELHEIM Bruno, *Psychanalyse des contes de fées*, Paris, Hachette Littératures, coll. « Pluriel », 1998.

BOURGUIGNON Odile, *Le Fraternel*, Paris, Dunod, coll. « Psychismes », 1999.

CAMDESSUS Brigitte (dir.), *La Fratrie méconnue : liens du sang, liens du cœur*, Paris, ESF, coll. « Le monde de la famille », 1998.

COHEN-SOLAL Julien, GOLSE Bernard (dir.), *Au début*

de la vie psychique : le développement du petit enfant*, Paris, Odile Jacob, 1999.

CYRULNIK Boris, *Les Vilains Petits Canards*, Paris, Odile Jacob, 2001.

RUFO Marcel, SCHILTE Christine, FRYDMAN René, *Vouloir un enfant*, Paris, Hachette Pratique, 2001.

RUFO Marcel, SCHILTE Christine, *Élever bébé*, Paris, Hachette Pratique, 2001.

SAVIER Lucette (dir.), *Des sœurs, des frères. Les méconnus du roman familial*, Paris, Autrement, coll. « Mutations », 1990.

SOULÉ Michel (dir.), *Frères et sœurs*, Paris, ESF, coll. « La vie de l'enfant », 1981.

SULLOWAY Franck J., *Les Enfants rebelles : ordre de naissance, dynamique familiale, vie créatrice*, Paris, Odile Jacob, 1999.

ZAZZO René, *Les Jumeaux, le couple et la personne*, Paris, PUF, coll. « Quadrige », 2001.

Table

Table 2.

Des mêmes auteurs

Marcel Rufo

Œdipe toi-même ! Consultations d'un pédopsychiatre, Paris, Anne Carrière, 2000.
8 textes classiques en psychiatrie de l'enfant, Paris, ESF Éditeur, 1999.

En collaboration avec Christine Schilte

Élever bébé, Paris, Hachette Pratique, 2001.
Vouloir un enfant (avec René Frydman), Paris, Hachette Pratique, 2001.
Comprendre l'adolescent, Paris, Hachette Pratique, 2000.

Composition réalisée par EURONUMÉRIQUE

IMPRIMÉ EN ESPAGNE PAR LIBERDUPLEX
Barcelone
Dépôt légal Édit. : 38928-09/2003
LIBRAIRIE GÉNÉRALE FRANÇAISE - 43, quai de Grenelle - 75015 Paris.
ISBN : 2-253-15550-0

❖ 31/5550/4